《亚细亚遗孤之一》

《毕业照》

《丰碑》

黑白之城

苏丹 著

文匯出版社

新经典文化股份有限公司
www.readinglife.com
出　品

目录

出哈尔滨记

序　我的土木时代

120年前广袤的黑土地上，突然出现了一座欧式风范的城市。维系和支撑它建设和发展的，有两条血脉，一为人工铺设的中东铁路，另一条是蜿蜒曲折、奔流不息的松花江。构筑城市的庞大物质由松花江上游源源不断运送而来，比如来自吉林的木材和来自郊县的石材、水泥。而维系这座城市运转的人口则来自铁路，中东铁路拉来一批一批的人口，一些来自俄国，另一些来自中国内地。水路载来了充足饱满的物质颗粒，而铁路拉来的是混杂且矛盾的人文。

时隔80多年后，喷吐着黑烟和白色雾气的蒸汽机车，又拉来了我们这批20世纪80年代的新一代。我们的幸运在于，恰在一个万木争荣的春天里来到这个以寒冷著称的极地之城。每一座城市都有着许多个春天，不仅是循环往复的自然春天，还有一个个文化和经济复苏的时代。它的躯体就在这一轮一轮的春夏秋冬中历练着，茁壮成长连接着萎靡，再败落下去。80年代绝对可以看作哈尔滨的又一个春天，人们对未来充满期待，废墟上开满了野花。

昔日里流亡于此的俄侨们虽已经散去，却留下了许多不朽的建筑和浪漫的风情，这些物质遗产和非物质遗风调配成当下的人们对过去想象的迷幻药剂，既扑朔迷离又分外灵验。1984 年秋，当我风尘仆仆地从地处黄土高坡的工业城市太原，踏入这座色彩明艳的滨水之城时，深感这样迥异的文化在一个特殊时代的刺激，它既有几分陌生，又有几分熟悉。陌生的是这里的都市风情和我过去的生活太过不同，熟悉的是它隐约展现出一丝我对遥远的莫斯科的想象。

在这方土地隆起的脊梁上，矗立着的土木楼如一座巍峨的城堡，令人瞻仰爱慕。它是我寄生于这座传奇城市的巢穴，更是我探知这座城市的起点。它的设计如此特别，如艺术的史诗。其风格展现了从细腻优雅的新艺术运动，到庄重雄浑的新古典主义的旋律变化，堪称哈尔滨建城历史的一方化石。土木楼先后由两位来自俄国的学界先辈设计，它遵循着古法，使用着欧罗巴血统的建造语汇，手法纯熟。但在不同历史阶段的使用中逐渐混合了两种气息，并凝结在我的记忆之中。

土木楼的后半部分的空间里都铺着不合时宜的木地板，它们的形式早已磨损，化成了水泥一般的色彩和凹凸不平的表面。渐渐地，声音成了它唯一存在的形式，永久地在我的记忆中咚咚咚作响，像敲击心房的鼓声。

土木楼的屋顶是木结构的，它们粗壮又别致，有力地支撑起那些彩色的铁皮屋顶，使其跻身于城市丰富的天际线的共鸣之中。在 1987 年的一次大火之后，掩盖结构的屋顶终于坍塌下去，那些燃烧未尽的屋架也终于裸露了出来，真美！那个被毁掉的尼古拉大教堂也是木结构的，其最具标志性的主体结构是典型的帐篷顶，它巍然耸立，统帅全局。据说毁掉它的熊熊烈焰一直燃烧了三天，悲哉！

土木楼里的学习生活既是执白守黑也在执黑守白，工程语言和语法都是一气呵成的系统规定，包括线型、字体、图形、符号、比例等乏味的元素。工程图纸用永不褪色的碳素墨水来勾勒未来建筑的轮廓，它们也会是一份份经久不衰的历史档案；渲染图则是执白守黑，它们是文化和情感环绕结构、恪守维度的堆积。

哈尔滨是一座直接现代化的城市，甚至是一个中国现代化城市的打样，它没有和中国传统文化存在过多的瓜葛，是一个地缘政治谋略下的现代城市实验，客观上也为100多年前的中国制造了一个现代主义的幻象。

1984到1991年，这座城市成为我青春的流放之地。黑土地肥沃滋养、天高地远，壮丽雄浑的欧式建筑井井有条。广阔天地让我放任自流，去吸纳粗犷、豁达的血性。古板典雅的建筑则在反复规训，令我慢慢认知秩序和变化、动态与平衡的法则。校园内的宿舍、食堂、走廊、教室里，到处都充斥着荷尔蒙的气息。为了求偶的竞争，花样繁多；为了称雄的打斗，此起彼伏、高潮迭起。这是东北风格的青春之歌，荒腔走板竟自成一体。

80年代是中国大兴土木的时期，基本建设热情高涨，楼堂馆所如雨后春笋般竞相出现。土木专业成了万家青睐的热门专业，引得万千考生争相追逐；建筑学专业更是土木学科中令人仰慕的专业，它是工科中的文科，训练体系融合着技术和艺术，有几分浪漫。建筑设计也是土木事业的尖兵，当时全中国的甲、乙、丙各级设计院里都是一片繁忙，门庭若市。人们在机关算尽地投标，满怀热情地竞争，眼红耳热地“分赃”。土木业是个巨大的蛋糕，是80年代致富的一条通道。土木的成就不仅标志着四化建设的神奇速度，也裹挟着新的观念、新的美学滚滚而来。

80年代也是哈尔滨城建历史上的第三次土木革命时期，万马奔腾、浩浩荡荡，真是一场黑色摇滚的前奏。体制改革的号角下，民间的活力被唤醒，创造力开始肆无忌惮地释放。民营的建筑企业、装饰公司，私营的建筑设计事务所大量涌现，万类霜天又似百舸争流；同时，个人主义开始抬头，一个个设计明星粉墨登场，用他人的钱立自己的丰碑；建造技术也在不断革新中，钢结构、玻璃幕墙开始应用，它们突显在这厚重土木建造的城市中，如衣着暴露的新一代，大有越俎代庖之势；开放包容的口号被粗鄙者盗用后，貌似"百花齐放"，现代主义、后现代主义开始了大规模肤浅的实验，于是风格的变脸成了获取设计权的王道，说不清道不明风格的建筑泛滥成灾，一时间弄乱了城市美学的调门。

如果将自己在哈尔滨的七年打个对折的话，好奇与厌倦、表面感受与深层认识，进入与出走方面的起心动念，都精准地按时间的排布纵向地对称于两端。前半部为白，后半部为黑，前半部记忆的聚焦多在学院内澎湃的生活，还有这座城市迷人的夏季和美丽的秋天，夏天里荡漾的松花江水、凉爽的风和流变的云，秋天里层林尽染的太阳岛和植物园里的白桦林。后半部则是黑，因为回忆的触须搜索到社会深层和历史的钩沉，还有略显复杂的人性。走出封闭的校园之后，对城市的格局和社会面貌也有了更多认识。这座城市文化地理的犬牙交错，城市历史波折的忽明忽暗，如讳莫如深的迷雾，似龇牙咧嘴的暗礁。

黑和白也影射着含混阻碍与通透澄明，大东北漫天飞舞的雪花和覆盖大地的皑皑积雪对我来说竟是"黑"，黑夜里礼堂的灯火对我来说则是“白”。此外潮湿和寒冷是“黑”，而温暖与清爽是“白”。在我的情感记忆中黑与白的纠缠始终难分难解，它们相互对比，悄然转化。我永远忘不掉封堵在我潮湿的窗前的那山一样的大煤堆，我曾希冀每一粒煤晶都能折射出微光，如夜幕里满天的星斗。在灰蒙蒙的夜里那只隔着铁栅栏奋力伸张着单臂，试图盗取我笼中爱鸟的白猫，如鬼魅一般。还有记忆中运动会跑道上慢腾腾的落伍者和夜里道上疾走的匪，黑色的如炸雷一般的冻梨和白色的沙粒一样的积雪，冬天里挨不到尽头的长夜和夏季里早早高升的旭日。这些都是视觉印象中的黑与白，道德判断下的白与黑。

暂居哈尔滨的七年时间，我意识到了土木出类拔萃的品格。它是环境中的环境，冬天，土木建筑屹立于冰天雪地之间。它的内部温暖如春。夏天，土木建筑挺立在疾风暴雨中或高悬的烈日下，它是遮蔽，是笼罩。有些场所，如寺庙、图书馆还有经常举办讲座的阶梯教室，甚至如同宇宙中的宇宙，浩瀚苍茫。对芸芸众生而言它们还是家园中的家，具体而细腻。它们在黑白之间转换，制造出平衡。白昼之中，它们的每一个窗洞里都是黑夜；长夜里，它们的每一扇窗口都是明月、星辰。

在这座城市里，我开启了用土木营造的方式来应对人生所有的困境和遭遇的方法，认识到结构的力道，也感悟到庇护的伟大。

苏丹

2022 年 10 月 14 日于北京

我的大学

绿皮车厢长征路

1984 年 8 月，我乘坐绿皮火车离开故乡，踏上了独立人生的旅程。这一去就是一生，辗转漂流，四海无涯。绿皮火车在最初的七年里，载着我在黄土高坡上的古城和白山黑水中的冰城间反复，如个体脱离母体之初时藕断丝连般纠结。太原和哈尔滨如此不同，这个适应过程就更加漫长。古晋阳历史悠久绵长，而哈尔滨此时建城尚不足百年，正在改革开放的春风化雨之中萌发，迎接新一轮的快速成长，并在现代主义的折腾中不断锤炼。

时速 60 公里的绿皮火车是一个时代沉着的记忆。曾经，它不紧不慢地行驶在工业文明和农耕文明之间，像巨大的摆渡轮船，承载着各种企图和希望在城乡之间穿梭。大学时代，我对绿皮火车有一种复杂的感情，既渴求又恐惧：渴求是因为它是异地求学必要的交通工具，同时还是一种稀缺资源，一票难求；恐惧是因为旅途的遥远和道路的沧桑，转车、改签、排队、熬夜、拥挤、等待都是这长征中的艰辛作业，惩罚着肌体，折磨着意志。20 世纪 80 年代，铁路交通乃国民出行的主要方式，莘莘学子在冬夏两轮大规模的迁徙，

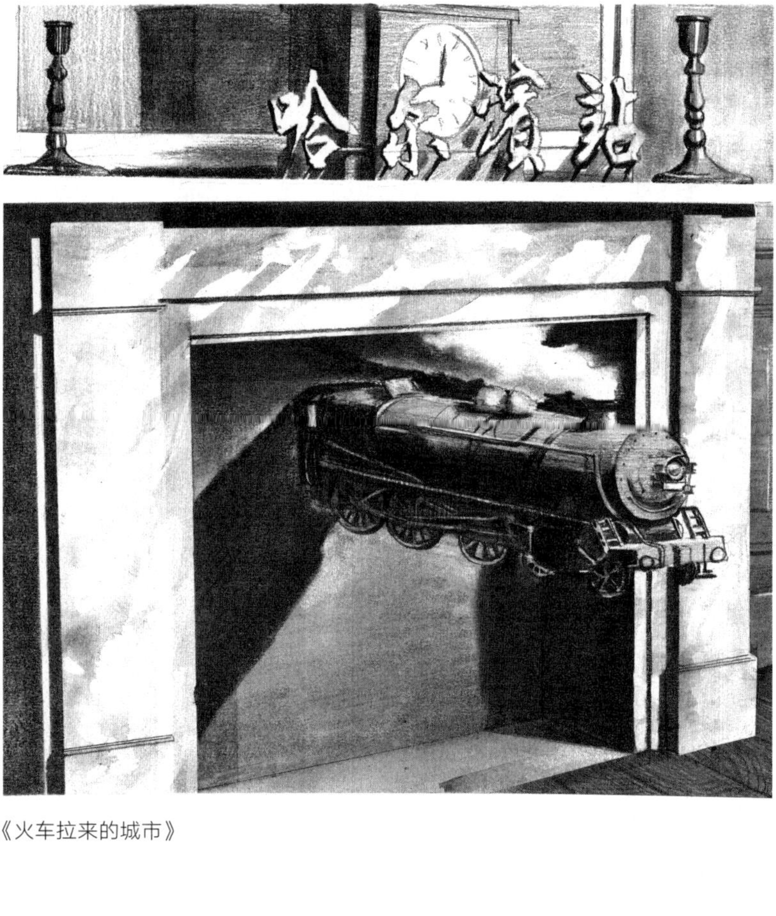

《火车拉来的城市》

是共和国辽阔疆域内每年两次的社会景观，浩浩荡荡，纵横几千里无际无涯。

回首往事，历数绿皮车厢中所经历的苦难奇闻，我感悟到乘坐绿皮火车是远道求学者的一种人生修行方式，它像一个工业化的社会罐头一样，密闭又复杂。对于我个人而言，这一段绿皮中的梦魇不啻成长中的个体对社会的体察、见识的拓展、意志的磨砺。

公路不发达的时候，中国的铁路线被称作交通的大动脉。规模庞大的人口流动、拥挤在屈指可数的几条陈旧的铁轨上，那些黑皮的、绿皮的火车满载着物和人气喘吁吁地奔忙着，在实现四化的道路上永不歇息地奋进着。黑皮火车运货，绿皮火车载人，物流和人流就是一个国家庞大肌体生命的体征。绿皮车厢的木质内饰犹如疲惫不堪的血管内壁，积垢了无数的怨气，也承载着雄浑的欢乐。此外，绿皮火车还像一个移动的乌托邦，不同来路且性格年龄差异巨大的各色人等，在一个特定的时空里被规定在一起，每一节车厢都有基本的设施，它们结实耐用，可以承受各种粗鲁行为的折磨。

绿皮火车硬座车厢共设 118 个座席，采用一边 6 个人、一边 4 个人的对坐形式，这种略显亲密的关系格局后来被统称为“卡座”，广泛应用于餐厅、酒吧等场所，深受关系暧昧的青年男女青睐。这种座椅由红松木和合金骨架构成主体结构，轻巧简洁，结实耐用。座椅下方宽绰的空间可以塞放手拎的行李、包袱等物，特殊情况下也可以蜷缩下一个成年人的身体。坐垫和靠背使用薄薄一层海绵内衬，饰面使用黑色或墨绿色人造革，表达了早期工业化产品对人性的绵薄体贴。旅客们相对而坐，共用一方铝质框架、宝丽板饰面的小小桌面，上面堆放着支撑漫长旅途的物质食粮，从葵花子到水果，再到面包和点心，可谓琳琅满目。盒饭的出现已是 80 年代中后期的事情了。狭小的厕所似乎总是缺水，旅客的排泄物会顺着一个翻盖式的构造在列车风驰电掣的过程中直排到铁轨上，形成了漫长铁路线独特的体臭，这种混合着负面人性的味觉也是我们美好记忆的一部分，不过总是在美丽的书写中被遗落。

买票记

直达列车对于莘莘学子求学的征途而言是一种奢望，可遇而不可求，更多的时候需要中转。买票难的时候，中转对我们来说就是双重的苦难。我的大学在哈尔滨，从家乡到学校路途遥远，接近 1800 公里，路上需要两整天的时间。且每次必须在北京转车，抵达北京和前往哈尔滨的两个车次中间相隔 18 个小时，需要周全的安排才能搭上希望的列车。一般来说，下了第一班车的第一件事情就是争先恐后地出站，然后在北京站广场西侧的那一长排临时简易的棚屋排队进行中转签字。那令人心悸的长队如同希望的软尺，标满了绝望的刻度。通常漫长转签过程兑换来的就是一张冰冷的无座站票，等待我们的是更加漫长艰难的旅程和接踵而至的疲劳。

从北京到哈尔滨的直快 139 次列车需要 22 个小时，假期学生专列普快 137 次需要 28 个小时，若顺利搭乘特快 17 次或 39 次列车则会缩短至 17 个小时。特快列车也是那个时代的特惠，所谓特快并非因其速度提升，而是减少了中间停靠的站点。这样，短途旅客消失了，车厢内也清爽了许多。因此，即使没有座号，也可以保证基本的空间品质。印象中，我从未在中转签字中得到过眷顾，每次都是在一大早出站排队，最终几个小时后从那个狭小的窗口拿到一张午夜时分发车的无座直快许可，最后只能垂头丧气地离开嘈杂的车站走向北京闹市深处。

在中国人民工资几十年如一日不见增长的岁月，乘坐火车还是一笔相当大的开销。我那时从家乡到学校的通票大约是二十元左右，占了父亲一个月工资的四分之一。即使这样，想买到称心如意的车票也是一件非常麻烦的事情。在特殊时期买车票是对每一个家庭社会能力考核的重要指标，为了那张硬卡纸做成的，印制粗糙的，成年男子大拇指般大小的车票，往往需要全家动用最隆重的社会关系去解决。因此，那个时期铁路系统有点权力的人在社会上也属于特权阶层，是所有家庭乐于结交的人士。各售票点里的氛围是压抑的，昏暗、拥挤，充斥着无可奈何的抱怨和恶毒的诅咒。若没有较好的人脉关系，就必须面对这种环境，无奈地投身于这充满牢骚和怨气的人流。

在这种恶劣的购票环境下，逃票是一种铤而走险的行为。逃票的情况是普遍存在的，大学生更不例外，因为大学生假期乘车总是一群人结伴而行，相互之间串通一气打掩护是令稽查人员防不胜防的。曾经有过建筑系学生利用专业手段绘制票号混上车的事情。但更多逃票的方式主要是利用五分钱一张的接送人的站台票混上车，然后就和查票的工作人员在列车上打游击。若是成功抵达目的地，逃票者会等在通向出站口的大通道里或站台上，让一个同伴先出站买两张站台票进来，再一同出站。

然而，买票难，逃票更难，线性的列车空间很容易排查到那些无票乘车者，查到的时候惩罚也是毫不留情的：补票、罚款或驱逐下车。每一次寒假回家的火车上都会有大学生被查到，当然这些逃票者也个个都是有备而来，一个个赤手空拳，既没有行李，也不带零钱（或是将钱藏在身上最隐蔽的地方）。如此，他们会极淡定地面对列车长的斥责，对道义上的谴责毫不在乎，补票没钱，罚款更不可能。极端情况就是将这种“三无”人员在东北寒冷的半夜驱逐下车，这种情况还真看到过几次，每逢此时，学生专列里就会发出一阵不满的抗议声。

旅途伙伴

漫漫旅途中的同伴很重要，这是艰苦跋涉过程中彼此的扶手。旅途中的觉悟如机敏、友善、道德、慷慨、自省、同情等，大多是在人和人的交往中得到认知的。非常时期，旅途是利他主义大放光芒的时候，这是人性中极为可贵的东西，它是社会性的基因。

上大学是许多人人生中第一次出远门，必须面对许多困难。那时父母陪同的情况很少，因为实现四化的革命工作繁忙，也因为旅费昂贵，所以很多时候家长都要为孩子们找结伴而行的伴儿。

当年父母给我找的旅伴是几个在哈尔滨某中专学校进修的工人，其中一个叫王变珍的还是我初中同学的姐姐。这姐们儿性格颇有几分男性的特质，泼辣、豪放，梳着短发，说话直来直去的，听说同在车间的工友给她取了绰号“葫芦”，开始我还觉得纳闷，不知道她这葫芦里卖的是啥药。见面之后才恍然大悟，原来说的是她的脸形。还有就是说话时的神态动作，摇头晃脑的，极像了棚架下吊挂着的迎风飘摇的葫芦。他们几个倒是对于中转签字、占座、翻窗户这些事情颇有经验，这也使我少走了一些弯路。更为重要的是，在候车室候车的时候，遇到了当时一起考入哈尔滨建工学院建筑系的同学米友仁，当时米的父亲穿着一身铁路制服，跟《红灯记》中的李玉和似的，这给了我很大的鼓励，因为和一个铁路职工子弟在一起出门，靠谱！从此在大学本科四年的绿皮火车岁月里，他成了我稳定的旅伴。

和同专业的旅伴一起对于打发中转期间在北京无聊的时间很有作用。那时转签完成后总有几个固定“节目”需要完成：其一是逛王府井的新华书店，买一些文史哲、美术方面的图书；其二是去百万庄的建筑书店购买专业图书。读本科期间入门级的《建筑空间组合论》、稀缺版的《华夏意匠》都是在这里买的；其三是参观中国美术馆，首都北京几乎垄断了当时最好的艺术展览，许多展览给我留下了深刻的印象。

学习了中国古代建筑史之后，转车的时间又增加了一项内容——参观古建筑，如故宫、天坛、颐和园等经典建筑和园林，现场体会侯幼彬老师讲课时生动描述的那些伟大建筑，并试图依靠理性和浪漫勾兑的专业情怀来稀释旅途的疲惫。我们偶尔还会因为见解的不同而发生争吵，现在觉得真是峥嵘岁月不言愁。昔日旅伴米友仁同学如今在北京市建筑设计研究院任副总建筑师，听说最近还热衷于制作传统木构建筑构件题材的文创产品，不知这种情感的源头是否和那些年的转车经历有关。

到了大学后期，结伴而行的模式因为高年级恋爱风潮的愈演愈烈而受到了很大影响。风华正茂的大学生们一个个露出重色轻友的本色，用爱情的伴侣接替了昔日的旅伴，成双成对，腻腻歪歪，浪迹于铁路线上。当然也有另一种情况存在，那就是旅伴变成伴侣的事情越来越多，于是绿皮车厢的文化记忆里又多了几分浪漫、缠绵。

车厢里的亚文化

游商、骗子、黄段子、打架、扒窃是绿皮车厢里的亚文化。在80年代我求学的旅途中，这种灰色的、黄色的、黑色的记忆在对当时火车站和车厢社会空间的印象中占据了相当大的比例。1984年我离家上学，在众人的护送下于太原火车站登上列车，还没等落座就被迎面而来的一位穿着警察蓝中山装的小青年撞了一下，之后就发现自己已被扒窃，丢失了学生证和车票。而此时火车已开动了，于是期待中的在窗口挥手惜别立马变成了现实中的惶恐失落，非常败兴。这个缺德的蟊贼偷走的不仅是一张车票，更是青春叙事中一个辉煌的片段。从此以后，在这种环境中，我会很快把自己变成一个旁观者，隐藏起来观察这个复杂生态。绿皮车厢是一个浓缩版的现实社会，现实中所有的一切在这里会变得更强劲、更醇厚。

那个条状的空间也是一个江湖、或者说是一片丛林，所有的危险都在绿色的抚慰下静静地蛰伏，一旦时机出现就会演变成一幕幕《天下无贼》式的大片。上大学后不久，哈尔滨的报刊就报道了在全国轰动一时的“黄瘸子事件”，而半年之后我在与学校相邻的哈尔滨铁路局中级人民法院门口，看到了判决黄庭利死刑的布告，那也是新中国成立以来唯一一次因扒窃罪被判处极刑的案例。

在 80 年代，流窜于全国铁路线上的不法分子据说有十万之多。于是，道高一尺魔高一丈，火车上的犯罪不断升级，终于出现了 1989 年“3·20 大案”。来自东北白城和齐齐哈尔碾子山的车匪公开抢劫并袭警，造成的影响极为恶劣，令人谈之色变。

有一年夏天的夜里，我去哈尔滨站送一位山东的同学回家，刚刚帮他把行李放到行李架上，火车就开动了，看着窗外那一幕幕渐成动画的站房和站台，我的大脑立时一片空白。幸好马上在车上结识了一位家住哈尔滨道里区地包、虎了吧唧的商贩大姐，跟随她在 45 分钟后小停的双城堡下了车，再搭乘夜里另一班抵达哈尔滨的火车回去。

这一次误打误撞使我进入了另一个灰色的社会群体中，那个深夜里，双城堡站漆黑的站台上聚集着一群匪里匪气的贩子，他们时不时拉开半截车窗，向过往车辆暴力地兜售食品，动辄对旅客谩骂殴打，几近无法无天。而我跟随那位大姐回哈尔滨的一路亦是畅通无阻。平日里威风八面的司乘人员和出口验票的工作人员，对她这样的人似乎视而不见，任其自由出入。在车站前道别的时候，那位壮实彪悍的大姐对我大声说：“有事儿到地包找我啊！”回想起来，这句话在那个尴尬的夜里真是非常温暖。

拥挤

拥挤源于竞争的潜意识，它是因长久的物质和空间匮乏所致。拥挤的景象伴随着我们这一代人的成长岁月，不离不弃。商店、饭店、菜市场、公园、公交汽车的入口处都是争先恐后的人群，而火车上的拥挤更是这段拥挤历史中登峰造极的状况，令人永生难忘。

拥挤可以成为一种文化的源头，对中国人的思维和观念影响至深至远。80年代，车厢内的拥挤是所有中国式拥挤最巅峰的形态，它是我对绿皮车厢记忆中巨大的阴影。坐火车的拥挤是有系统、成序列的：进站前检票口的拥挤是序曲，尚且保持着基本的队形，各种焦虑被规则和程序按捺着，蠢蠢欲动，等待爆发。检票口开放之后，是自由竞争的开始，人们扛着行李在相对开阔但狭长的通道和站台上奔跑，杂乱的脚步声、急促的喘息声汇聚到绿皮车厢门口之后戛然而止，之后拉开了真正拥挤的帷幕。

狭窄的车门阻挡了汹涌的焦虑，情绪在相互摩擦感染，肢体在相互助力，此时这个拥挤的共同体完全没有争吵。多余和绝望的力量会向两边散去，在车窗寻找捷足先登的途径，极端的时候，列车员也就放任这种行为，因为她们的责任是“一个都不能少”。第一次在北京转车去哈尔滨，我就是从窗口翻入车厢内的，这既是经验又是本能，拥挤文化中完全没有体面的立足之地。

拥挤行为的高潮是在绿皮车厢条形的腹部，定员118人的硬座车厢经常会涌入300多人，三人一排的座椅至少要挤四个人，过道里、厕所里、座位之下的空当里都是人。当时，我听广播里曾经提到过一个数据，最极端的时候，中国绿皮车厢中的人群密度是13人/平方米。在这样“亲密无间”的距离里，每一个个体的脸上竟然都洋溢着幸福和满足，因为搭上列车的人们离目标近在咫尺。在这种状况下，列车内部实际上处于瘫痪状态，餐车、开水房、厕所都无法正常运行。而这其中厕所无法使用是最令人尴尬的。有一则黑色笑话描述那时拥挤列车上旅客们的极端行为：一次，一位内急的旅客实在忍不住了，就将屁股伸出车窗排便，而此时恰逢火车缓缓地启动离站。负责任的站台工作人员大声呵斥道：“叼雪茄的胖子，把头缩回去！”

这一生中，我目前经历的两次最恐怖的拥挤都发生在大学时期。一次属于暴力型的，是 1986 年参加“星火计划”，在郑州转乘南阳方向的列车的时候。那一次，自己面对着令人绝望的爆满，但最终不可思议地成功登车。当发车的哨声响起之时，我被一位好心的工作人员强力塞入了那一堵水泄不通的肉墙之中。那一刻，我刻骨铭心地感受到，人类身体竟能如此密切地相拥。人被困在车厢之间的连接处寸步难移，来自肉体的压力从各个方向涌来，不可阻挡又必须阻挡。很庆幸，人类的肉身不是流体，还有坚强的骨架，它让我在滚滚红尘中保持了身形的存在。

另一次极限的拥挤是残忍型的。1988 年春运期间，我从合肥经济南转车回太原，在济南转签经历一番周折后，我挤入绿皮车厢腹部。由于是无座站票，我只能在人群中一直站着。可是中途上车的人越来越多，整个车厢成了传说中的沙丁鱼罐头，最后我只能单足着地保持着身体平衡，一直坚持到榆次。那一次感觉时间过得真慢，60 公里/小时的车速太慢了，体力和意志在这样慢吞吞的流逝中残忍地消耗着，那是一种不知道何为尽头的痛楚。

2003 年，我从印度的斋浦尔乘火车去孟买。在孟买火车站，我再一次目睹了火车厢体内的昏暗和拥挤，恍如隔世。

《车厢里的拥挤社会》

娱乐和食品

娱乐是改善乏味和拥挤的唯一方式，火车上的广播是公共性的娱乐福利，非常廉价但是很有效，让人念念不忘。三十多年过去了，我的耳畔偶尔还会响起蒋大为的那两首绿皮车厢主旋律歌曲，其一是《牡丹之歌》（电影《红牡丹》之歌），其二是《祝你一路顺风》。尤其是后者，铁路部门用心良苦，总将其放在列车启动时播放：

> 朋友啊朋友，列车就要开动，我将和你一路同行
>
> 无论你是因公出差，还是度假旅行，你都会一切如意、一路顺风
>
> 无论你是来自农村还是来自城镇，我们都和睦相处亲如弟兄
>
> 无论您是海外侨胞，还是五洲宾朋，您都会一切如意、一路顺风。

旋律中轻松和激昂的组合，容易让人快速消除出行和买票时遭遇的所有不快。相声也是最有效的精神药物，尽管那些笑话我们已经听过百八十遍，但在绿皮车厢中，这是真正解决问题的重器，多数人依然会绽放出开心的笑容。

车厢里民间自发的娱乐方式很多，棋牌游戏，海阔天空、大言不惭地吹牛，喝酒抽烟，五花八门。在绿皮车里，扑克也是好东西，它灵活轻便，又有多种打法，参与的人数亦可多少不一。打扑克这种社会性较强的游戏有竞争、要智慧，还和运气有关，给了每个人一定的可能。扑克也能迅速联络周边人群的感情，让不相识的人们

打成一片，为绿皮车厢创造出和谐的社区环境。中国民间的扑克玩法花样繁多，什么“争上游”“跑得快”“拱猪”“升级”“除大帝”等等，每个地方还有自己独创的玩法，比如山东的“勾鸡”、长三角地区的“吃鸡”等，在列车上打扑克也是一种地区之间的文化大碰撞，关于规则的吵闹、争执此起彼伏。此外，扑克还能用来算卦、占卜，大学生中对此有所了解的人不在少数。每逢假期，这些人就在学生专列的车厢内大显身手，他们口吐莲花，让那些被测对象内心如坐过山车一般悬念迭起。

在火车上进食也是一道人文景观，由于餐车的饭菜过于难吃，80 年代也没有诞生盒饭配餐这样的服务系统，于是火车车厢内的进食就成为一种众筹模式的聚餐。大学生出门多自带食品，常言道，“慈母手中线，游子身上衣”，在吃的问题上，父母同样是关怀备至。午餐肉、火腿肠、茶叶蛋、方便面是常规食品，烧带鱼、酱牛肉、烧鸡则是火车餐食中的极品。每逢车站停车，各地的特色食品就会袭扰旅客。秦皇岛的锅盔、锦西的腌菜、锦州的包子……那些小商贩真是了不起，列车停息的一会儿工夫，他们就能在拥挤的车厢里带着货走上一遭。

烧鸡几乎是所有站台上必卖的，绿皮车厢里每逢小方桌上出现烧鸡，便是饮食活动中最引人注目的时刻。在 80 年代，外焦里嫩的烧鸡简直就是一枚核弹，让人无法转移对它的注意力，更有这样一种说法：“没在绿皮火车上吃过烧鸡，几乎就是愧对人生！”每逢此时，白酒、啤酒也纷纷登场，它们会把就餐者的情绪极大地调动起来，东北和内蒙古人贪杯者甚多，加之旅途漫长乏味，旅伴甚至邻座之间就会草率地展开火车上的酒局。三杯酒下肚之后，渐入佳境，于是嗓门大了、感情深了、话题也远了，从革命情谊到哥们儿弟兄外加国内外形势通通道来。但是，烧鸡在当时毕竟属于奢侈品，大学生们一般不敢问津，只有充当看客干咽口水的份儿。

绿皮火车承载了一代又一代中国人的记忆，我们这批80年代上大学的人应该算最后一批享用它们的人了，之后绿皮火车逐渐退出了历史舞台。如今流线型的和谐号高铁速度陡然增加了近五倍，列车厢体改成了白色的涂装；硬邦邦的联排座椅进化成了联座，还有了符合人体工程学的柔和起伏；盒饭配餐替代了午餐肉和妈妈煮的茶叶蛋，在火车上摆开阵势手撕烧鸡、大搪瓷缸子喝酒的景象基本看不到了，或许我们都该为之申报非遗项目了。

2017年和2018年，朝鲜领导人金正恩多次乘坐绿皮专列来访，不仅唤醒了几亿人关于绿皮火车的记忆，还极大地提升了绿皮火车的格调，那一段时间，全网都在猜测那个专列里有些什么设备设施。

我倒是在想另外一个问题，为什么60多年前我国的火车车厢涂装选择绿色呢?

学士空间

我的大学坐落于中国最北的大城市哈尔滨，相对于那个规模不大的学校，我对这座城市要稍微熟悉一点。对这个城市的最初印象来源于幼时看到的烟盒，红色的底色上，一座纪念碑样式的构筑物傲然矗立。后来再见是在反特故事片《黑三角》中，取景地就在哈尔滨，镜头中出现了松花江畔的斯大林公园，女特务“水鸭子”就在那里售卖冰棍儿。那个教堂内部的场景给我的印象最深刻：神圣的仪式空间因落魄、损坏而再一次受到羞辱，被镜头和音乐塑造成一个阴森森的谋划坏事的场所。《夜幕下的哈尔滨》也是这种格调，昏暗、神秘、暗藏玄机、险象环生……1979 年因建设宝钢需要，我的父亲曾被抽调到哈尔滨电工学院进修日语一年，回来之后给我们讲了一些这座城市的故事，其中有关于城市风貌的，有关于市民性格特点的。后来，《浪花里飞出欢乐的歌》和《太阳岛上》两首歌风靡全国，使这座城市名声大噪，它们给我们塑造了一个阳光明媚又浪漫多姿的哈尔滨印象。

但当人们听说我要去这里读书的时候，第一反应都是惊诧。“父母在，不远游。游必有方。”大家好奇我为什么要去那么遥远的地方。“哈尔滨”这个城市的名字一听就不像汉语语系的地名，和它同一省份的城市地名都有点奇怪，什么齐齐哈尔、佳木斯、富拉尔基……当时在太原办理户口迁移手续的时候，敦化坊派出所的一位民警把“哈尔滨建工学院”写成了“哈尔滨建工学校”，一字之差差点使我高中几年的努力全部作废。

改革开放之初，哈尔滨还是一座非常有特色、相对比较发达的大城市，并有“东方莫斯科”的美誉。这一方面是因为经历了俄、日的殖民统治，基础设施相对完善。俄国人、乌克兰人、波兰人、爱沙尼亚人、南斯拉夫人设计的许多地标性建筑都是血统纯正的欧式建筑，包括新古典主义风格、巴洛克风格、新艺术运动风格等，城市风貌看起来充满异国情调。另一方面，是因为这是一座历史不长的移民城市，它的源头始于中东铁路的修建，是高起点的现代化城市，文化多元，特色鲜明。在中苏蜜月时期，由于地缘政治影响，哈尔滨受到了更多的关照，它是中国最早具备现代化基础的城市之一。但是在主要依靠挤蒸汽机车、绿皮火车进行长途旅行的时期，关于它的寒冷传说和地理位置的偏远，还是令人望而却步。

从太原到哈尔滨的距离是1800公里，在没有直达列车的绿皮火车时代，这段路程需要耗费50个小时之多，若是普快还得再多8个小时。最令人难忘的是火车上的拥挤和污浊，沙丁鱼一样填充在绿皮火车车厢里的人会让所有服务瘫痪，只剩下广播喇叭喋喋不休，反复播送新闻、流行歌曲和报站名。第一次到达哈尔滨，下车的时候我脚底像踩了棉花，相信这是神经系统受损的反应。躺在宿舍的上铺舒坦地睡去后，梦中好似依然在哐哐当当的火车上，一觉醒来才发现，耳畔是大直街上有轨电车的车轮和铁轨碰撞出来的声响。

接站的大师

1984年8月底的那个早上，我们昏头涨脑地到达哈尔滨火车站。走出闷热的车厢来到站台上，立时感到几分凉意，这的确是座不一样的城市。我拎着沉重的行李随人流走出站台，来到一扇漆成绿色的铁艺雕饰的大门前，铸铁的栏杆像一把梳子，立刻将混乱的人群梳理成有序的几列，鱼贯而出。门口一男一女两个验票员一边大声吆喝着，一边麻利地查验着人们手里举着的或用嘴叼着的客票。大门之外就是那座既令自己好奇又有几分畏惧的城市。走出大门之后，带有浓郁地方特色的建筑和热情接客的当地人很快将我淹没，口音营造的独特声场和建筑美学勾勒出的异乡情调让人既兴奋又惶恐，我在暗暗比对现实和想象之间的误差，继续臆想接下来的故事。

哈尔滨火车站是一座优雅的欧式建筑，有两层高，体量虽然不大，但精致、生动。那些弧形的隆起的屋身、连续跌落收分的线角，还有入口造型丰富的铸铁雨檐……欧式建筑的形态和细节处理令我赞叹。一组苏联士兵的雕像矗立在一座高高的纪念碑顶部，它地处站房正面的广场中央，非常醒目。广场的另一端，一条华丽的大街升起，通向远方，大街的两侧都是些欧式风格的建筑，它们造型精致，色彩鲜明，令人耳目一新。建筑、纪念碑、雕塑是城市历史叙事的重要语汇，它们暗示了这座城市和欧罗巴文化奇异的血缘关系。

哈尔滨高校的数量着实不少，其中哈工大、船舶学院都是名校。许多大学都在广场上打着欢迎新同学的横幅，并摆了长长一圈桌子

《接站的大师》

作为迎新接待站。听到是建筑系的新生报到，一位相貌奇特、瘦高的老师出现了，他胡子拉碴，留着很长的头发，穿着一件邋遢的灯芯绒西服和脏兮兮的牛仔裤。他自我介绍说姓王，是来负责建筑系接站的，随后带着我们在车站附近登上公交车，两三站地之后便来到了哈尔滨建筑工程学院的宿舍门口。在宿舍楼前办入住手续的时候，一位河南来的刘姓同学的家长指着王老师悄悄问我道："这个老师是男的还是女的？"后来我才知道，他是我们建筑系的美术老师，90 年代后大名鼎鼎的当代艺术家王广义先生。

校园何处寻

让我出乎意料的是，哈尔滨建筑工程学院的学生宿舍，竟是一座相貌平庸的六层楼房，紧邻着这座城市的主干道西大直街，在这个汇集欧式、现代、经典建筑的城市核心路段上，实在显得有点儿过分。它土头土脑的样子，很难令人把它和孕育未来建筑师的重任联系起来。宿舍正对面是同样"留着平头"的黑龙江省展览馆，它离所谓的校区有大概 300 米远，两位领袖的画像悬挂在明间的柱廊之间，像个缩小版的人民大会堂。

站在宿舍窗前，一片欧式建筑映入眼帘，墙体都是米黄色的，屋顶是红色铁皮制造的，听说这里曾是作家萧红就读的中学。在一位学长的指引下，我的视线越过一片灰色的铁皮屋顶，看到一座雄壮巍峨的建筑，它挺拔壮阔的立面有几分高冷，深灰色的材质，像是满布沧桑感的花岗岩，又有几分凝重。这便是我们的教学主楼。其实这样的场景和自己对大学生活的期盼与想象还是蛮有距离的，对我来说，上大学的目的之一就是逃离纷扰的现实。而那个时代几乎所有的大学都是独立于社会之外的社区，大多有着超越社会平均水平的生态环境和人文环境。我的高中就是一个古老的园林式的学校，我理所应当地以为大学的园林一定比高中大几个量级。可此时直接看到紧邻大直街的学院主楼之后，我心里不禁产生了几分狐疑，我们的校园到底在哪里呢?

吃午饭的时候到了，我怀着忐忑不安的心情，依然不放弃最后一丝希望，穿过了一段整洁的街区来到了教学楼里。靠！担心的事情真的就成了现实。这个学校果真没有校园，一座楼紧裹着内部的狭小庭院就算是校园的全部了。虽说教学楼样貌不凡，但它离街道真是太近了。教学主楼前门檐下的弧形坡道几乎冲到了大直街上，门廊下的台阶非常局促，拍个全身照片都得让摄影者跑到马路对面去。所谓的校园，就是一个楼体围合而成的内院，像个城堡一样，一年四季总有一大块不舍得离去的阴影。教学楼主立面楼体的凹凸给绿化留出了一点可怜的空间，盆景似的绿地中，几棵老槐求生欲望极强，豆芽般的身躯扭曲着从楼体的阴影中挣脱出来，将蓬松茂密的树冠举向天空。整个教学楼的四周都环绕着街道，在大直街、跃景街、海城街、河沟街围困下的校园，边界清晰、严格到家，封死了内部空间外溢的任何希望。步入内庭想看个究竟，但大号天井似的校园几乎一览无余，没有任何折叠下的隐秘和空间的缝隙。这个孤岛似的校区生猛的现身显得过于突然，我没有任何精神准备，感到极度失落。

由于过去对大学的认知过多依靠文学和电影，从而认为凡大学者，必有广大又深邃的校园，像公园一样优美静谧的湖泊和亭亭如盖的树木，还有开阔整洁的运动场。且不说《第二次握手》了，就连“文革”电影《决裂》中的农业大学都是如此。而这些在我即将学习生活四年的学校中却是没有的，狭小的院落里有两个篮球场，几个青年学生在巴掌大的篮球场上踢着足球，看着他们蹑手蹑脚的动作，我已想象到未来文体生活的局促。此外还有一个周长 150 米的田径场，冬天兼做溜冰场，仅此而已。我感觉自己的校园生活梦想被打了一个对折。

后来我才得知，1951 年哈工大第一任校长陈康白在主持讨论学校基建规划会议时，根据苏联专家提出的“在市内建校可以让学生与社会广泛接触”的教育理念，确立了建校原则，由此形成了城市和校区混合的格局。我后来逐渐意识到，这实乃一种先进的教育理念，通过空间融合让大学的教育更贴近社会，综合利用社会环境，培养学生的社会意识。这种理念在教育中是非常重要的，当然，自己也是很多年以后才领悟到这一点的。

内外兼修

土木楼是个新古典主义的代表性作品，它在美学方面的权衡与斟酌绝不仅仅在于外观立面的形式变化，它还是文化和环境的产物。对于严寒地区的大学而言，校园的优美开阔并不是最重要的，最为关键的是布局紧凑和建筑形体的简洁，这样才能避免无谓的能量损耗。而校园环境的美学构建则更多体现在内部空间中。在漫长的冬季里，教学活动、科学实验和学生的文体活动更多是在室内进行的，贯通、连续的建筑空间能形成一个独立于严酷气候条件之外的人工环境。如果从这样一个角度去看待母校的校园环境的话，它的空间组织形态独具特色，是闭环的。它的室内空间条件在当时中国的高校范围内，当是非常突出的。

两位俄裔建筑师——斯维里多夫和儒柯，分别在20世纪20年代和50年代为哈尔滨增添了这两座精美的地标。它们在文脉上承前启后，在比例上相互衬托，在形式上彼此呼应，形成了一个有机整体。其中更令人赞叹的是1953年建设完成的临西大直街的哈工大主楼，设计者是当时还在建筑系读书的学生儒柯，她在建筑系教师斯维利多夫的指导下，完成了这一名垂青史的作品。

1959年，哈尔滨建筑工程学院从哈工大剥离，自立门户之后，当时哈工大的主楼就留给了新成立的哈尔滨建筑工程学院来使用。这座空间模式像修道院一样的学院，由两个部分组成，靠近西大直街方向的是50年代设计建造的帝国式古典主义风格的建筑，平面呈左右不对称的王字。临大直街一侧的主立面采用横五段、纵三段处理，三凸两凹。突出的部分有高达三个楼层的雄伟的半圆形科林斯壁柱，入口门廊精巧，尺度得体，使用了多立克柱式，挺拔而有力度。靠近公司街的二层建筑是哈工大原俄罗斯籍教授、著名建筑师斯维利多夫的作品，建于20年代，它的立面处理生动活泼、大胆创新。东南角一座圆顶之下的建筑片段是该组建筑中建造年代最早的部分，始建于1910年，原来用作意大利总领事馆。那座圆顶塔楼在第三期未建之前，算是形体组合变化中最有力度的停顿。它一直统率着全局，据说站在那个塔楼上可以瞭望到北边的松花江。这座新艺术运动风格建筑，也是当时国际上最摩登的建筑样式，是艺术家野心勃勃、试图主宰一个新时代的登峰造极之作。很明显，一期的

《一座神圣的“城堡”》

优雅、文艺，二期的温和、折中，三期的雄壮，它们都与各自所处时代所倡导的精神高度吻合。

母校的建筑品质是内外兼修的，不仅建筑外立面比例和谐、节奏有序，体现着西洋古典美学，内部公共空间的装饰也可谓尽善尽美，美学语言与外部建筑装饰浑然一体。老楼地面铺着木地板，走在其上柔软、有弹性，还咚咚作响，仿佛一连串逝去浮华的回音。墙身的木墙裙造型明确有力，尽管有些破旧，但它依然体现出昔日的尊贵。前楼的地面虽然变成了水磨石材质，但有简易的图案装饰，墙裙虽然简化成了一道米黄色的色带，却依然在收口的地方勾勒着一宽一窄两条褐色的线条。所有的门都带有线角繁复的装饰，并漆成了淡黄色，看上去厚重结实，却也明快轻盈，做工考究。双层木窗户的做法是东北地区建筑构件特殊的要求，在构造上极为讲究，堪称经典。实用性方面，各种功能空间被宽阔的走廊、富于变化的过厅，以及极具表现力的公共楼梯相互联通，组合串联成张弛有度的空间序列。非常符合严寒气候条件下教学工作的安排，师生们在这个楼体内足不出户就可以完成基本的学习和工作。

此外，大楼里满足文娱活动和体育训练的空间也一应俱全，主楼中轴线的末端在一层和三层各布置了通高两层的空间，它们是礼堂和体育馆。这两个场所是大学生活中最华丽、最光彩夺目的地方，是展示身手和才艺之处。礼堂设有楼座和舞台，水泥压制的装饰线脚修饰着台口和柱式，紫红色的绒布窗帘和舞台幕布的垂感，增强了仪式感。这里除了平日里放映电影和偶尔安排来访的兄弟院校业余艺术团体表演之外，个别时候还有地方性的专业文艺团体造访。而每一年的迎新大会和各系的迎新年联欢晚会，是礼堂最隆重、最有活力的盛事。迎新生会上老教师和新生代表慷慨激昂的陈词，颤颤巍巍的勉励和洪亮清脆的表态相映成趣，拓印出了时光无情的本相；迎新年晚会上教师和学生自编自演的节目精彩纷呈，至今让人难以忘怀。

土木楼优雅和华丽的表象之下，是强有力的科研能力结构的支撑。一层和地下室布置了很多设计实践和工程实验空间，如建筑设计院、给排水专业的实验室、建筑材料专业的一些实验室等。为了应对漫长的严冬，这个大楼的内部功能复杂，内部公共空间组合变化丰富、尺度宽大、装修精美，是一个在中国不多见的欧式学院建筑典范。

1987 年的夏天，主楼东翼曾着过一次大火，火灾发生在半夜 3 点左右，熟睡的我们被走廊内的叫喊和窗外的喧闹吵醒。我从靠窗的上铺坐起身来，向窗外望去，只见远处烈焰腾空，土木楼的一侧已被从窗口伸出的火舌吞没。那个屋顶下边就是我们经常自习用的阶梯教室 301，学生们都爬起来去救火，无奈火势太猛，又是木屋架结构，回天乏力。第二天白天，我看到那一个侧翼的屋顶已经坍塌了，熏黑的墙垣像一个舞台美术的布景。视线穿过那些窗洞，几束阳光如几注瀑布一样洞穿屋顶和残余的屋架，倾泻在那一片它从未曾抵达之处，然后形成飞扬的薄雾四下散去。我仿佛看到一个空间死亡之后淡定的面容。离校之后，听说 2004 年老楼又着过一次大火，毁掉了部分珍贵的建筑遗存。

交错——社会·环境

我的大学位于哈尔滨南岗区，南岗是松花江沿岸地势隆起之处，过去哈尔滨有一段形容各区的描述："道里是人间，南岗是天堂……"这一切的形成都和中东铁路有关，铁路是20世纪中国城市发展的动脉。中东铁路带动了沿线各城市的发展，铁路管理部门是铁路系统的中枢，对一个城市的发展起着举足轻重的作用。铁路局和铁路局高级职员的宿舍都在南岗，所以这里地势高，基础设施好，建筑单体品质高，布局疏朗，人居环境佳。

学院附近一公里内的公共建筑和商业建筑都是品质一流的，其中许多都是哈尔滨的文化或商业地标，比如，相隔300米的位于中山路和大直街交汇处的黑龙江博物馆，另一处街角的国际旅行社，更不用说"文革"期间被拆毁的东正教主教堂。学院主楼的街对面是铁路局办公楼，西侧是典雅的铁路工人文化宫，还有海城街上散落的那些优雅抒情的民居建筑。秋林百货当时是中国最好的百货商店，酒糖和列巴驰名天下，不仅橱窗设计前卫，店员一个个也都是百里挑一的美人。和秋林百货隔着大直街的对面还有两座别致的小教堂，一个圆顶，一个尖顶。土红色的墙身，绿色的铁皮屋顶，在白茫茫的冬季看起来既醒目又温暖。这些都是我们经常经过的地方，对于建筑学专业的学子来说，耳濡目染的作用虽是潜在的，但又是巨大的。

马路边上的大学最大的好处，就是它的配套设施主要依赖社会，这就从客观条件上反过来刺激学生们更大程度地主动融入社会生活中去，这是母校开放性的最大受益之处。它堡垒式的建筑格局保护的只是它的内核，即教学秩序这个核心，其他的都尽可能地利用社会的文化或商业设施，如此，学校可以适当减轻运行的负担。更重要的是，这种和社会的贴近可以塑造学生的社会性特质，为他们未来的社会服务工作奠定良好的情感基础。

学院由于其得天独厚的区位条件，拥有了丰富的、优质的社会资源。城市中历史最悠久、品质上佳的一大批电影院、文化宫和剧院几乎都在半径一公里的范围之内，比如哈尔滨铁路局电影院、亚细亚电影院、哈尔滨电影院，哈尔滨铁路工人文化宫、北方剧场、哈尔滨工人文化宫等。和它们的贴近让学生们的文化生活更加多姿多彩，在生命的记忆之中留下了凝重瑰丽的印象。

空间——开放 · 保守

全世界的学院大概分为四种类型，我的母校属于第四种，即独立学院，它的独立性在闭合空间形态上得到了充分体现。密闭的校园是个独立社区，它渐成气候，从这里出去走在大街上的人，一下就能在独立的个体身上嗅出一个族群的同质性气息。教学区和宿舍分离绝对是个“政治正确”的事情，这让我们每个人每天都能感受两个不同世界的温度。每个学生都抱着未来去改变世界的雄心来到这里，而在四年的学习当中，社会其实也在悄然改变着我们。

1986 年有轨电车被拆掉之前，车轮和铁轨有节奏的撞击声每晚都会为我们催眠，既像钟摆，又像秒针。有轨电车是铁路文化的衍生品，玲珑又柔软。两年时间的相伴让它的轮子在我们的脑海中轧出了深深的印记，它由远及近的轰鸣和引发的大地之震颤形成了记忆中的背景间奏，隐隐约约，又永远挥之不去。1987 年 3 月 15 日凌晨，亚麻厂发生了惊天动地的爆炸，有许多学生说他们听到了那声巨响。出早操的时候，大家议论纷纷，后来才知道是车间粉尘浓度过高引起的大爆炸，近 200 名工人罹难。

我们的宿舍南侧是狭窄的没有路灯的北京街，一到晚上就成为另一个世界，社会青年经常在此聚集，插科打诨，和宿舍里的大学生们隔墙臭贫。谈崩的时候，学生们就会从窗户居高临下掷出空酒瓶，嘭的一声后是碎裂之声，两个世界的人话题终止，不欢而散。有一天夜里，我被街上的打斗声惊醒，好奇地趴在窗口望向下边，结果看到猎枪枪管喷出的火光，听到火药在枪膛摩擦发出的巨大声响，那是 20 世纪八九十年代这个城市街头最惊险的场面……清晨，一轮的黑白轮转结束，太阳从大直街的一头照常升起，我们开始在宿舍和大直街之间的空地上步调一致地做起第六套广播体操，身后的大街上已是车水马龙，沉睡一晚的城市苏醒了……

读大学的四年期间，每天往来于宿舍到教学楼的过程中，都需要穿越社会的片段。与社会摩肩接踵的感觉很复杂，300 米的一小段路程也是一段社会样品。铁路局沿街用房的一层和地下空间多用来经营，小食杂店是我们经常光顾之地，那里的俄制红肠味道最好；从地下餐馆狭窄的阶梯经常走出来喝得晃晃荡荡的醉汉；一个护士学校位于街角，学生全是女性，走在路上一偏头就可以看到她们单薄的身影。80 年代的街头正处于一个风尚巨变的时期，声色犬马，热闹非凡。一次午饭后回宿舍，我手拎饭盒大大咧咧走在大直街上，嘴里哼着《我们走在大路上》这首老歌，后边一辆轿车驶来，按了几声喇叭，一条汉子探出半个身子恶狠狠地对我嚷嚷道："马路是你家的啊！”除了声色犬马的市井风采，街头偶尔也会听到真理。上大学二年级的时候，有一个来自街头的经典段子，深夜回宿舍的路上看到三个醉鬼，两个微醉者架着一个不胜酒力、摇摇欲坠的人，我们听到中间的那个已经烂醉得离拉歪斜的家伙感慨道："时间、人的发展……"社会真的令人费解，它是如此迷人。

留校任教期间恰逢一次大学生空间设计竞赛，有一个学生来找我辅导，我就给他讲了我们这个学院空间上的先进性。我告诉该学生，马路大学的社会化对于个体成长十分重要，并建议他把学士空间三点一线的模式打散融合到城市空间中去。后来这个学生果真按我的意见调整了方案，最终荣获头奖。

环境具有很强的教育功效，但真空的环境是有害的。中国的绝大多数校园都自成一体，形成城市中的大院，围墙和栅栏割裂了学校社区和社会的关系，庞大的服务系统维持着这种假象。然而，学生终究要离开这个母体走向现实社会。

校园空间的特质往往就是封闭所带来的，这实属社会的一种分裂。封闭的学校社区有时候会有一些优点，比如让学生两耳不闻窗外事，潜心在脱离世俗的环境中阅读、思考，这或许对一些纯理学的专业很适用，但对于我们这样的服务于社会建设和社会日常生活的专业却不啻一种扼杀。有一次，我怀着无比崇敬的心情前往海德堡大学，想瞻仰那些名垂青史的雕塑，去感受那人才辈出的校园环境。结果只看到了一座符号性的校门和旁边的学生拘禁所，这让我大吃一惊，也令我恍然大悟。敢于开放是一种见识，可以开放是对社会的一个证明。哈尔滨建工学院的校园空间理念既是开放性的，又是折中的，在开放中保守或许更符合中国社会的特性。

学士生活

俗话说，“铁打的营盘流水的兵”，动态的人和恒定的校园、稳固的楼体是校园风景中两种重要的类型组合，它们相得益彰。环境具有教育的功效，但真正对个体心智产生作用的是其中不断发生的事件。从一个侧面看去，大学的学习生活由一系列名词和动词组成，它们构成了大学的人文景观。尽管许多学科中的学问在阐释和传播中假设了不变的因素，但事实上一切都在剧烈的运动中发生。除了传播知识以外，学校在人生中还扮演着让个体变成自己的发生器的角色，由于这个过程在义务教育阶段被严重推迟，所以大学中学士的生活愈发丰富，且那些行动大都来势凶猛。每每回忆大学时光，这些浮游闪念的碎片，对应着大脑沟回中不同的兴奋点或痛点。它们也会相互映照，彼此联系，如同我们仰望星空时看到的满天星斗。

同学

大学同学是在同一个时空里彼此独立的个体的总称，是个体进入社会之前的助力。同时，大学生又是社会中一个特殊的群体，个体与个体之间拥有许多共同的特质，以及基本的行为准则。他们一方面自我管理，另一方面相互提携。这个群体中的角色很多，如班长、生活委员、学习委员、团支书、体育委员等。同学在同一个环境内朝夕相处，大家既是同伴，也是竞争对手。这也就意味着上学期间同学之间的关系有很多可能，相助、相爱、依赖，也可能是嫉妒、对立，乃至敌视。毕业分手之后才有可能从另一个角度回首那个业已不复存在的群体，然后在更加残酷的社会现实的反衬之下感受到温暖。

毕业之后的同学聚会像是一场黄粱美梦，它既温柔又残酷，大家的快乐建立在对青春逝去的感慨和失落上。毕业时间愈久，这些感受愈加强烈，引发的依赖性愈强。自恋是幸福感的心理基础，人们在相互提醒中重温旧梦，唤醒昔日的记忆。同学聚会又会让每一个人感受到时间的存在和它的冷漠、残酷。时间义无反顾地流逝，激荡起的只是经世的尘埃。每一粒尘埃反射着昔日的余晖，让人们在滚滚红尘中迷失，往事依稀就在眼前，却恍惚不定，旧事如潮汐，涨落难休。尘埃落定之后，我们看到，曾经的那个自己早已远去……

上课是开始

“课”的一个主要意思就是指“系统性的教学方式”，上课意味着开始进入到一种专业的学习状态，在规定的时间内完成规定的知识点。

在大学里，这个状态是常态，生产出了多数的事件，也占据了多数空间。上课是一种开始，面对新的知识系统，接受教师的解释和启发。教师是上课的主导者，一门课有趣还是无聊，除了受授课的内容制约以外，也和教师的个体习性密切相关：老师的知识拥有量、思维的活跃度、热情程度以及表达等，都是吸引学生的重要指标。学生是上课的主体，也是课的受益者。课上的状态和课程内容有关，知识性强的课程会让学生精力集中，比如中国建筑史。传授专业技巧和规律的课程中，学生也会格外认真，因为这样的课对专业能力的提高作用更直接，比如建筑设计原理。大学时期，我没有兴趣的课程也很多，比如英语、建筑构造、测绘课等，课堂上的状态自然也不佳。我的同桌废废在马克思主义理论课程上，不但不好好听课，还给讲课的冯铭伟老师画漫画，被当场捉了现行，人赃俱获。尤其令冯老师恼怒的是，学生还丑化了他。不是不报，时候未到，最终耿耿于怀的老冯在期末考试中果断出手，让废废的总分在距离及格只差两分时戛然而止。

大学老师来自祖国的四面八方，在普通话并没推广得那么彻底的时候，千差万别的方言也很迷人。方言不一定是上课的障碍，普通话也未必是讲好课的通行证。有的时候，方言的古怪和晦涩反而会制造出一种强调感，效果特别好。大一的画法几何课程主讲者谢培清教授是江浙人，来北方几十年依然乡音未改，但他讲的课着实吸引人。画法几何与阴影透视课是空间思维和表达的基础课程，对大家的平面几何和立体几何基础有一定要求。这门课既具象又抽象，具象是因为课程内容都是关于几何图形的，抽象是因为图形的转换与表达依据的原理是光学投影和投影三维变二维的转换。谢老师在发“转”的音时非常吃力，会发成“卷”声，这时候他会配合肢体语言和板书来综合表达。班里的学霸吴爱民是他非常得意的弟子，悟性好、逻辑清晰。他经常会点名让学霸登台做示范，但他总不能准确发出“爱”的音，很美好的一个字被他发作“赖”声，于是“吴爱民”变成了“无赖民”。大四的时候，学霸终于修成正果，获得了“无赖”的绰号。

教授规划原理课的韩山田老师操着一口浓重顽固的山东口音。更有趣的是，韩老师坦诚直白的情感表达方式，经常成为课堂上不怀好意的捣蛋分子嘲弄的对象。有一次，韩老师给我们放映国外考察带回来的幻灯资料，其中有一张被红色霓虹灯映红的喷泉照片。一个内蒙古的学生装作吃惊的样子大声问道：“哎呀！水池里怎么有血啊！”韩老师听到之后认真解释道：“同学们，这不是流血，是红灯照的！”课堂上一片哄笑。

教高等数学的刘宏伟老师也挺有意思的，特别像电影《青春万岁》里的知识分子，戴着一副浅色镜框近视眼镜，总穿件灰色棉袄。入学不久的一次数学课上，她提问我们宿舍的一位胡子拉碴的同学，该同学站起来迟疑片刻后，表情凝重地说道：“老师，我忘却了！”班级里一片寂静，大家心里都在说：“靠，真是神回答，竟敢套用鲁迅的名言。”还有一次国庆长假前，刘老师在黑板上留完作业，扭过头来笑眯眯地问大家道：“多乎哉？”同学们异口同声答道：“不多也！”期末考试临近，刘老师为催促数学作业闯入专业课堂，大家都在闷头进行水彩渲染，顾不上和她寒暄。刘老师站在我的图板前看了许久，为了摆脱尴尬，她大声说道：“颜色深了，加点白的！”

英语课一直是我最厌倦且心怀畏惧的课。刚入学的时候，我们那一级学生英语高考成绩平均 84 分，我 74 分。分班的时候分为 A、B、C 三个等级，我虽然混进了 B 班，但在班上也属于学得比较吃力的，从来不敢抢着回答任何问题，每次英语考试更是我至今难以忘却的噩梦。

大一的英语老师是从吉林大学刚毕业的女孩，名字像个男孩子，叫马强，于是大家就私下喊她“新兵马强”（一部描写对越自卫反击战的电影《新兵马强》中的主角）。“新兵马强”比我们大不了几岁，很腼腆，一说话就脸红。好在初来乍到的同学们也还挺配合，上课时表现得规规矩矩。她的课堂上安排提问、对话的环节比较多，每当此时，我们 B 班那几个有望冲 A 的同学总是大显身手、出尽风头。我们这些对英文不感兴趣的学生对好同学倒也不嫉妒，很低调地在旁边坏坏地笑着。开始使用《新概念英语》后，换了一位年纪大的留着背头的老师，老师口音极重，好像也是山东河南一带的人，讲起话来似乎每一句都是咬牙切齿地发出来的，读英文的时候亦是如此。《新概念英语》中的故事都非常有趣，但是与我们的生活相去甚远，依然无法引起我的兴趣。我就这样在英语课上浑浑噩噩地混着，终于迎来了自己大学期间唯一的一次不及格。

随身带卷尺

建筑学的专业学习中，一半以上时间是在不舍昼夜地绘制各种类型的图纸。规范的绘图需要借助于各种各样的工具，因此这些工具迅速进入我们的学习领域。在刚入学后的一次和高年级学长们的交流会上，我挨着的那位学长很严肃地告诉我说：“你从现在开始，要带一个卷尺在身上，要习惯性地测量身边的环境和家具尺寸！”看着他严肃的表情，我有点怀疑选择建筑学是否是个误会了，难道我的未来即将和忽长忽短的卷尺发生如此密切的关联？想到此处，不觉心情有点灰暗。

更令人崩溃的是建筑设计初步的第一课上，老师就给我们列出了一份长长的绘图工具清单，包括丁字尺、比例尺、直尺、卷尺、三角板、曲线尺、圆规、铅笔、鸭嘴笔、针管笔……名目繁多。同时，随着作业的进程铺开，老师开始教授每种工具的使用方式，其中最难操作的是鸭嘴笔。80 年代之前的建筑制图主要通过鸭嘴笔来走墨线，墨线的宽度通过笔尖上方一个控制松紧的螺丝旋钮来调节，墨水就依靠那两片像鸭子喙一样的钢片间的表面张力夹在其中。画图的时候需要姿势、速度相配合，不得有任何闪失，否则前功尽弃。

后来针管笔的大规模使用让鸭嘴笔退出了历史舞台，我们这一茬人就是从使用针管笔开始的。进口的针管笔太贵了，我们就用国产的。国产的针管笔粗放，当时只有 0.3 毫米、0.6 毫米、0.9 毫米三种规格，对应绘制建筑制图中的细实线、中粗实线、粗实线。

曲线尺的使用需要技巧，一根完整的曲线需要一段一段拼接，费力费工。1987 年参加全国文化馆设计竞赛时，我做了一个异形的私人音乐沙龙，全部使用曲线来构筑空间。绘图过程可谓历尽千辛万苦，一根曲线尺几乎被我掰断了。当时一些老师预言我这个方案有可能获奖，结果最终等来的是《建筑学报》不点名的批评：“有些方案不切合实际，片面追求怪异造型……”

铅笔很重要，机械制图自始至终都在使用铅笔，但建筑制图中，铅笔是用来起稿的，铅笔稿是墨线稿的基础。铅笔根据铅芯的硬度分出多种型号。H、B 分别代表硬和软两极，区间有多种变化。起稿多用 2H。这样硬度的笔尖在纸面留下的痕迹清淡，易于被墨线覆压。铅笔的另一个用途是勾勒方案构思草图，笔随心运时，需要柔软听话的笔尖。建筑史上有许多大师留下了手执 6B 铅笔的照片，由 6B 铅笔勾勒的草图更是海量。在上衣兜里插一支 6B 铅笔就成了一种建筑系男生们争相效仿的典范。

熬夜学习

全世界的建筑系都在熬夜的同时，好像只有中国的学校保卫处酷爱清楼。由于外围社会治安环境的严酷，哈建工保卫处的一票人马在教学大院和宿舍两地总是蛮有存在感的。我们读书的时候，校园内的人口尚比较“单纯”，莘莘学子精力聚焦于学习、文体和恋爱，校园里一派祥和。因此，他们主要负责外保工作，即防范社会复杂因素介入校园。白天保卫处的同志都比较低调，但到了晚上他们的活跃度陡增，三三两两一组，臂戴袖章，手持器械，巡查楼道。他们和我们主要的交集在于清楼和熬夜相冲突的这件事情上，清楼的目的主要是保证一座大楼的作息规律，同时排除一些隐患，所以清楼的同时就会拉闸限电。于是建筑系同学一方面要躲避清楼的巡查人员，另一方面还要在他们离开之后合上电闸继续画图。

每晚老鼠和猫的游戏搞得保卫处同志们很是恼火，终于有一次，两个躲在暗处的同学被他们抓住了，之后就是劈头盖脸一顿暴打。第二天，挨打的同学找系里要求惩处打人的保卫处工作人员，系办先是推诿，最终不了了之。但后来殴打因熬夜和保卫处捉迷藏的学生这种事情的确没有再发生过，巡夜的人员也换成了一批年龄较大、态度和蔼的同志。有一个长得浓眉大眼的和一个胖乎乎的同志经常在半夜悄无声息地摸入我们的教室，他们手持加长的手电筒和电棍笑眯眯地劝导我们离开，实在不听劝就强行拉闸再驱离教室。那个胖胖的同志注意到我们班里有一个叫李东方的同学天天熬夜，几乎每次保卫处突袭都能发现他在现场，后来弄得他一查到东方同学都不好意思了。他就问我们："东方怎么总熬夜啊？是不是学习特别好啊？"后来我们就给李东方同学起了外号叫"熬夜精"。

保卫处大庄是个天天练健美的大个子，最早是负责水暖修理的工人，每天在楼里干活的时候都晃着宽大的肩膀，嘴上骂骂咧咧的。有一次他在我们宿舍修暖气，看着我营养不良的样子，充满鄙视地大声说："小伙儿你这也太瘦了，不过没事儿！得练练健美，要不然我降龙十八掌半掌就把你打得贴墙上了。"大庄特爱臭美，不好好干活，没事就坐在我们同学的床上翻设计杂志。翻到一页有自行车赛车广告时，眼睛马上光芒毕露，大声说："就这个！我就想买这款自行车，骑出去兜风贼拉牛逼！"那个时期的大庄还是比较感性率真的，有什么说什么。他喜欢打扮、爱臭美这一点全楼都知道。他每天打扮得油光水滑，皮鞋擦得锃亮，出入于宿舍楼里。再加上他的身材魁梧，还是挺引人注目的。大庄头发比较少，我估计现在差不多该秃顶了，他总是把不多的头发集中起来梳出一个波涛般鼓舞起伏的造型，神气活现，在朴素瘦弱的大学生面前嘚瑟。后来不知道他怎么就混进了保卫处的队伍里了，每天穿着没有肩章和领徽的半身军装，半编内半编外的。自从进入保卫处阵营之后，大庄身上的活力立马消失得无影无踪了，取而代之的是阴险、冷漠，还有点装模作样，故作深沉。

和大庄相比，小强子基本上把保卫处的颜面彻底丢尽了。小强子出现在保卫处的时候是80年代末期，那是哈尔滨一个特殊的历史时期，这一阶段社会治安不断恶化，是个刺儿头遍地、黑帮盛行的阶段。学院这时期不知什么原因开始大量招收非学历教育的各种培训班学生，其中教工子弟占主体的大专班带来了很多问题。这些人自恃是本地人，和学校又有千丝万缕的联系，因此惹是生非不断，严重扰乱了校园正常的秩序。学校内部的纠纷常常引来社会力量介入，这时，保卫处的身份就很特殊、很有存在感了。小强子的真名也许只有他的同事和人事处处长知道，反正他的这个绰号挺符合他的气质和行为的。该同志个子不高、平头，刀条脸，眉眼长得不错，就是眼神有点发散，那双明亮过度的眼睛很少流露出友好的眼光。如果他不在保卫处人员总待的那几个地方待着，没人会把惩恶扬善的角色和他联系起来。事实上也是如此，老实巴交的学生们都很怕他，他也经常假借维护正义的名义刁难欺负学生。这种人即使有道貌岸然的欲望，也难以掩盖那种戾气和恶意，还有糟糕的底色。他的着装和大庄不同，如果说大庄做了一个从时尚青年向国家干部的庄严转身，那小强子就是明火执仗地在体制内抡起了皮带的恶棍，让整个保卫处滑向了帮会的边缘。很多学生都记得发生在学生和保卫处坏蛋之间的一段精彩对白：

学生：那你也不能欺负学生啊！

保卫处坏蛋：我他妈就欺负你了咋的！

我估计那一个时期读书的男生们，都会记得这个每天穿着“片儿懒”四处撒目的保卫处人员。

考试

大学的考试总体上来说压力不大，但大一期间的基础课，还保留了一点高中时期环环相扣、步步紧逼的影子。那一阶段，同学们大多延续了高中时相互竞争、刻苦拼搏的习惯，拼命读书，认真考试。再后来，大家则多是依靠突击来应对考试，因为专业课逐渐成了占据精力的课程，抢占了大多数的学习时间。一年级的画法几何、高等数学、理论力学、材料力学这些考试还是沿用了高中考试的基本模式：闭卷、标准答案、成绩精确到个位数。竞争意识得到了表现的空间，学霸们在这一阶段都很爽。

各专业都有学霸，有的是从中学开始登上霸主地位的，有的是后起之秀，在大学阶段达到巅峰状态。建筑系的传统学霸一向比较多，学霸的共同特点是做事情有规矩、记忆力好，还有就是有永争第一的价值观。到大二的时候，考试基本上没什么挑战性了，同学们没有心思去挑战自己的智力水平，老师也不愿意为难建筑学专业的学生，懒得出偏题怪题，这其实是考试在逐渐边缘化的表现。学习规矩很重要，上课做笔记，复习的时候提纲挈领，注重记忆的程序性和实效性，但凡能做到以上几点的人，考试的时候都会淡定从容。女同学的定力普遍更好，学霸中女生的比例便越来越高。入学的时候，全院高考最高分就是我们班里的一位女生。几年之后，黑龙江省唯一一名全国高等院校三好生也出自我们班的女生群体。当

《偷窥者》

男生在校园内外四处乱窜时，女同学们则一个个纹丝不动地坐在桌旁看书学习，我甚至一度怀疑她们的“坐功”和饱满充盈的臀部有关。她们出色的考试成绩每次都把大多数男生甩掉了好几条街。

在学生进入专业状态之后，大学教育对知识的学习和安排的确存在很严重的问题。主要表现在基础知识、专业知识和专业学习的割裂上。平日里，大家最崇拜的老师都是设计专业课程的辅导教师，但他们从不系统地讲专业知识和基础知识，也不推介和专业设计相关的知识系统。这使得我们对许多课程的设置缺少基本的认识，有时会感觉突然出现一些陌生的面孔讲述陌生的故事。构造课、建筑物理课稍好一些，而面对建筑施工、材料力学这些课程，我们就觉得很乏味。大多数生性活泼的男生都不太喜欢这种课程，面对考试的时候都是仓促应对。这种局面下，死缠着老师划重点是很关键的。建筑物理课中的建筑热工老师陈庆丰挺神的，喜欢抽烟，把脸色抽成了雪茄色。陈老师常穿一件有四个衣兜的绿色中山装，当有“大重九”之类的好烟时，就会放到左上衣兜里，烟瘾来时就大大方方掏出来，抽出一支叼在嘴里。当只有“田七”之类的便宜货时，就放在右下兜里，抽的时候，手伸在里边一支一支摸出来。他讲课喜欢留包袱，故作神秘的同时也留下必要的暗示。这样一来，绝大多数同学就放弃了破釜沉舟的坚定信念，心神不定地等候陈老师关键时刻的点拨。临考前的晚上，他必将顶着光环现身教室，像上师一样接受同学们的膜拜，然后发布考试的最后指南指点迷津。

考试吃力的同学也会在作弊的事情上下功夫，大学的作弊没有惊心动魄的手段，主要是靠眼神和情面。周围学霸多就是地利，大家容忍你抄袭就是人和，你此时需要“看的”正是对方此时在答的，这就是天时。我们同学中年长的老猴儿就是这样的幸运儿，再加上他脖子长、眼力好，大学期间受益良多。有一次，年龄大我们不多的班主任监考，仗着平时和老师关系好，老猴儿偷窥的动作就更加放肆，像个长脖子恐龙一样，把脑袋高高挑起，然后前后左右地巡视、扫描。考试结束后，班主任在一次班会上提出了批评："侯 × × 同学，别以为就你长了一个长脖子，别忘了脖子的那头除了眼睛还有脸呢！"我大学期间似乎没有过作弊的记录，但是被同桌的同学看过，最可气的一次是理论力学考试，最后一题 16 分，同桌不会解题向我求援，我慷慨相助。结果对方得了满分 16 分，我得了 13 分，这件事情我一直想不通。

我们的专业设计课一般都是考查，不做考试，一个课题一般需要两个月左右的时间。教师通过较长时间的辅导和交流，来协助学生们掌握设计的方法，提升表现的能力。但是，大二之后出现了另一种考核方式——快速设计，这是建筑系惯用的一种一年一次的考试方法，并且配合相应的留级制度，即如果快题考试不及格的话，就会被责令降级。我们班有好几位同学，因为快题考试不及格被降到了低年级。

快速设计要用大约八个小时的时间，要求学生在规定的时间内完成规定的设计项目。在这个作业过程中，学生可以借用一切手边有的、有价值的参考书，但是最终展示的，是在图面上所完成的设计内容。我的母校延续了斯拉夫人硬核与日本人严谨之双重文化遗风，其考核制度和评审制度非常严格且比较刻板。评审的时候，老师们会用严格的数据指标和苛刻的功能关系去审查每一份学生作业，让学生们叫苦不迭。最令人匪夷所思的是，班里边一些优秀的同学，有时候也会因为考试时间运用不当，导致快题考试不及格。

每一次快题考试结束以后，教师还会对整体情况进行点评，点评的过程也是非常有意思的，此时，学生们的痛点就是教师们各种调侃的对象。有一次，邓林翰教授对快题的点评就妙趣横生，他平时非常欣赏的一个学生叫朴成（和我同宿舍，后来留校任教）。朴成有一次快速设计只考了 50 分，因为他把所有的时间都用到推敲平面关系上了，这就导致他在后来的立面设计和图纸整体表现上没有时间充分展开。邓林翰教授在讲评的时候说道："……有的同学平时很优秀，但快题考试不能很好地控制时间，一直想尽善尽美处理平面关系，结果时间不够了。这个同学我想大家都猜不到是谁，他就是朴成啊！大家都知道，平时朴成同学并不是那种狗屁不是的啊！有一次我在黑板上看到他画的人体，蛮有艺术感的嘛，可是他这次却弄了个石头蛋腌咸菜——一言难尽呀！"

其实快速设计的目的之一就是为帮助学生应对考研中的专业考试，因为这是一种应试训练，所以放到整个培养环节中稍微有点唐突。从我自己从事 30 年高等学校设计教育的经验来看，设计本质上和速度无关，设计教育中注重对速度的培养，甚至通过快速设计来强化速度意识充其量只能算作权宜之计。我甚至认为这是弊大于利的一种教育方法，不知道现在是否还在使用？

平庸的宿舍

和教学楼相比，我们的宿舍楼是一个平庸得不能再平庸的建筑，U 形的楼体，简陋的屋身，扁平而出挑的屋顶就像那个时候流行的

《宿舍人生》

军帽帽檐，门窗的比例松散而且缺少细部，可以说是要多普通有多普通，要多土有多土！这样一个难看的楼体对睡眠缺乏基本的尊重，殊不知睡眠和梦境是生命经验的另一块组成。出人意料的是，这样糟糕的底子在若干年后竟然改成了一个星级酒店！毕业二十年聚会，我在带有许多廉价装饰的客房中住过一次，梦里全是当时宿舍楼的场景。

功能主义绝对主导建造的时候，美学如同过街老鼠。当时，这个肃然寡味的宿舍入口有一个扁平的门廊和不足50平方米的门厅，传达室在左，小卖部在右。传达室和小卖部性质迥异，两边驻守者的表情反差巨大，左侧中年男门卫目光犀利表情冷峻，晚上掐表到

点就落锁封门，毫不留情；右边的大姐则满面春风笑容可掬，一两毛钱一袋的方便面、咸鸭蛋、信封、邮票是小卖部主要推销的内容。那咸鸭蛋硬得很，若做一个支点足以撬动地球。U 形内院正对着锅炉房和开水房，通道两侧堆煤，于是一、二楼朝向内院房间的景观就是满眼黑乎乎的煤渣，这种被煤染黑的视觉效果倒是蛮酷的，绝对堪称一种视觉的酷刑！

宿舍是大学里最基本的生活空间单元，居住在一起的学生仿佛这个社会中的家族，是一群被空间框定着的人。宿舍开间 3.6 米，进深不足 5 米，层高大约在 3 米上下。军绿色的铁架床四套，上下铺共八张床，每间宿舍安排六到八个人。运气好的话可以空出两张床放行李箱和脸盆、搓板之类的杂物。我们宿舍因为有两位同学转系走了，所以从大一到大三一直空着两张床，算是居住条件最优厚的了。宿舍里另配有带四个抽屉的木桌三张，木椅一把，供大家合用。共享的空间会形成最大化的视觉和语言上的拥挤。听广播的、听评书的、听广播剧的、用单放机听流行歌曲的，各取所需；朗诵的、读英语的、骂骂咧咧的，各有所好。此外，东北方言、山东口音、西安古语、湖北话混杂一间，相互影响。随着个人隐私意识逐渐加强，每一张床前都拉起了遮蔽的帘子，这样一来，本就不大的宿舍看上去更加令人窒息。帘子里面的风景丰富多彩，贴满了外部世界的景观、世界名胜、歌星影星的剧照、日程表、课表、励志的书法、世界名人警句等。

每一间宿舍上空都吊着一支40瓦的日光灯，赤裸裸的灯照射着赤裸裸没有隐私的学生生活。每个人试图独享的事物，如家乡寄来的食品、伴侣赠送的定情礼品、新买的录音磁带、非主流的课外读物甚至书信，最终都会成为共享物或公开的秘密。唯一隐秘的只有个人的思想，它藏在坚硬的脑壳里，怀揣在挺拔的胸膛里。

集体去楼下访问女生宿舍是一件很隆重的事情，之前一定要认真准备，包括着装和话题。但这样的好事在大学四年好像只有两次。情窦初开的男女集体相会的情景多半假惺惺、酸溜溜的，腼腆羞涩表现的内部是花花的肠子、花花的心思。性别的差异在内饰方面表现得淋漓尽致，女生宿舍的温馨柔软与男生寝室的粗糙疏朗形成了鲜明的对比，更不必说那种曼妙的体香和雪花膏扑鼻的气息营造出的迷人氛围。而且，一旦进入那个散发着温情的场所，所有台词就立马忘了个干干净净。男生女生之间虚伪地相互问候着，用几句俏皮话舒缓紧绷的神经，眉来眼去地相互打量。

有一次晚自习后回宿舍，在一条走廊的拐弯处，我看到一个低年级的同学对着另一男生，张开双臂大声倾诉：“我渴望得到爱情！”没多久，一个“渴望”的绰号出现了。我一直庆幸自己见证了这个激情澎湃的时刻。

每晚十点半是全楼统一熄灯的时刻，这种武断的方式是维护就寝秩序的最有效手段。即使如此，灯黑之后黄段子在宿舍游窜、袭扰，打闹声依然在走廊和水房响起，这是集体睡眠的前奏。青春活力在一天结束的时刻停止了最后抵抗，半小时后，整整一座宿舍大楼渐入梦乡，走廊里空空荡荡。

褐色的食堂

食不果腹的年代留下的深刻记忆，导致我们这些60后对食堂有种特殊的感情。在对大学浪漫时光的回忆之中，食堂是一个非常重要的场所，它总是闪烁着褐色的光彩。这不仅是因为做菜滥用酱油的缘故，它是印记在脑海之中的、空间气场的综合性意象。因为正是那几个昏暗的场所提供给我们每天一肚子的物质食粮，让我们抵御东北的严寒和青春年华中身体频繁出现的匮乏。

除了食堂里那些美味可口的饭菜以外，还让我们感到温暖的，就是售饭员工们的音容笑貌。那些头戴白帽、身着白色上衣的师傅们，一个个微弓着身体，把脸对着扁平的售饭窗口和学生们交流。他们每个人都掌握了一门娴熟的技术，就是用大铝勺舀饭菜的真功夫：先是猛地一勺子下去满载而出，学生们心中一阵喜悦和感激，

《我渴望得到爱情！》

但就在勺子离开饭盆的一刹那，师傅们那只手都会极为自然地抖上几下，于是满勺饭菜瞬间减半。每天我们都要经历两次这样揪心的情景，但是我们也的确理解大师傅们的苦衷：青年学生一个个饭量都奇大无比，如果每个人在买饭的时候都满载而归，估计食堂早就被吃光了。

我对售饭的师傅们没有什么不良的记忆，毕竟是他们这些人每天将食物亲手交予我们。每天着装整齐、笑容可掬地等候在窗口，看着那层玻璃之外紧张焦虑的人群，他们每天的心情想必很好，因为终究是在扮演一个施舍的角色。在这个群体之中，有几个人是大家记忆比较深刻的，其中之一是三食堂的大胡子。大胡子姓啥没人知道，但他胡子拉碴的形象和对学生的态度让他永远载入了口述史册。他长得有点像印巴人种，不仅浓眉大眼，胡子更是毫不含糊地给面孔勾勒了清晰的边界。他貌似是个担点职责的小领导，每天指挥着手下一帮年轻的售饭员工端菜、盛饭、收钱，忙得不亦乐乎。有时候学生和年轻的售饭员工发生冲突，他也会出来劝架。他态度温和，与学生的交流比较多，因此他的劝解总是比较有效。但是在用大铝勺盛饭打菜这个事情上，他也是照抖不误。我想这一点一定是那个时期食堂售饭员工们之间的一个共识、一种默契，无须动员。

温和的大胡子也有发火的时候，有一年食堂的饭锅里出现了死老鼠，学生罢餐。开饭的时候，售饭师傅们一个个谦恭地在窗口等着学生们，此时一个壮实的男生大大咧咧地走到窗口。大胡子友善地问道：“同学来点儿什么？”学生不怀好意地说道：“来份儿红烧耗子！”大胡子听后愤怒地冲了出来和他扭在了一起……

二食堂里有个叫喜子的员工，瘦瘦的，一双眼白突出的大眼睛，像个奥斯维辛集中营里的犹太囚徒。他每天用眼睛直勾勾地盯着买饭的学生，嘴角还挂着一丝嘲弄的微笑，同学们戏称喜子每天卖饭时脸上的表情为“淫荡的微笑”。其实，喜子的表情是天然的，他的长相和举止就是那样带着一点放荡不羁的感觉，他本意是表达专注和善意。我们班的“大鸟”和他混得挺熟，每次买饭的时候都会热情地大声呼喊喜子的名字，这时候喜子就会非常友好地给他盛满满一大勺子。

一个叫丫蛋儿的女孩是售饭员工中的明星，给大家的印象深刻。当时她比我们大不了多少，微胖、长得有几分俏丽。这丫头每天浓妆淡抹，在窗口眉飞色舞，卖弄风骚。有时候。她还会在晚上跑到男生的宿舍区挨个儿敲门，推开门后，就探进半个身子，一边推销一些小“文创”产品，一边跟男孩子们调侃。她是典型的东北妹子，爱开玩笑，虎了吧唧的，所以一些成熟一点的男生在和她的对话里就可能会夹杂一些色彩暧昧的暗示和隐喻，而这可能正中丫蛋儿下怀，她立马就会发出肆无忌惮的笑声。她工作的时候风风火火，嗓门儿极大，说话基本靠喊。听说后来和一个自动化87级的学生谈上了对象，周末有人看到二人勾肩搭背地逛街，我估计那个学生在日后的校园生活中，起码在饮食上得到了更好的保障。

哈建工的老校友们聚会时几乎都会念叨起丫蛋儿，同学之间有人看过她的近照，85级同学聚会时曾放过采访丫蛋儿的视频。岁月不饶人，过去青春靓丽的丫蛋儿已经有几分叶利钦的糟糠之相了。

丫蛋儿和学生每天的打情骂俏、嘘寒问暖，是人性的另一种表达，像味道浓郁的勾芡弥补了食材的寒酸。她的疯疯癫癫曾给我们带来了肤浅但纯粹的快乐，我觉得完全可以请位雕塑家给她塑个像，让她立在原来学生三食堂的遗址上，让丫蛋儿的笑容继续温暖这个越来越冷僻的巨大天井。

马路大学中的体育课

在马路大学当体育老师挺憋屈的，校园体育中最热门的田径、足球都没法开展，脚力好的足球爱好者一个大脚就能把足球从天井的这一头踢出那一头去，更不用说只有在广阔天地才能施展的田径项目了。学院一年一度的运动会，每次都得向隔壁的哈工大借用操场。在阴暗的大楼里或天井中上体育课的记忆并不算太美好，狭小的空间只能练习折返跑。

受空间限制，哈建工的体育课选择了那些活动范围不大的项目，比如篮球、乒乓球、健美、散打，还有原地不动的气功。但是体育老师们的表现依然可圈可点，在我们的记忆中永远占有一席之地。

首先是风度翩翩的王春风老师，他年纪最长，是国家著名篮球裁判。体育课上他主要教授篮球。老王老师的魅力全楼皆知，估计他自己也对大家的评价了然于心，于是就变本加厉地进一步发挥。他的确太爱臭美了，几乎到了“无法无天”的地步。即使上体育课，他都穿着考究的西装，讲授篮球技法和比赛规则时动作异常夸张且生动。最让人受不了的就是那抑扬顿挫、仿佛电影配音演员般的腔调，好像他就是一个时刻准备着面对镜头的明星。在我看来，NBA球场上那些叱咤风云的大牌教头们也不过如此。

老王老师风度好是全院上下公认的事情，再加上他好显摆，看

《绅士》

得出来，女生们很迷恋他，由此也引起了一些猥琐男生们的嫉妒。一些土包子就给帅气的老王老师起了外号——“亮光”。这是因为老王老师谢顶，但在我看来，谢顶丝毫不会影响其风度拿人。他喜欢穿一件棕色的西服和深色的高领毛衣，这套服饰的色系和他紫棠色的面孔很搭配。同时，老王老师擅舞，而且是那种彬彬有礼的西洋古典交谊舞。老王老师有一句经典的语录：“我是舞会上的皇帝！”

教我们的体育老师也姓王，叫王荣群，曾经是黑龙江省铅球纪录保持者。大王老师身材魁伟，膀大腰圆，但是他高度近视，估计眼压也很高，把白眼球憋得鼓起好大。戴着高度近视眼镜的大王老师，五官看起来像个来自大都市孟买的印度人，好在他总喜欢戴一顶鸭舌帽，这样看上去他就很像底特律或伦敦这种有工业历史的街区人物了。大王老师训练我们练习健美，对豆芽菜和小排骨们进行身体方面的塑造。在暗无天日的体育课上，他耐心辅导我们使用杠铃、哑铃这些铁器。

举重我们只练习挺举，抓举难度大，担心出危险。有一次为了展现实力，大王老师给我们做了抓举示范，杠铃大概加到了150公斤。在昏暗的地下室走廊里，大王老师脱去臃肿的外套轻装上阵。他认真做着准备活动，同时给我们介绍抓举的要领，看得出这具有难度的动作他也许久没练习了。望着硕大的杠铃和大王老师肃穆的表情，大家也屏住呼吸，心提到了嗓子眼儿处。最终，大王老师不负众望，他弯腰、拉杠、拎起、上扬，然后一个跨步举起，最后并拢双腿完成这些动作，非常连贯，一气呵成，我们则拼命鼓掌。

按说大王老师这样的身形和力量在治安不太好的哈尔滨街头行走应该蛮有安全感的，但还真有狗胆包天的小混混不自量力，敢挑战大王老师的权威。有一次课间，他一时兴起给我们讲了他在学院唯一一次动手打人的事。话说有一年冬天，大王老师推着冰爬犁要维护冰场，有一个教工子弟就是不下场，他在冰场上歪歪扭扭地骑自行车捣乱。大王老师上前劝阻，理论过程中那小子嘴巴唧唧爆了粗口，王老师强压怒火把他的自行车举起来扔到铁栅栏外。结果那小子犯起了浑，抄起一块砖头砸了过来，冬天里人都穿得鼓鼓囊囊，砖头速度不快，被身手敏捷的大王老师单手接住。大王老师放下砖头走上去，一个勾拳将那个混混打出二丈开外，一个仰八叉倒地……讲到此处，大王老师身板一挺，眼睛一瞪，嗓门提高了一倍，厉声说道："建工学院没人敢动我！"

不过大王老师也有失手的时候，有一些人不可貌相，看起来长得瘦小但精悍有力。像掰手腕这种竞技项目，手腕上的力量和体量不一定成正比关系。我的学弟，一个86级的学生就是这样，更巧的是这个学生也叫王荣群，和大王老师同名同姓。小王荣群喜欢拳击和散打，手腕力气更是十分了得，我和他掰过几次手腕，几乎每次他都摧枯拉朽一般胜出。有一次体育课上，小王荣群班里的同学不怀好意地鼓动两个王荣群进行一场比赛，看着比自己身形小两个尺寸的学生，大王老师大意了。结果呢，小王同学在众目睽睽之下扭转了乾坤，弄得大王老师满脸涨得通红，一节课都没缓过来。

和篮球、健美比起来，气功最节约空间，加上80年代中国的气功处于鼎盛时期，江湖上人才辈出，关于什么严新、张宝胜等人的神奇传说不胜枚举，以至于神州大地上流传着严大师参与了1987年大兴安岭火灾灭火活动的传说。而钱学森等科学家介入气功话题则更加关键，这使得古老的江湖技艺成为科学正视的对象。在哈尔滨，气功和科学的邂逅让这古老的民间神术踹开了理工科院校的大门，并堂而皇之进入科学健康的体育课程目录之中。

“太乙元明功元明八式”是当时学院开设的气功选修课程，痴迷此术不可自拔者甚众。鹤翔桩顾名思义，就是模仿鹤展翅翱翔之状，进入无意识状态，飘飘然忘我之境界。

教授气功的佟老师，大家都称她作佟老太太。佟老师是学院里被神化的气功大师，在当时的时代背景下，每一个人都希望在传统的遗泽里发掘出闪闪发光的东西，每一个社区都希望得到神的眷顾，希望拥有神迹或神秘力量附体的肉身。

佟老太太身材高大，衣着朴素，表情永远是那么木讷。气功课是最节省空间的，在佟老师的辅导下，学生们以静态的站桩为主。选修该课的同学大体分为两类：一类是不擅长激烈运动的，也就是运动素质不佳的；另一类是对气功神秘属性好奇的，希望亲自尝试，切身体验那种传说中的超自然能力。令佟老师没想到的是，申请修炼气功的学生人数很多，上课的时候挤满了室内体育馆的犄角旮旯。

佟老师让大家练习的“太乙元明功”，属于武当派内家功法。同时为了对虔诚的“信徒”们负责，她还专门请来校外教师——在江湖上名声显赫的一男一女两位年轻李姓师傅，男师傅叫李兆生，女师傅叫李淑珍。每一次上课，佟老师和这两人都耐心指导同学们站桩和打坐。这套功法中有几个环节的训练效果尤为显著。

其一曰“掌托日月”。

动作：全身放松，以腕为轴，翻转掌心向上，化正托掌，由下向前翻转。两臂呈弧形，掌心向上，微微上托，掌与头同高，沉肩垂肘，含胸拔背。意念取天中太和之气补自身元阳。

其二曰“阴阳化合”。

动作：两臂慢慢向回收拢，两掌心相对，做挤压状。继上式，两臂在额前划弧，两手掌心仍相对，做抱球状。随后两手抱球沿任脉经胸前自然下落。

其三曰“合扣丹庭”。

动作：两手抱球下落，至小腹下丹田时，两手重叠，男左手在下，女右手在下，两手内外劳宫相对，抚按在小腹丹田处，收小腹，会阴上提，将周身元气归纳入气海丹田。

据说很快，大家的双手确实都感受到了一个实实在在的球体，这个球体随着双手的分合制造着粘连、反弹的各种力感。

更多的时候，她让学生们席地盘腿而坐，闭目入定，她说：“大家要充分想象，你现在身处在一个由绿水青山环抱的美好环境之中。”于是，众人就闭着眼睛使劲想，不一会儿青山绿水跟 AR（Augmented Reality，增强现实技术）似的逐一浮现在人们眼前。看着这些昏头涨脑的家伙们幸福美好的傻样，我这样的旁观者忍俊不禁。

有一阵子，学院里都在传说佟老太太的功法已经进入上乘境界，具有了超自然的能力，并举出各种不可思议的现象为证。其中最离谱的一段是说：有一次佟老太太在偏僻小街上遇到两个流氓骚扰，她从容面对后略微发功，立刻就让那两个鼠辈精神涣散，魂魄皆出，最后不住地求饶……这个神奇的故事一而再，再而三地被热爱气功的弟子们传颂，几成铁的事实。但有一次，佟老太太一个弟子再次津津有味地讲述的时候，宿舍里外号“小屁股”的同学管某却看出了一些破绽，他操着浓重的湖北口音反诘道：“流氓找她干吗？”讲述者顿时无言以对。

空间是智慧生发的容器，一般来说，试管中反应的激烈程度大多超过现实。哈建工的体育运动看似和空间存在着不可调和的矛盾，但是我们选择了文化的抓手就是急中生智的表现。气功的选择就超越了空间，它无疑是个时间的产物。

开运动会与郊游

开运动会和郊游是最纯粹的动词，一个是在固定的空间中进行剧烈运动，另一个是在舒缓的运动中变换空间。这两种运动多在春秋两季进行，它们剧烈和浪漫的表象隐匿着生命秘密的两个侧面：力量和速度是一种最原始的显性的炫耀；而在风景中展露的美学和谈吐则是人文精神的体现，在文明世界的日常生活中拥有强大的魅力。

由于马路大学空间的局限性，大学四年中有三年的运动会是在哈工大的体育场内进行的。我缺少运动的天分，也从不提交赞颂运动员的打油诗稿件，在运动会上纯属一个看客。但正因为如此，我才能更加全面地了解全局。当运动健将们各展风采的时候，我会在自己班级的看台上像解说员韩乔生一样对他们逐一进行点评，逗得班里的女生们咯咯咯笑个不停。说实在的，大学运动会的水准还不及我的高中，于是我把注意力投放在了那些成绩不佳但精神可嘉的运动员身上。我喜欢看老牛一样“蹒跚”在万米征程上的落伍者，比如同班同学郑伟华，每一年她都参加中长跑，每一次都是名落孙山，每一步都沉重如铅，她虽屡战屡败，却愈战愈勇。郑伟华同学多次留级，而长跑之心永存，她在跑道上孤独的身影把竞技体育的

《春游》

燥热氛围转变成为人道主义、人文主义的凝重色彩，如一面旗帜在每年一度的春风中猎猎飘扬。

大四那年，学院分部建设初见成效，我们终于有了自己的运动场地，但眼见毕业临近，本年级的运动骄子们也都无心恋战，他们大多虚晃一枪，败下阵来。

在东北，郊游以寻找自然野趣为主要目标，春天的踏青，夏天的郊游，深秋在金黄落叶上的漫步……处于青春萌动中的学子们通常会伺机附带上男女同学之间的感情交流，以此和节气的格调相应和，提高求偶的成功概率。这种活动随着学年的升级，频次不断加快，且其属性也变得越来越不单纯。大东北单调的景观的确无法满足年轻人驿动的心，郊游最美好的光景都是在眉来眼去中留下的。

哈尔滨太阳岛是个好去处，尤其在秋天，金黄、赭石、墨绿的树叶构成了饱满成熟的色彩层次，俄罗斯小木屋色彩鲜艳的屋顶，还有江边码头漆成彩色的船舶是人工的渲染，和自然景观形成了绝配。当然，年轻人游览太阳岛的标配还有《太阳岛上》歌词中提及的六弦琴和游泳装。

在春暖花开的时候，我们还会去大顶子山、帽儿山、玉泉滑雪场等地方。帽儿山是一座群山中的孤峰，一个地质运动过程中的偶然性遗存，山形像个草帽，地势险峻，易守难攻，曾经是赵尚志打游击的地方。攀登帽儿山需要点冒险精神，最险的一段要从悬崖上爬过去，现在回想起来都需要一点勇气。上山之后，那个帽顶处也就巴掌大块地儿。土匪们也真不容易，官兵来剿时就挤在这屁股大的地方耗着，这是他们的卫城。大三的时候，我们还去过一个叫长岭湖的水库春游，那一次中午的野餐以水库鱼为主，各种杂鱼，都是水性好的同学在水库里摸的，利用石块简单搭个灶，再捡来柴草点燃，炊烟阵阵四下里散开，呛得人干咳不止。那些鱼经过草草处理，就用水库里的水直接煮着吃，天然的鱼汤给我们留下了美好的记忆。

参观实习

大三暑假的参观实习对低年级的同学来讲一直是个美丽的传说，那是一次长达一个月的对中国建筑设计历史和当下的粗略扫描。为了这次参观实习，学校还提前开设了一门摄影课，并组织大家一半自费一半公费，人手配购了一台虎丘牌 135 相机。这一段时间我恰好担任班长，责任重大，不敢有丝毫懈怠。那时外出没有带队老师，全靠学生自己管理自己，什么订票、订旅馆、联系参观，事情很多。给三十多人提供这些服务，对于尚不能妥善打理自己的我来说，无疑是个很大的挑战。更有压力的是，当时全班的经费都交予我保管，面对那么一大摞五元、十元面值的钞票，我只能委托其余几个班干部共同分担。这很像长征时专门负责背黄金的红军战士，背负着全班希望的，都是可靠之人。临行前，班主任梅洪天老师还告诉我们如何甄别常规收据和可报销发票之间的区别。最重要的是，那个年代出门，必须要带够一定数量的红头介绍信。

为了交通、住宿以及参观联络安排的方便，我们这一级两个班兵分两路。一路从哈尔滨坐火车先到大连港，再坐船到上海，最后走旱路从南向北返回。这一条线路是浪漫的，因为从大连坐船到上海这段一天一夜的旅途在船上度过。海轮甲板上视野的开阔、空气的清新和绿皮火车车厢里的拥挤、嘈杂、污浊形成巨大反差，显得浪漫而宁静。另一个班的路线一直仰仗油腻兮兮的铁路交通，先从哈尔滨到北京，然后从北京南下到上海，再到苏州。我们班的路线是陆路，但全班集体乘坐火车对于我们这些长期独来独往的学生而言，还是有一种新奇的体验，更不用说家住哈尔滨、从不知道路途艰难的那些同学了。这也是我大学四年第一次这样心平气和地经过北京，不再那么匆忙地转签车票，也不再带着一身的疲惫满大街转悠，以消耗整整一天的时间。而是用了足足一个星期，从容地打量这座自己既熟悉又陌生的城市，仔细体察它的古老和当下，感受首都的伟岸和市井的油滑。

在北京实习的那段时间，我们被安排住在朝阳区水碓子附近。那是北京住宅总公司下属的一个招待所，那个像建筑工地临时指挥部的院落位于一条河道的北侧，它的南侧是一片正在施工中的板式高层住宅，也是当时北京市正在尝试的建筑工业化样板。我们每天站在院子当中，一仰头就能看到塔吊在一串串哨声和小旗的指挥下，晃晃悠悠地吊装工厂预制完成的建筑构件。1991 年，我到北京读研究生，才知道当时正在建造的这些工业化住宅，就是中央工艺美术学院的教师宿舍楼。

那次在北京的一周时间里，我们参观了许多项目，其中有传统的经典木构古建筑，比如雄伟庄严的故宫以及故宫里面深邃静谧的乾隆花园，增强了我们对中国古典建筑的认识；还有许多 80 年代在北京建造的具有实验性的现代建筑，如由北京市建筑设计院的建筑师柴斐义先生设计、当时还在施工中的北京国际展览中心，建筑师黄汇设计的北京四中的新教学楼，以及新中式园林风格的中国画研究院等。这些叱咤风云的新建筑让我们看到了中国建筑文化正在经历国际化的冲击，现代主义和后现代主义接踵而至，让人们心烦意乱。但设计界兴奋的状态却是实实在在的，建筑师们正在拥抱属于自己的春天。

学校还为我们安排了两次讲座：一次是在建设部建学事务所里，由王天锡先生介绍他事务所的作品；另一次是在建工出版社，请来自武汉的学者艾定增先生做了一次关于建筑文化方面的讲座。80 年代后期的确是中国现代建筑文化发展的青春期，新思想、新生事物不断涌现。王天锡先生是中国大陆开创国营体制与私营管理相结合的建筑设计事务所的第一人，其独特的运营模式和设计理念在当时是引人关注的热点。这种新生力量将打破国有大型设计企业对市场的垄断，为中国的建筑创作带来新的活力。

在北京的那一段时间，给我留下深刻印象的，还有当时参观涉外酒店的系列窘事。20 世纪 80 年代中后期，中国还处在改革开放的早期，革命尚未成功，任重道远。所谓的大城市的设备、设施与现代化的标准，甚至可以说与现代文明的标准，相距甚远。而此时那些涉外酒店一个个粉墨登场了，它们像一块块现代世界的飞地，唐突地出现了。建国饭店、京伦饭店、长城饭店、昆仑饭店，它们都是现代化的样板，为发展中的中国树立了文明生活的榜样。同时，这些酒店也像一个个孤岛，矗立在北京旧城的外围，它们和北京的现实生活是割裂的，一门之隔，两重天地。由于内外环境的巨大反差，这些酒店无一不是封闭管理的，如果不是住店人员或没有单位的介绍信，是很难进去的。这些严苛的规定给我们这些学生的参观造成了很大的障碍，几乎在每一个五星级酒店的门口，我们都像乞丐一样垂涎三尺，对里面的世界无限好奇，试图一窥究竟。但现实是冰冷的，我们不仅无法穿越那道近在咫尺的透明玻璃门，还会不断被那些傲慢神气的门童赶来赶去。一次在长城饭店门口，我和几位同学不仅被来来回回驱赶，甚至还被勒令不许在入口外围转悠，理由是美国前总统吉米·卡特即将大驾光临。趾高气扬的门童们仿佛让我看到皇城里一直存在的一种人类，那些昔日里官衙和宫廷的门房——他们既是奴才，又是主人，变脸像翻书一样迅速，收放自如。

终于有一次，通过校友的关系，我们联系参观了刚刚竣工的北京西苑饭店，这是一个由埃及女性建筑师主持设计的作品，旨在探索现代化过程中建筑设计国际化和地域文化结合的问题。该建筑在空间组合中关照了中国传统，建筑构件和装饰也创新地使用了一些中国传统的建筑符号。我们被周到地安排参观了酒店的各个部分，最终还进入了当时刚完工的旋转餐厅俯瞰整个北京。西苑饭店的旋转餐厅是北京第一家能360度环视北京城的餐厅，它是建筑体和机械自动化完美融合的空间场所。它比透明的景观电梯更加疯狂，是旋转木马的建造变种，是现代建筑顶级的配置。友好的业主方居然专门为我们按下开关，让我们每个人坐在临窗的桌前，在旋转中观览北京。为了增强现实感，对方还给每个人配发了一听可口可乐，这突然降临的福利让大家受宠若惊。记得那是一个烟雨蒙蒙的上午，北京城沉浸在天地一笼统的雨雾中。我们在可口可乐和旋转餐厅的共同作用之下，亦看到了一个天旋地转之中的古老都城。

此时的苏州倒是一个远离现代化是非的地方，参观私家园林是我们来此的主要目的，苏州城古老却风韵犹存，粉墙黛瓦的建筑反映着日光，勾勒着清晰的影子。它们挤对出来的狭窄街巷，如同这座古城的动脉。多少年来，有多少身影流逝其中，在坚固的建筑之下，大多的肉身都是过客，唯有绝世的才艺方可隽永，流芳百世。与街道交错的另一个网络是水路，纵横交叉的水巷如同这座城市的静脉。流动的水带走了生活的余孽，它在静静流淌。浑浊的河水死乞白赖地映射着另一座城市，它是现实城市的影子，倒伏在肮脏的流水之中呻吟。园林就隐藏在这阴阳纠葛的城市里，甚至可以认为一座座园林就是这个复合反转的城市空间系统中的奇异果实，它们散落在交织复杂的路网和水网之间，集日月光华，收生动与灵异之气，如此腐朽而又如此灵动。

那一次还有一个难忘的经历，在苏州城建环保学院，我们听取了张家骥教授的一场关于中国园林的讲座。张先生早年追随哈雄文先生来到哈尔滨任教，后来出任哈尔滨建筑工程学院建筑系的首任主任。他是一个才华横溢但性格倔强的学者，在对苏州园林的研究方面造诣颇深。或许，晚年回到苏州工作是一个在北方工作的南方知识分子的夙愿吧。这一阶段，他的学术成就斐然，完成了《中国造园史》《园冶全释》等重要专著。回苏州后，他充分利用私家园林优厚的资源条件，常常在静夜或清晨奢侈地一个人享用它们，充分与这些瑰宝厮守，无休无止地仔细揣摩，实在是令人艳羡。那一晚上的讲座让我们见识了老先生的才华横溢，之后又颇有几分失落，机缘之故，我们这批学子没能有更多机会聆听他的教诲和启发。

进入上海时的景观蛮震撼的，黄昏时分我们抵达上海，沿着两侧睡满打赤膊者、上空出挑的长竿上挂满衣物的狭窄街道去寻找住地。我们在上海被安排在了一个小学的教室里住下，大家就睡在课桌拼接而成的大通铺上。那个学校好像是在大木桥路附近，此时正处在学校放假期间，校长恐怕是想利用空闲的校舍赚笔外快，为老师们增加一点收入吧。

上海真是一个拥挤嘈杂的大都市，高楼林立，街道密集，车水马龙，川流不息。外滩的那些建筑是20世纪初世界经济发展、艺术思想动荡的化石，又经历了历史的考验，呈现出丰富、精彩、雄浑又沧桑的气质。上海的欧式建筑体量要比哈尔滨的大许多，风格也更加多样化。在历史上，就俄国侨民的溯源而言，两个城市还有着上下游的关联。十月革命之后，大量的俄侨贵族和旧式知识分子来到中国。他们的第一站是哈尔滨，后来逐渐流向上海。和号称“东方莫斯科”或“东方小巴黎”的哈尔滨相比，这里显然更像纽约。上海的建筑风采记录了它曾经不可一世的繁荣，如今略显破败，仿佛经过了三十年休眠，刚刚睁开其惺忪的睡眼。

上海的生活节奏和格调与东北有着天壤之别，炎热的暑季，人们在街头赤膊夜宿。狭窄里弄的上方是一道道挑着如同彩旗一样衣衫的竹竿。《三毛流浪记》《战上海》《霓虹灯下的哨兵》等依然是许多人对上海的认知。

此时的上海正在苏醒，霓虹灯和商业广告重新粉墨登场，占据街头，民间的商业从城市最不像样的街道开始野蛮生长，疯狂繁殖。到处都是练摊、叫卖的商贩，到处都是南腔北调、讨价还价的声音。一座一座塔吊见缝插针，针灸一般刺激着城市的死穴，意在加速唤醒这个沉睡的巨人。印象比较深刻的是在上海参观龙柏饭店，那是80年代中国建筑界优秀的设计案例，还有就是在华东建筑设计院听取了总建筑师张乾元对刚刚完成的联谊大厦的设计介绍。联谊大厦是中国本土建筑师独立完成的现代建筑，在今天看来依然有很多可圈可点的地方，它结构设计合理、构造细节讲究、形体处理手法洗练，在当时是黄浦江边最高的现代建筑，独占鳌头，独领风骚。但是30年后，它早已经淹没在了雨后春笋般拔地而起的高层建筑的茫茫林海中。

设计调研

调研是设计课前期的准备工作，目的有二。其一是参照，参观的项目一般都是和设计题目同类型的，以此了解、认知该类型项目的一般性规律；其二是现场感知，每一个个案都存在于具体的环境之中，环境特质也是问题的差异缘由，因此对环境的认知是调研工作的重要部分。

调研的习惯是通过每一次设计课程来建立的，这方面我们的老师一直在反复强调，即使是最简单的设计课程，也不能忽视调研这个环节。小商亭设计是大一下学期的设计基础课，是第一个突破形式主义主导的设计基础课程。设计的建筑面积也就30平方米左右，但是老师们要求大家一定要去看场地。大学四年中，一切设计课选址场地的位置都是真实存在的，这叫“假题真做”，我猜想这也是学科建立之初，那些苏联教师们建立起来的模式。记得当时可供大家选择的有三块场地，分别位于江畔的绿地和街心公园中。到了现场之后，老师要求我们考察周边道路关系，场地形状和场地中的环境要素，然后就是对小商亭内部基本功能的调研，麻雀虽小，五脏俱全。我记得这个环节是在南岗市场进行的，老师带着我们找了一个随处可见的卖零食的小货亭。讲明来意之后，那位胖乎乎的女店主热情地招呼大家里里外外观看，并给我们讲解基本的功能。第一次调研对于建立设计的程序认识很关键，让大家知道了调研是不可或缺的环节，美妙华丽的形态表象之下总是这般琐碎、零乱。

到了大二的幼儿园设计，不仅面积增大了许多倍，功能也复杂多了，完全超出了我们自己的生活经验。这时候调研就更加专业，也更加重要了。当时我们调研了两处幼儿园，一处是市政府机关幼儿园，另一处是空军幼儿园。幼儿园在功能方面有许多特殊的地方，比如每天入园时的检查，教室、寝室和户外活动空间的关系等。特别是尺度设计方面，全是特殊的，从建筑的构件到家具尺寸，许多地方都需要自己亲自去测量才能够认知。那个时期，《建筑设计资料集》好像还没有出版，人体工学的概念还非常笼统。东北的建筑设计也有自身的特点，院落式的建筑格局会面临气候环境的严峻考验，现实中的空间布局大多紧凑，开窗面积受到严格控制，这些对于活跃的思想来说，无疑是一种制约。但在调研中，管理人员对日常工作的讲解也确实对我们的设计功能意识产生了影响。这是一个艰苦的博弈过程，理想在飞舞，现实在闲言碎语地扯着后腿不让你过度自由。调研就是一种在现实浸泡中的打捞，捞起的都是可能引发问题的元凶。因为现实中绝大多数案例毫无诗性可言，却不乏温暖。

住宅设计是三年级的课程作业，这是一个非常理性的设计作业，要求学生在严格恪守经济指标的基础之上，尊重现有的生活习惯，对有限的空间进行组织。在 80 年代住房严重短缺的条件下，解脱人性和伦理困境是第一位的。在这个设计中几乎没有什么形式主义发挥的余地，全部的设计精力都用在和数据以及空间效率打阵地战上，可谓寸土必争，一寸空间，万分思虑。因此，住宅设计对于当时正处于亢奋状态中的青年学生来讲，是一门非常乏味的课程，但这种乏味、枯燥的训练对设计专业来说又是非常重要的。

进入设计程序之后，一个严峻的事实摆在了我们面前，即如何开展调研。我们面向未来的设计在现实中找不着可以参考和模仿的案例，80 年代的中国还没有商品房的概念，所有家庭都仰仗国有的福利分房。而且，当时中国人的居住条件也是非常差的，几代人挤在一间房子中共同生活的情况很多。哈尔滨流行一种吊铺的做法，以缓解居住压力。整体来看，当时的人居环境缺少基本的符合伦理、人性的物质生活条件。

在这个关键时刻，建筑系所有副教授以上的老师，向我们这些寒窗苦读的学生敞开了自己家的大门。80 年代中后期，针对中国高级知识分子的政策已经得到了一定程度的落实，副教授以上级别的教师，居住条件得到了很大的改观，基本上能够达到两室一厅以上的标准。当时所谓的两室一厅和现在的标准有很大的不同，属于经济型，也就是 60 平方米左右。即使三室一厅的户型，也就 75 平方米左右，用作吃饭会客的方厅不过 10 平方米，卫生间更是严格恪守当时的规范——极限的尺度是 3.6 平方米，在这方寸之地内要安排浴缸、坐便器和面盆标配三件套。建筑系高级职称的教师们热情地接待了我们，每一次敲门之后都会看到一张温暖的笑脸，然后大家鱼贯而入，进去后东张西望，除了了解建筑知识以外，还想借此窥视老师们的私生活。建筑系的老师们还是热爱生活的，很多人展示了自己充分利用空间的才华，使我们受益匪浅。

最终我的住宅设计获得了最高的 89 分，我在 67 平方米内安排了三室一厅的格局，并且利用错半层开户门的技巧把一梯四户变成了一梯两户，此举会让使用者产生些许美好的错觉。世界上许多著名建筑师都是从住宅设计出道的，但的确也有一些明显的差异，私有制条件下，建筑师以私宅设计训练为主，公有制则偏重于集中住宅。别墅这类私宅训练对于人性的体察是具体的、个性的，集中住宅则是笼统的、共性的。

后来的每一个专业设计我们都保持了调研的传统，如流线最复杂的医院设计、防火规范最严格的高层宾馆设计等。但是回想起来，那时候的调研还是缺少科学的方法，大概因掌握到的数据很有限的缘故吧，这就是四个现代化起步的艰涩所在。难能可贵的是，母校的训练体系让我们建立了调研的意识，消除了进入社会现场的恐惧心理，这就是播种的意义。

恋人们

中国的大学一直不提倡大学生恋爱，特殊时期还禁止恋爱。当然，这种禁令是无效的，最终是搬起石头砸自己的脚。大学生恋爱的景象是最生动的、甜美的、柔软的、激情万丈的，但男女失衡是个问题，这使得恋爱成为一种幸运、一份骄傲、一个令单身狗们羡慕嫉妒恨的存在。统招统分是 80 年代大学恋爱的最大杀手，中招者甚众。那些校园中的恋人们，在毕业的时候总被所谓的国家统一分配拆散。这里面虽然有国家政策的因素，但事在人为，最根本的问题还是经手人的错误观念甚至是恶意所致。我们读书的时候，正是中国改革开放如火如荼之际，整个社会的开放度和包容性都是非常高的，大学里的男欢女爱更是文学和电影猎取的重要题材。最令我难忘的是 1985 年上映的日本电影《姊妹坡》，一部悲喜交加的故事片，更重要的是片中男主角是建筑系的。这个时期，学生们在恋爱的事情上日益敢作敢当、敢爱敢恨，于是校园内的爱情故事高潮迭起、险象环生。

侯光明和褚丽英是建筑系 81 级的一对恋人，侯光明青岛人，建筑系情圣；褚丽英北京人，看上去是一个很单纯的女生。上学的时候两个人是不是同桌不清楚，但他们是每次文艺联欢会上的固定搭档。他们一起唱过《熊猫咪咪》《归去来兮》等歌曲，格调跨度很大，飘忽不定。那个时候的建筑系高年级男生受日本电影影响颇深，衣着和发型较为夸张。白衬衣的领子一定要翻到西服领子之上，长发披肩大鬓角，据我估计是受日本电影《追捕》中矢村警长或《血疑》中男主角相良光夫，以及香港电影《生死搏斗》中的男主角雷永生着装扮相的影响。褚丽英同学胖胖的，着装倒是很朴素。她给我没有留下什么特殊印象，只记得她戴着副浅色镜框的眼镜，长得很甜，像是五六十年代《青春万岁》中的学生脸谱。

侯光明和褚丽英的恋爱似乎是那个时代里的一个标准的模板，满足了绝大多数人对校园情侣形象和行为模式的想象。但是到了分配的时候，矛盾出现了。侯光明和褚丽英找建筑系领导陈述二人未来的生活理想，希望建筑系能酌情把他们分配到一起。系领导对此进行了调查，然后得出如下结论：假恋爱（为了分配进北京）！于是二人天各一方，暂时散了姻缘。二十多年后，这对有情人终成眷属，现在在深圳过着幸福的生活，即将进入白头偕老的阶段。看来，他们二人是在用一生的行动，来证明他们大学时代真挚的感情。

建筑系的另一个情圣也姓侯，名叫侯耀明，北京人。他是我们

《一束光临》

班年纪最大的同学，1963 年生人，我们都叫他老猴儿。老猴儿瘦高个子、长脸，自来卷处理成中分发型，看到他总令我想起邓友梅笔下的那五（中篇小说《那五》的主人公）。他是中科院的子弟，学的第一个专业是计算机，毕业后又考进建筑系。老猴儿年龄大、履历丰富、见多识广，所以入学后基本不和我们这些新生一起玩儿。他在交谊舞方面是高手，会跳各种舞。感觉老猴儿的课外时间全部放在了交谊舞会中，他既是舞场上的明星，又是教练，热衷于教女生们跳交谊舞。这方面出色的能力很快就使得他成为学院里的名人。我那时非常不解的是，为什么老猴儿身上的贵族遗风和流氓习气那么招女生喜欢。但老猴儿是挺骄傲的一个人，从未找过班里的女同学或低年级的女生，印象中他的几任对象都是高年级的。他一年级入学不久就找了建机专业的一个四年级女生，简直就是虎口拔牙（该专业女生比例很低），更有意思的是这位女生也姓侯。侯姐也是一个文艺骨干，擅长民族舞。一次联欢会上，在大礼堂中，侯姐跳了一曲《燕子》，展现了高超的身手和婀娜的身姿，着实令全场震惊。估计此时猴哥就瞄上了侯姐，在文艺这一点上二人既合得来，又有互补性。当时这一对侯姓恋人在宿舍楼里出双入对，招摇过市，颇让同辈人嫉妒。

猴哥在大学的第一段恋情很快就伴随着侯姐的毕业结束了，侯姐毕业后被分配到东北某二线城市工作，其间返回学校看望猴哥的时候，我恰巧在他们宿舍，近距离见过侯姐一次，倒是一个文质彬彬的女性。很快，猴哥就迎来了第二次春风，这一次他找了一位高我们两年级二系的一位女生，该同学是北京人，长得小巧玲珑。北京的女生大多有点小脾气，猴哥也貌似威严不可冒犯，所以二人闹过别扭。短暂失恋的那一个阶段，猴哥煞有介事地把自己关在宿舍里猛听贝多芬的《命运交响曲》，结果越听越是“却上心头”。不过，两个人很快就又和好了，直到女方毕业。

金某和费某是建筑系 83 级的一对伴侣，金某，天津人，有点谢顶迹象，看起来比实际年龄大不少；费某，北京人，长得有点卡通，大眼睛，胖乎乎的，二人在一起有点像父亲和女儿。上学期间这两位关系很稳定，所以他们成双成对的身影也是土木楼里存在时间较长的，相信很多当时在读的校友都有印象。同一个专业，甚至同一个班级里的男女伴侣有个最大的好处，就是在专业设计课最紧张的时候，能够互相支持，互相鼓励。这是一件令人艳羡的事情，这样能够帮助他们度过最艰苦的时日。但是，金某和费某之间的恋爱表现远远超出了专业的疆界，在和环境的对抗中也表现出了果敢和无私的奉献。一次在食堂里，金同学和教工食堂售饭的师傅发生了冲突，最后那个师傅冲出来和金同学扭打在一起，这时候看上去娇小的费同学巾帼不让须眉果断施以援手，打败了那个厨子。

还有一件事情更有趣，二人有一次夜不归宿，躲避过了第一轮清楼，这次他们完全不是为了专业设计而熬夜，而是在土木楼一楼黑暗的角落里度过了几个小时的美好时光（主要是畅谈理想）。结果好景不长，到了半夜被第二轮巡查的保卫处同志查到。可以想象，当时那道雪亮的电筒光柱是多么残酷，如直捣人性的金箍棒。保卫处的同志命令他们立刻返回宿舍，在半夜把他们赶出了土木楼大门。二人走出教学楼以后并没有返回宿舍，而是在哈尔滨南岗区空旷的大街上继续游荡，继续畅谈人生直至东方既白。这件事其实就是一次小小的违纪，但当时苛刻的建筑系领导并没有睁一只眼闭一只眼，铁腕人物梅季魁老师朱笔一挥，给予这对情侣严重警告处分。那张告示就贴在土木楼一进大门门厅左手边的墙上，案由写道：“夜不归宿，在大街上游荡至天明。”

情侣是校园风景中不可或缺的因子，有了这些朝夕相伴的肉身，校园才会更加和谐，和谐的表现之下是饱满的激情。恋爱也可以看作大学教育中外挂的学科，男孩子由此开始转型成男人，雄心勃勃，有担当精神；女孩子开始转变成女人，温柔且表现出母性的包容。但是，在男女生比例严重失调的 80 年代大学校园里，多一对情侣就意味着多了好几个“光棍儿”，这倒是蛮残酷的一件事情。所以，情侣是大学时代招人嫉恨的阴阳组合，他们从集体中分离出来，但又非形单影只的个体，出双入对、形影不离。

寒冷似一把刀子

1984年刚到哈尔滨读书的时候，我对这座城市寒冷的认知很大程度上是受好奇心的影响，因而那时候整天盼着冬天快点到来，期待第一场降雪，急切地等待着滑冰课上离拉歪斜的登场。我在和家人、同学的通信中对这件事的描述，戏谑的成分更多些，显摆寒冷的见闻，卖弄一点文采，以博得亲友们的艳羡。我们这些外地来的学子甚至有一点担心它不够冷，冷得不够传奇、不够惊艳。当时关于东北的严寒有许多传说，比如：用舌头舔冰会粘在上边，若舔门把手、水压井扶手等铁件，不脱层皮的话休想把舌头从冰冷的金属上收回嘴里；童谣里会说狐狸在冬天钓鱼的故事：兔子诱骗狐狸将尾巴投入钓鱼人凿开的冰窟窿里用尾巴钓鱼，最终被冻住无法脱身等等。记得班主任曾经吓唬我们说：每一年入冬后都会有一些醉鬼毙命于突然降临的酷寒。的确，这个时节哈尔滨的主流媒体《新晚报》每天都会有这类事件的报道，令人不寒而栗。当然最有趣的传说，就是男人们在冬季寒冷的户外小便的故事。据说这等放肆的男人必须随身带一个中空的管子，然后一边儿撒尿一边儿击打鸡鸡。

传说中那道热流在落地的瞬间就会冻成一道冰柱，必须用棍子中流击水才能继续“撒泼”。关于这个笑话的真实与否，无从考证，更主要是因为自己不敢亲自去实验。但是我的确亲耳听过从南方来到哈尔滨学习和工作的那些老教师们提过此事，从他们信誓旦旦的表情来看，这也许是真的。

险恶严寒

蔑视严寒注定要付出代价，而且多是不可逆转的。我见过一个在冬天因好奇而舔水井压杆的孩子，他因此留下了终身残疾，后来说话变成大舌头，一辈子再也发不出 qin、jin 等尖锐的读音；许多东北人都患有关节炎，用手一揉波棱盖儿会有咯楞咯楞的响声，到了晚年，这些隐疾就开始变本加厉地折磨人们的身心。但初来此地的人也有不知深浅的，一些南方来的学生大冬天穿着衬衣和毛背心放肆地在宿舍和教学楼间来回游荡，他们这种极不理智的行为充满了挑衅的意味；更有一位内蒙古来的同学甚至在数九寒天里赤脚穿着拖鞋，招摇过市跑去国旅买冰棍儿。当地有句俗话曰：“皮裤套棉裤，必定有缘故；不是棉裤薄，就是皮裤没有毛。”冬天里三层外三层的衣着是御寒的传统办法，这是着装美学无法逾越的红线。哈市的同学们对于冬季从来不敢怠慢，每一年的深秋，他们就早早换上了臃肿的冬装，里边穿着秋裤，再套上棉裤，中间还戴着护膝，如同战场上的重装步兵，精神抖擞，严阵以待。现在想来，那些“南蛮子”的行为属于无知者无畏，他们严重低估了局势的严重程度。

一次，有两位现役武警同学来看我们同年级的一个内蒙古籍学生李向阳。于是，喜欢热闹的向阳同学就召集年级里几位酒量颇大的男同学同进酒席。年轻气盛的几个欠儿登凑在一桌必然会出乱子，内蒙古大草原来者不善，白山黑水间的东北人也不甘下风。于是一帮人咋咋呼呼一杯接一杯，咔咔咔连撅了几轮，高潮迭起。热菜还没上，六个人就已经喝光了八瓶白酒。我的同班同学杨理想平时一顿也能喝个一斤多白酒，还可以再来几瓶啤酒漱漱口的，按理说也是酒桌上的一员悍将。可是在那天呜呜渣渣的氛围之下，酒喝得实在太急了，平日里争强好胜的他竟也突然感到不胜酒力，于是借口小解闪身离席。那个名叫“铁卫餐厅”的小饭馆位于哈铁卫校沿大直街一面欧式建筑的地下室里，餐厅没有厕所，客人们一般都是爬上楼梯走出地面之后在门口两侧盛开的丁香花丛中解决问题。因此，即使在每年丁香花盛开的季节里，那扑面而来的香气里也总隐隐地蕴含有一丝异质气息在诡异而迷离地闪烁。

那天天气比较恶劣，接近零下30摄氏度的低温，杨同学从闷热的地下室爬上地面之后，先在萧瑟枯萎的灌木丛中释放了内急，在凛冽的寒风中顿觉几分畅快。忽然又有一阵寒风袭来，杨同学立刻感到一阵眩晕，然后身子一栽歪，扑倒在地。这时，一阵睡意又诡异袭来，杨同学心中暗想：“不好！吾命休矣！”于是他挣扎着侧卧在冰冷的地面，用最后一点力气撑起沉重的头颅，迷蒙地扫视着街道上过往的行人。万幸的是，同学俞某恰巧下晚自习归来，杨同学奋力呼救，最后在俞同学的搀扶下回到宿舍。在厕所里，杨同学将刚喝下去的一斤多滨州白以及吃进胃里的少许凉菜如大拉皮儿、哈尔滨红肠、松仁小肚等熟食吐了个干净，然后在温暖的榻上倒头便睡。梦中他觉得自己身体凸出的所有物件都被冻掉了，只留下少许胡须，像一只胖胖的海豹……

冰城景观

大学四年过程中，在哈尔滨的街道上目睹了很多有趣的景观，而塑造这些景观的正是那种“看得见的寒冷”。哈尔滨的寒冷如同一双无形的大手在塑造着这座城市的景观形态，冰封的江面、白雪皑皑的屋顶、江畔的雾凇、厚重的建筑、带脚闸的自行车、棉服棉裤包裹下笨拙的身形……过度的寒冷让这座北方的城市看起来有种不透明性质，许多生活情境都被掩盖在这御寒的铠甲之下；而冰灯是晶莹剔透的，它是这个城市的骄傲。冰灯展是这座城市在严寒的威逼利诱下凄美的绝唱，其美轮美奂的景象之下，蕴藏着向死而生的勇气。每一年，这座城市都会出版一套冰灯主题的贺年卡，卡片上那些冰清玉洁的造型在彩灯的映照下如神话中的宫殿一般惊艳瑰丽。这独一无二的景象是我们这些外地来的学子最青睐的都市景观，它是这座城市去除物欲后精神圣洁的居所。每一年新年之前，我都会买来厚厚的一沓，写满矫情的话语，再寄到祖国的四面八方。

其实冰灯最早叫“穷棒子灯”，是那些出不起材料费和手工钱的穷人家的把戏。但是不知何时，这愁苦绝伦的东西实现了最不可思议的反转，最终竟登上了大雅之堂。且不说兆麟公园每年一度的冰灯展吸引四方来客，成为冬季里的嘉年华；冰灯、冰雕已然变成这座城市季节性的环境小品和公共艺术。冬天，离我们不到一站地的国际旅行社门口总有一对用冰块制作的巨大狮子，这些出身热带的野兽此时被严寒褪去了野性，塑造起威严来，刀砍斧斫的痕迹和它威风凛凛的样子很搭配。每日清晨通勤的解放牌大卡车上，上班的人们全部被这严寒弄成了圣诞老人的模样，从辛勤的人们嘴里和鼻子里发出的热气，会在他们的眉毛、睫毛、胡子上结露成霜；道路上结的冰也是牢固异常，几乎贯穿着整个漫长的冬季。地段街、中山路这几处大坡此时就更加令人犯愁。笨重的公交气喘吁吁，艰难地爬行，乘客们下车推车行进也是冬季里磨磨唧唧的道路景观。

窗花怒放

为了抵御冬季里严酷的低温偷袭和漫长寒冬的围困，哈尔滨的建筑除了墙厚窗小以外，门窗也都有特别的处理。这里门有门斗，窗户是双层。双层的木窗之间有一拃的距离，试图形成一个中空的间隙，以缓解热量的消散。每年到了深秋，就是这座城市里的人们打理自己窗户的时候，所有建筑的窗前都是忙碌着的人影。人们先在两层木窗中间铺撒一些锯末等干燥的东西以吸收因结露形成的水分，然后就用裁成细条的报纸刷上浆糊把窗框之间的缝隙密封起来。窗户上的玻璃简直就是一张拍摄大自然的底片，冬天来临后，窗扇玻璃上的风景就会发生神奇的变化，先是外边那层的表面开始出现冰花，它们像霉菌一样沿着玻璃边框处偷偷摸摸渗入，然后开始肆无忌惮地繁殖，直到户外的风景完全从窗口消失。东北的冰花和华北地区的冰花在形态上截然不同，华北地区由于温度略高一些加之气候干燥，冰花总是薄薄的一层，每一朵冰花复杂的形态还可以清晰地辨识。而在中国最北部的黑龙江，窗户玻璃上的冰花因出格的严寒变得茁壮了很多，那些卷曲舒张的图案看上去像一些蕨类植物的叶子或芹菜、油菜等强有力的茎。之后随着凝结的冰层不断累积并相互覆盖，最终变成了抽象浮雕的模样，含混不清地呈现着时间的形态。

窗花的浪漫也必须有限定的条件，阻隔、密封、干燥等手段是自古以来人类在此和环境抗争所积累的经验，唯有敬畏、遵循，方能衍生出审美的心境，否则将一败涂地。大三的时候，我对面412宿舍的同学们由于懒惰和轻视，没能在冬天来临之前及时密封双层木窗，最终那扇窗户中的风景成了他们整整一冬天的噩梦。先是在日暮风寒的夜里，冷风从不设防的缝隙中呼啸而至，让这群寒号鸟躲在被窝中整宿整宿地瑟瑟发抖。之后结露形成的冰凌逐渐填满了缝隙，风虽没了但这脏兮兮的冰凌却在逐日长大，最终形成一道好似破窗而入的冰瀑。这理性的景观就那么坦荡地悬在窗口，保持着无耻的形态直至冬去春来。这也成为他们挥之不去的羞辱记忆，以至于后来一到冰灯展现场就会想起那段悲惨岁月。

冰城锋刀

冬天里等公交是一件非常焦虑的事情，每一辆公交车都像沙丁鱼罐头一样满满登登。司乘人员也是着实敬业，每一次都是断后者，站在门口大声吆喝着，使足力气推着卡在门口的最后一两位乘客，把他们塞将进去，然后神奇地一侧身，从人群密密匝匝的缝隙间哧溜一下蹭了进去。车少人多速度慢，在冰天雪地里等车简直就是煎熬。站台上人们跺着脚，嘴里骂骂咧咧地向远处眺望着。那叫骂声的内容不堪入耳，恶毒的寒冷兑换来更加恶毒的咒骂。跺脚和暴怒倒是没有关系，它只是一种必要的动作，依靠这像笼中马熊一样的动作避免脚底冻伤。俗话说“人暖腿，狗暖嘴”，脚底是御寒的关键，冬天站在室外，严寒就来自脚下。它像两只地下伸出的黑手，先抓住你的脚掌，然后从脚后跟处向上传递那恐怖的阴凉。跺脚就是试图摆脱这黑手的纠缠，如果不这样做，后果也是很严重的。有一次去位于动力区的黑龙江建筑职工大学兼课，一大早在雪地里像个哨兵似的傲然挺立了40多分钟，结果车来的时候却拔不动腿，低头一看才发现皮棉鞋鞋底已经和路面的老冰冻在了一起，用力拔了几下还真拔不动它。这时，开小巴的那位粗壮的司机从驾驶室里下来，从车的后备厢里取出一只铁锤，他让我先把脚伸出来，然后像抡高尔夫球杆似的抡圆了齐着鞋跟砸去，咔嚓一声，那只温州产的皮鞋滚出去一米多远，但鞋跟却留在了原地……

记忆最深刻的是1987年元旦前夕，哈尔滨的气温骤然降到了零下35摄氏度，那天也是我上学期间经历的最寒冷的一天。记得中午去开水房打开水，在回宿舍的短短30米左右的路上，我眼见着从竹皮暖壶瓶口溢出的开水滴落到地面上时已经变成了蝌蚪状的冰粒。上大学时，我们怀揣着对严寒的好奇，经常在至冷时分走上街头接受极限挑战。而寒冷则毫不留情地给我们这群不知天高地厚的外来者迎头痛击，感觉这冷就像一记记清脆的耳光，啪啪啪地扇在我们的脸上，如同威严的长辈的训诫，让人叫苦不迭。寻找传说中的寒冷事实的冲动暂时掩盖了对它的畏惧，但这份好奇终究无法经受时间的考验。

毕业后留在哈尔滨工作的最后三年，我才开始逐步认识到这个城市冬季里寒冷的可怕。它的漫长和纠缠让人绝望，它的严酷和凶猛令人胆寒。有时候它像是抡起的闷棍，如同脊杖五十杀威棒般，对人一顿胖揍；有时它简直就是把锋利的刀子，刺向人的身体，刺向建筑物的缝隙，刺向人的胆魄。低温和气流是一对狼狈为奸的恶棍，它们的结盟形成令人胆寒的袭扰，它们在这个城市里疯狂疾走，无孔不入，四下作案。腊月里的风吹在脸上就像刀割，如无数细微的刀片扑面而来。据说在更北边的地方，如果在户外行走时耳朵没有进行防护，一辆疾驶而过的卡车裹挟的气流就可以把人的耳朵折下来丢落在地上。

不讲武德的寒冷不仅袭击人，还四下里偷袭人们精心构建的建筑，它们从墙角、从窗缝渗入屋身，因其结露而冷凝的潮湿最终会留下斑驳的痕迹，看上去很埋汰；这种寒冷不仅仅是物理上的：时间一到它就让万物乖乖就范，万木凋落，大地封存，建筑闭户；它还是心理上的：天黑得早，夜就漫长，寒窗苦读、发愤图强，这些励志的图景发生在校园。而加班加点，热火朝天干革命的场景在工厂也稀罕了，铁路职工此时的口号是“人人干好标准活，三保两早过秋冬”也算是保证了生产的底线。看电影，观录像，四个人打麻将，三个人就斗地主，饮酒作乐吹牛逼！是大多数人的夜生活。东北人喜欢滥饮，九碗临仙境，十碗似升空。尤其在夜间，醉酒可以偷去冗长的时间，酒精可以用来御寒和振奋精神，但也可以让人心猿意马、狗胆包天。哈尔滨被人们称作冰城，是因为其在漫长的冬季都是被冰雪覆盖的——几乎要从每年的10月下旬一直持续到下一年的4月中旬。

暴走寒夜

霜严衣带断，指直不得结。一次，我拎着人造革箱包下火车，结果没等走到出站口就发现箱包的拎手已被冻得断裂成几截，害得我只好怀抱着它在严寒中狼狈逃窜。每逢这样的天气，在户外行走是非常困难的，每一次也就能坚持20分钟左右，之后就必须找到一个商店或者杂货铺进去缓和一下，待麻木恢复至痛感重现再继续外出行走。哈尔滨的建筑大都有双层的门斗，并配以温暖的风幕，被冻得晕头转向的人们闯入风幕之后，就如同进入另一个世界，顿时五指张开，神经放松。每一座公共性建筑都是人们冬季里的“避风港”。如果不识时务地连续行走会让痛感暂时消失，使人误以为自己已经适应了这种寒冷，其实被冻麻木了的后果更是不堪设想。有一次，和我一块儿留校工作的一个同事，在元旦前出去采购布置联欢会所需物品。他从南岗区乘车去道里区，然后沿着道里区繁华的商业区一直走到道外区去买木炭。他就是这样不知趣地在寒冷的街巷中连续走了将近一个小时，当他回到温暖的室内后，突然感觉自己两只耳朵异常地热，热到奇痒难耐的程度。好在他对这种异样的感受采取了谨慎的措施，没有急着抓耳挠腮，而是先找一面镜子一看究竟。而当他走到镜子前看到自己在其中的形象时，不由得大吃一惊，此时他的两只耳朵已经通红，肿胀得像猪八戒的耳朵一样。

当然还有更为惨烈的故事。有一年，班里两位无知青年去动力区电影机厂参加一场亲戚婚礼，喜酒喝到近十点才结束，等两个喝得昏头涨脑的傻小子来到公交站时，发现已经错过了末班车。而那

《在夜里奔逃》

天恰逢罕见的暴雪，整个城市的人们都龟缩在家里，早早睡去。四下里一片寂静，唯有忠实的路灯一盏盏接力似的勾勒出道路的延伸走向，每一团灯晕周遭是狂乱飘舞的雪花，它们纷纷降下，占领了全城。路上一辆车都没有，更别说人影了，这种情形让两人犯了难，公交车没了，返校路途太远，折回亲戚家吧，又怕搅闹了洞房中的好事，担当不起。

甲："咱们麻溜儿往回蹽吧？"

乙："贼老远，能行吗？"

甲："《智取威虎山》中的'小炉匠'栾平不就这样整夜在风雪中穿梭吗？咱们还干不过他个'小炉匠'？应该没事儿……"

于是二人心一横，决定走步回南岗，心急落脚快，两个小莽汉此时也全无办法，只有依靠脚力和勇气才能走完这段接近十公里的路程。急速行走中，扑面而来的雪花打得他们几乎睁不开眼，好在那年头时兴戴等身长度的毛线围脖，于是二人解下围脖，胡乱缠在头上，只在双眼处留下一条缝隙。蒙面大侠似的两人在风雪中趺趺撞撞走了两个多小时，半夜时分，终于看到了宿舍黑乎乎的剪影……

寒地人文

东北的农村把苦挨严冬称作"猫冬"，"三十亩地一头牛，老婆孩子热炕头"是上乘"猫冬"生活的写照。冬季里的乡村景观也像熟睡一样安静。城市在冬天里依然保持着活力，一切生产、生活、商业、社交都有条不紊地运转着。闲暇时间里，被严寒围剿的人们喜欢赖在各种功能的房间寻欢作乐。在建于1903年的哈铁文化宫和建于1934年的国际旅行社的舞厅里，灯红酒绿，人影幢幢，在肃杀寒冷的反衬之下，温馨的体香和曼妙的身姿更加楚楚动人。人们紧密相拥着，在音乐的节律中旋转、忽进忽退。西来顺、火车站附近的坛肉馆、荣市的砂锅店里，烟雾缭绕，香气扑鼻。人们大快朵颐，着急忙慌地补充着热量。对于高校来说，冬季是教授、研究员、工程师、博士、硕士们聚精会神专注科研的大好时光。人们对改变命运的可能性深信不疑，做着咸鱼翻身、一鸣惊人的美梦。欲望的缓缓燃烧是熬过冬天的火烛，或明艳，或黯淡，人们计较着、盘算着、幻想着，希望借此忘却钟表的嘀嗒声，忽视表盘理智的刻度。

东北传统的乡村生活是恬静舒适的，人们有大把的时间无从打发，虽然闲得蛋疼的时候也会出现一些状况，但相比之下，东北城市中冬天的节奏和夏季并无太大差别。四个现代化的战车上，绑架着规模庞大的人口，城市是一个反自然的系统，依靠现代化的奴仆们为之操持忙碌。冬天里人们更是起早贪黑为工作奔忙。通勤车的不准时经常招致最狠毒的咒骂，公交车上的拥挤，因为厚重的衣着令人更加窒息。修理市政管线的工作最为艰苦，数九寒天里，板起面孔的黑土更显得不容冒犯。大镐抡圆了落在冻土上只留下一个白印，连最粗壮的汉子的虎口都会感到阵阵发麻。

窗户上经久不化的冰花是冬天强加给人们的幻觉，倒也算是一个真诚的承诺，在冬天，透过窗子看风景基本上是不存在的，室内室外的隔绝也会形成另一种文化心理，使得内向性的小群体意识得到加强。但热乎乎的人脸也并不是严寒的法外之地，寒冷像把刀子一样雕刻着寒地之上人类的肖像。在这种极端的气候条件下很难做出微妙的面部表情，僵硬和概括成了因果。所以冬天里，人们总是严肃地紧绷着面部肌肉，凛冽的空气像定影液一样扑洒在人们的面孔上，将一张张木讷的表情固定成为浮雕。操控表情是一件不太容易的事情，大喜大悲还好，一些细微的心理变化，从眼神中便可窥见，如欣喜、欣慰、平静、厌恶、谄媚等。面部肌肉则很难及时调动做出反应，愤怒或喜悦都需要极努力才能驱动肌肉组织做出表达，所以看上去此地人群的脸谱上，多彰显着夸张的表情。

在户外，人们交流时的表情基本是麻木的，因为被气温固化的面部表情，如果做过于突然的转变，一定会肌肉拉伤的。好在人类相互之间的交流除了表情还有声音，声音的传递非但不受低温的影响，反而因空气的干燥而显得脆亮。在东北地区，大嗓门儿成了习惯，因为唯有这样，才能更有效地传递信息。“嘎哈！”“咋滴啊！”“不行咋滴！”“可不咋滴！”“别瞎整啦！”“拉倒吧！”“完犊子了！”“操！”同时，在肢体语言的沟通上，人们也同样采取简洁有力的方式，喜欢直截了当地解决问题。尽管昔日俄侨的见面礼中有拥抱，但中国人在传统文化的逼视下终究没有锤炼出熊抱的习惯。男人们见面时相互之间的握手几乎就是较劲儿，相互使劲儿攥着，嘴上言不由衷地敷衍着。产生敌意时也是如此，往往相互看一眼就是冲突的开始，一方问：“你瞅啥？”另一方接：“瞅你咋滴？”然后就动手了。手比嘴还快，总想一招制敌。

好勇斗狠是此地百年以来形成的民风，这其中有积怨、有欲望、有传统文化等多种成因，人性中的偏执、蛮拧是这座城市现代化过程中生产的精神颗粒，不断创造出乏味生活中的有趣话题，像渍菜一样为人们津津乐道。入学的时候听同宿舍的铁军同学说过一个真实的故事。他父亲单位里的两个工人，老王靠搞家禽养殖的副业逐渐致富，老庄则靠去广州、石狮背货，亦收入不菲。两个心高气傲的万元大户撞到一起，就像两只长着犄角的公羊。最终二人斗气的规则如下：老王每掼地一只鸡蛋，老庄就手撕一毛钱的钞票，二人你来我往渐入佳境，直至遍地都是破碎的鸡蛋和撕成两半的毛票……

后来的情况是向地面掼鸡蛋的老王的手先顿了下来，毕竟活生生、沉甸甸的鸡蛋是具体的，而钞票是抽象的符号。但事已至此，心软了，嘴不能服软，两个人就这样横下心来继续比拼，直至两行热泪从本已掼红眼的老王眼中溢出，顺着铁青的面颊流下，湿透了衣襟……

在东北的日子里，街头打斗着实见识过不少。哈尔滨人之间的战斗来得迅疾、猛烈、直接、干脆，并且毕其功于一役，直至一方丧失战斗力为止。他们使用的语言也有很强的军事色彩，比如“干沉他们”“让他灭火”“灭了他”等等，将“斗殴”直接称呼为“打仗”或“干仗”。一开始，我听到这个词还很不习惯，觉得在人民内部矛盾上使用“打仗”这个敌对双方才用的动词有点过分了，但生活久了之后，才意识到自己大错特错了，在这天寒地冻之处，人民之间的冲突也是十分火辣的。当时有一件真事儿发生在哈尔滨一所中学的教室里，课间休息的时候，教室里的学生们开始撒欢儿，有追逐打闹的，也有闲扯吹牛的。两个倔强的学生把话题扯到干仗上。学生甲主张干仗时要手狠，即下手重，以力量和速度压制对方；学生乙则认为，二虎相搏，重在手黑，即下手要攻击对方要害，使其丧失战斗力。本来是个学术争论，但两人越吵越凶，谁也无法说服对方，于是文斗变武斗，挥拳相向，大打出手。最终实践证明，手黑者获胜概率更高。

想象中的俄侨

1984 年来哈之前，我的脑海中填满了对这座城市的胡思乱想，其中最具神秘性的就是关于居住在此的那些俄罗斯侨民的想象。哈尔滨一直有作为“火车拉来的城市”的称呼。现代化的城市规划视野和国际化战略格局下的规划、勘探、设计、建设，以及大量来自俄罗斯帝国的工程技术人员和从事商贸的人员的涌入，奠定了哈尔滨成为远东最大商贸城市的地位。俄国十月革命之后，大量脱逃革命的白俄涌入，又给哈尔滨带来了文化上的空前繁荣。

早期的定居人口中尽是一些才华横溢的建筑师和兢兢业业的工程技术人员，他们对这座城市的建设和发展产生了直接性的作用，他们是一个城市硬质文化创造的主体。而城市历史并不长的哈尔滨在中国近现代历史上有不俗的表现，却都和这座城市人口独特的组成有关。1898 年哈尔滨开埠的时候，这个地区的原住民仅三五千人。加上阿城和呼兰县（今呼兰区）的人口，也不过数万人。但铁路及附属设施的修建需要大批劳工，于是短时间内工程建设先在烟台、上海，后又单独在上海进行了两次招募，共计十七万工人。同时，来自俄国的工程管理人员、工程技术人员以及打着护路名义的军事人员（护路队）开始大量进入。随着之后的商贸活动加速，以及日俄战争、十月革命，从事商业、制造业、服务业的俄侨以及难民迅

《想象中的俄侨》

速增加。直至 1923 年，苏俄国内战争结束后，定居哈尔滨的俄侨最多时竟达二十多万人，比例甚至一度超过了当时的中国居民。

哈尔滨这座城市，不仅是城市格局和建筑风格像一座地地道道的欧洲城市，从人口组成的角度讲，亦是一座货真价实的国际城市。1931 年途经哈尔滨赴欧旅行的朱自清在给叶圣陶的书信中描述道："道里纯粹不是中国味儿。街上满眼都是俄国人，走着的、坐着的……"其实当时旅居此地的外国侨民中不仅有俄国人，还有波兰、罗马尼亚、乌克兰、立陶宛、南斯拉夫、德国等 28 个国家和民族的移民，有 20 余个国家在哈尔滨设立领事馆。多元的人口自然带来多元的文化，教堂中的礼拜、周末江畔的野餐、知识分子间的沙龙等成为城市人文景象中普遍性的活动。这座城市的景观和生活样式都洋溢着浓郁的异国风情，东方小巴黎名不虚传。

俄侨是外籍侨民的主体，来自苏俄的侨民总体来说素质比较高，他们当中工程技术人员、医护人员、教授、律师、铁路职工、工商职员、工匠作坊主占有较高的比例。由此极大提升了这座城市在科学研究、工程设计、文化教育以及卫生方面的能力。这一点上，我的母校表现得尤为突出，翻看中俄工业学校早期的图像档案资料不难看出，无论是教员的合影还是学生的毕业合影，几乎是清一色的洋面孔。"我的大学"直到 20 世纪 50 年代早期，教职人员依然全部是苏联籍，只是学员的成分已大为改变。1954 年由苏联移交中国政府的哈尔滨工业大学，开始进入中国籍师生为主的阶段。在一次访谈中，1948 年入学的宿百昌教授介绍说："我刚入校时，专业课是白俄教师教授的。到了 1950 年后，苏联派来了专业教师，之前的白俄教师受到排挤，逐渐离去，白俄的同学也逐渐回苏联了。"

半个多世纪的白俄和苏联侨民的存在历史，给这座城市打制了别样的文化基础，其中包括建筑遗产、文艺姿态，还有生活方式和生产品牌。异域风情并非浪漫主义的想象，而是现实的社会景观。城市格局、建筑样式这些物质、物理形态是显性的，它们凭借有力的结构、坚硬耐久的物质，足以对抗时间的消磨。刚来到这座城市的时候，我就是这样的印象，满眼的欧式建筑，那些彩色的以各种方式隆起的屋顶令人着迷，那些镌刻在建筑立面的雕饰令人赞叹不已。虽然教堂悠扬的钟声消失了，但有轨电车的叮当声依旧，这些铁甲车一样的家伙日复一日地碾轧着嵌在路面的铁轨，发出打雷一样的轰鸣声，试图继往开来迎接下一个世纪。当时我一直疑惑，这些高鼻梁、蓝眼睛、身材魁伟的人究竟哪里去了呢？直到几十年过去之后，我通过查阅有关资料才得知，到 20 世纪 80 年代，经历反反复复的移民政策调整，以及强有力的疏导措施，这座城市中的俄侨只剩下 57 人，城市居民的面孔已经完全中华民族化了。1984 年入学后的第一个周末，去松花江边的时候，发现夏秋之际的滨江绿地上，挤满了围坐在一块塑料布或床单铺设的野餐旁的人们，而这充斥着西式生活风尚的人海，完完全全是中国人的面孔。人们一边欣赏美景，一边在江中嬉戏。啤酒、格瓦斯、面包、香肠、酸黄瓜是诗情画意生活中的硬菜，只是中国式的喧闹取代了昔日里小提琴、手风琴奏响的音乐，抒情的歌声和动情的舞蹈。

这座城市的历史上，侨居于此的苏俄侨民曾一度占到市民人口的半数以上，但国际的移民和地缘间的政治关联密切，或者说它本身就是政治经济驱动下的产物。因此半个多世纪间不停的国际政治风云变幻注定了这种侨居历史的不稳定性。即使在侨民人数比例甚高的时期，侨民中成分变化的状况也是起伏不定的。比如开埠初期人口的增长和工程建设有关，而十月革命是侨民人数增长迅速的另一个动因，且每个阶段涌入的俄侨人口类型具有某种共性。而1932年之后日伪时期又呈现出增长停滞并迅速衰退的状态。新中国成立后，虽然中苏处于蜜月期，但移民人数却在日益减少。这些曾经也是一厢情愿把哈尔滨视作永久居留地的俄侨，迫不得已必须再一次选择离开。他们中间，有些重返苏联，参加轰轰烈烈的社会主义建设，有些挥泪去了南美洲、大洋洲和北美。实际上时至20世纪80年代末，继续居住在哈尔滨的俄侨已降至20余人。因此在我的记忆中，除了火车站前还有南岗广场小花园里苏军烈士纪念碑上的那些雄赳赳气昂昂的古铜色雕像，鲜有看到东欧面孔的印象。

曾经的俄侨对哈尔滨城市生活的影响是非常全面的，几乎涉及城市生活的所有方面。在轻工业领域包括制粉业、酿酒业；商业领域包括进出口、百货零售；房屋供给方面包括房地产业；金融业方面有俄侨银行、俄侨保险业；饮食娱乐方面包括餐饮业、服务业、娱乐业……这基本上构成了一个城市生活供给的完整系统，自然给这个城市的生活形态笼罩了一层异国风情。进入社会主义社会之后，房地产、金融、保险也消失了，后来随着政策影响和中苏关系的恶化，进出口和百货零售的形态也受到很大影响，清一色的国产货填充着秋林百货、哈一百这些欧式商业建筑的空间。但俄侨创办的酿酒业、餐饮业在日常生活中的遗存还是比较明显的，它早已化作了味觉习惯，变成了生活习俗，和市民生活的细节水乳交融，难舍难分。

烤乳猪、煮黄鱼、奶汁鳜鱼等俄式大菜消失了好一阵子，直到改革开放十年后华梅餐厅重新开张才得以重现。但是红肠和列巴早已让哈尔滨人形成了味觉习惯，成为最普通的家常食品。红肠色泽沉着，看上去结实，嗅一下有一股烟熏的气息，切开后的蒜香也是迷人的，如今已成为享誉全国的地方特色食品。列巴则是视觉上的奇葩，鼓鼓囊囊像个小孩枕头，掰开之后发酵的面筋形成海绵一般多孔的模样，咀嚼时极有韧劲。

娱乐风尚

街市繁华

如火如荼的市场经济和改革开放让商业变成了最有魅力的都市景观，从已经完成现代化的国家纷至沓来的各种新奇商品和它们响亮悦目的广告闯入了中国社会，占据了都市街头。这种碎片文化来袭，像沙尘暴，如陨石雨，轰轰烈烈，铺天盖地，走在其中就是一种自我解放的开始，人们开始唤醒了对物的认识，恢复了对人性的察觉。

当时，哈尔滨最繁华的市场和最高档的商场都在学院附近，学生逛商场多为养眼，有一首流行歌曲中唱道：

> 站在橱窗看了好半天，摸摸口袋没有多少钱，
> 只好把脸贴在玻璃窗，对老板娘做个大鬼脸，
> 喔喔喔，那一年我十七岁……

这首歌表达了年轻学子乱逛时的心声，因此非常受欢迎。更重要的是，它把学生们逛商场时的尴尬合法化了。如果说在珠光宝气的商场里，学生们底气不足的话，巴扎市才是最自在的地方，东西类型多、乱糟糟、便宜，这些都是令学生们感到亲切的。荣市是个七扭八拐的露天集市，从中山路一直延续到奋斗路，有点类似北京曾经的秀水市场，是改革开放之初市场经济的滩头阵地。这里俨然是一座城市消化吸收外来商业文化的肠道，每一处折叠和空间的缝隙中都填满了商业，整日都是熙熙攘攘，人流如潮，贩卖从冻梨到烧鸡的所有美食，每个时期最时尚的服装都是从这儿登陆这座城市。因此这里吸引的俊男靓女多，小偷流氓也多，当年还发生过飞行员李鹏礼与歹徒英勇搏斗而牺牲的事件。

毕竟囊中羞涩，学生逛荣市大多时候也是在一饱眼福，这里所有的商品都很吸引我们：焦黄的烧鸡一排排搁置在玻璃橱窗里，闪耀着迷人的光泽；反复逡巡于热卖牛仔裤和凯撒皮夹克的“床子”前，最后也只能在一个个汽油桶改造的烤地瓜炉子前结束。大学生在荣市觅食一般多终结于砂锅居，1.8 元一份的砂锅里有少许的鸡块、丸子、豆腐和青菜，再配一碗米饭，这酣畅淋漓的美味会在相当长的一段时间里占据学生们的味觉记忆。班级里几个大手大脚生活不节制的同学，有时候会借过生日之际去荣市附近的北来顺餐厅大吃大喝一顿，他们的放荡不羁让我感慨愧对人生。

和荣市的活色生香相比，秋林百货则是另一个世界，是那些生活条件优越的人士出入的地方。那里的环境现代气息浓郁，商品高档、陈设讲究，香肠、大列巴、酒心巧克力糖果是最具特色的商品，每次假期返乡前必须去排长队购买。还有一种叫修古丽姆的俄式点心也非常好吃，那是中间夹着奶油的甜品，口感相当“腐朽”。秋林百货不仅环境一流，商品琳琅满目，那里的服务员也漂亮。我们学院的传奇人物，教篮球的体育教师老王便是在此结下一段姻缘。风度翩翩的王老师年轻的时候看中了秋林百货商场的一个服务员，于是每天去到她的柜台上买一块橡皮借此搭讪。最后功夫不负有情人，他们终成眷属。这段故事相当感人。遗憾的是，我在那个楼里待了七年，居然从未见过这位具有传奇色彩的师母。

交谊舞

当年，瓦尔特·本雅明认为，当前的局势是法西斯主义将政治审美化。共产主义的回应是将艺术政治化。百年以来，交谊舞在中国社会几经沉沦，比这论断更加复杂。

交谊舞在80年代重现中国社会，最初常常出现在反特故事题材的电影中，以一种讲述革命时期地下工作者故事的必要片段闪现。电影中跳舞的主体大多是反动没落的阶级：资本家、反动军官、特务和生活颓废者。镜头中的交谊舞散发着一种死亡的气息，仿佛最后审判前的末日狂欢。《英雄虎胆》《保密局的枪声》《与魔鬼打交道的人》等故事片中都有相关场景。其中，由陈少泽出演的《保密局的枪声》（改编自吕铮《战斗在敌人心脏里》）中，有一段外国水兵和中国舞女在酒吧中热舞的镜头，我至今记忆犹新。显然这是“旧社会”社交中最主流的方式，我情报人员必须经得起这样腐朽生活方式的考验，才能担当起深潜敌后的重任。

另一个细节就是中共谍报人员之间的交流，经常在这种轻歌曼舞、耳鬓厮磨中进行。因为此时此刻，人与人之间身体的关系极端反常，便于耳语交流至关重要的情报信息。跳交谊舞的场合是传统禁欲社会里大赦身体的法外之地，是后期中国革命的对象之一。因此,80 年代陆陆续续重返大众视野的电影中的交谊舞镜头是这种“腐朽社交”重返社会之前的热身，更为巧妙的是，它们多以批判的方式呈现。

其实早在革命成功后的 20 世纪 50 年代，中国社会并未这般极端，从中央到地方，交谊舞都是一种高级的兼具礼仪、文艺的社会存在。在著名的中南海舞会上，第一代党和国家领导人都是擅舞的明星。据家里人说，时任国家副主席的刘少奇去安徽视察工作的时候，地方上也有接待性的舞会，当时在省黄梅剧团的大姑还与其一起携手共舞。

然而从电影中的镜头片段到现实生活，交谊舞落地的行动还是惊心动魄的。80 年代早期的家庭舞会多开始于社会上的“流氓们”，他们敢破敢立、勇于拓展新的生活美学。我第一次看到家庭舞会是在 1979 年，那是一个光影扑朔的下午，一帮社会青年鬼鬼祟祟地聚集到我的邻居家里，然后大门紧闭。尽管他们如此低调，但还是引起人们的注意。因为那群人中不乏一些大名鼎鼎的流氓混混。同时，我惊喜地发现一个城市里最有姿色的女青年们此时此刻都衣着靓丽现身于此，让我大开眼界、大饱眼福。待到这伙人悉数入户，房门紧闭后，我趴在门缝上聚精会神向内张望，看到明亮的阳光穿过一对对相拥的人，将人影投到走廊的地面上，这群男女脚部摩擦地面的声音沙沙作响，像一把毛刷在抓挠我的心境，奇痒无比。并且听得出来，那天播放的舞曲是《青春舞曲》。

尽管这帮痞子谨小慎微，但社区群众的眼睛是雪亮的，不一会儿这个被认为是伤风败俗的群体活动的信息，便像长了翅膀一样飞遍了整个社区。怒气冲冲的家长们飞也似的赶回来破门而入，强行终止了这一场好戏。

1984年10月，中宣部、文化部和公安部发布《关于加强舞会管理问题的通知》，开放了舞会禁令。而这一年秋天，我踏入了大学的校门。大学是交谊舞复兴的重地，由于人员整体素质高，避免了社会舞厅上乱七八糟的东西，许多50年代接受过交谊舞训练的前辈们纷纷出场，重温旧梦：华灯初上，古典音乐奏响，再现了昔日的辉煌。相对于同时代艺术院校舞会的火辣，绝大多数工科院校的舞会温文尔雅，师生们衣着体面，礼仪得体。

这个时段，随着改革开放的进展，舞会上播放的曲目也丰富多彩了起来。中外名曲平分秋色，此起彼伏，如外国名曲《蓝色的爱》《蓝色多瑙河》《轻骑兵进行曲》《鸽子》等。中国歌曲改编的舞曲有《相思河畔》《小城故事》《月朦胧鸟朦胧》等。建工学院的舞会很多很频繁，各种层级举办的都有，包括学院工会举办的、各系组织的，学生会和班级自发组织的更是遍地开花。班级里舞会的人气指数和班级女生颜值往往成正比关系，因为这是最公开公正的社交场合，也是相逢、相识、产生火花的时分。我所在的班级就是这样，一来因为女生比例高，二来是女同学们的长相气质整体水平名声在外，吸引了许多心怀鬼胎的高年级和外系男生造访，因此班里舞会一度频次很高且知名度、参与度也很高。除了校内的交流，学校与学校之间通过舞会交流也很频繁。尤其是距离较近的学校之间，比如哈建工、哈工大、哈师大这些邻近的学校，活跃的学生经常会外出参与其他学校的舞会。据和我同时期在哈学习的艺术家枫翎回忆，她那时在师大油画系学习，周末经常外出跳舞，也来过我们学校。有时候回去太晚，校门落锁，还得翻墙回宿舍。

交谊舞对技巧的要求相对较高，规则刻板。舞者除了对舞曲的节奏要有基本的辨别能力，还要求在既定的规范之下调动身体的协调性。交谊舞的舞曲多带有某种叙事属性，因此这种东西让工科院校的学生们既觉得熟悉，又带有某种抑制感。没有美育的社会基础条件下，叙事性音乐容易引发共鸣，这是文字的力量对文艺强行介入的效用。但叙事的明确性所连带的具体情结也是一种累赘，它终将成为身体表达的羁绊。80 年代大学交谊舞会里经常会有歌曲伴奏作为舞蹈的引领，它对舞者的影响是具体的，从肢体运动到面部表情都会受到它的牵扯。有时候仔细辨析歌词，再看那一张张紧张兮兮的脸，对比之下，喜感顿生。

跳交谊舞之前需要进行一定的培训，尤其对于那些高中阶段拼命学习、没时间娱乐的书呆子们。那时，学生会经常有这样的公益活动，学生宿舍有时也化作培训基地。学长们对学弟、学妹的关怀经常表现在交谊舞的教授上，口令的告诫、手把手辅导非常见效。交谊舞是大学生社交的重要形式，它名正言顺，让很多有小心思的学子放下了思想的包袱，堂而皇之地在众目睽睽之下邀约自己心仪的异性。因此，一时间交谊舞成了大学生入学之后必修的业余课程，想要融入这个穷酸气十足的文艺时代，非掌握交谊舞技术不可。许多不在同一年级、同一专业的异性都是通过交谊舞相识，进而发展成为恋人关系的。交谊舞需要双方现场的配合，需要带动与被带动的关系转化，既清晰又妙不可言。据说哈尔滨当时的黑道头目乔四就是一个擅舞“伦巴”的高手，而教授乔四跳交谊舞的老师，是混迹哈市顶级舞厅的“蔫吧骚”金玉。他们之间的交往和“切磋”，也留下了许多故事。

我当班长的那一个阶段，教室搬到了后楼的253。相比于前楼，这里更加独立和僻静，便于更为频繁地组织舞会。各年级各班的同学依然喜欢来凑热闹，而此时已步入高年级的我们更欢迎涉世不深的低年级女生来访。遗憾的是，在交谊舞方面，我一直没能开窍，在舞场上像个手脚僵直、完全不听自己使唤的木偶。更蹊跷的是，按理来说我应该属于在同时代非专业人士中接触音乐比较多的，可是一上场，就紧张得连节奏都听不出来了，由此可见，我亦是一个心术不正的伪君子。那个时期还流行两个同性结成交谊舞伴，这一方面源于理工科院校男女比例失衡，更重要的原因还是在于对异性的神秘感在作祟，那是一种既想靠近又想逃避的想法，很难驱除，牢牢地控制了我们的身体。有时候调皮的男生会在黑灯之后大谈拥揽异性舞伴的感受，比如某某太胖、某某脸太大，以及某某某腰间棉裤、毛裤、秋裤层次太多……我则会在这种实践认知的指引下，第二天重新打量这些被诋毁的女同学，发现她们依旧楚楚动人。

迪斯科

大学期间，交谊舞已经完全洗清了它在历史上背负的污名，并华丽转身，成为社会生活的重要组成。它是足以与电影、电视剧抗衡的美丽现实，是美好生活表面的浮华，是全民性美育。它还是大学生活中的春药，让我们身陷浪漫主义的泥沼之中，矫情又亢奋。实际上，交谊舞的门槛和其背后的文化习惯又和我们的生活背景有着强烈的反差，这条巨大的鸿沟，对于人性的急切释放是具有阻滞作用的。这一点是交谊舞致命的缺陷，它让更为广大的人民群众感到不爽。而在这个胶着的时候，另一种更符合时代气息的舞蹈出现了。

迪斯科一开始也是以非主流形式出现的，这种舞蹈的动作和音乐旋律在我们看来都是邪恶的。中学时期的电影《神女峰的迷雾》中有一段迪斯科的片段，刻画的是袁苑饰演的堕落青年陶荣荣扭曲变态的精神状况。昏暗摇曳的灯光下，几个奇装异服的青年在激烈刺激的音乐中摇摆扭动着身躯……然后一脸正气的陶父出现了，尽管这位“文革”中被构陷蒙冤的革命干部在牛棚、牢狱中吃尽苦头，但他依然不改本色。坚决抵制这种不健康的文艺形式，他带着恨铁不成钢的怒气，狠狠地按下了录音机的暂停键。可见改革开放之初，即使是在有点伤痕文学情绪的影片中，迪斯科这种新潮的文艺形式也是被宣判死刑的。相比之下，《牧马人》中那段迪斯科场景叙事显得稍微客观一点，炫目的灯影和摇摆的身姿，只用于背景铺陈，而未予以评价定性。

迪斯科在大学的流行经历了一段曲折的过程，它先是由一些有一定社会经验、不安分的学生入学时夹带而来，并在一些非主流的活动中偶尔现身。我们班同学中年纪最大的老猴儿就是这样一位摩登青年，这家伙风流成性，又来自祖国的首都北京，见识多，涉猎广。入学不久就听说他会跳“流氓迪斯科”，于是在几次班级聚会期间，大家就起哄让他展露身手。老猴儿本来就好嘚瑟，一起哄他就半推半就走到场地中央，随着古怪的音乐，浑身抽搐，上下摇摆不止。老猴儿迪斯科动作中最生猛之处是有些性暗示的细节，好在被涉世不深的大学生们误以为是模仿洗澡动作的幽默搞笑。

经过一年多的蛰伏酝酿，大二末尾的时候，迪斯科开始大规模登场了。它爆发式地入侵校园几乎是一夜之间的事情，有一年的岁末联欢，当所有的节目演出告一段落的时候，场内突然响起节奏感强烈无比的迪斯科音乐，灯光的模式也变了，在旋转的舞台灯和连续快速闪变的灯光的交织之下，旧世界瞬间被颠覆得落花流水。在这天旋地转的灯光和音乐的激励之下，几乎没有人可以抵御这种野性的呼唤，学生们纷纷跳入场中嗨将起来。这是一次对校园文化临界点的突破，是建筑系学生搞的突然袭击。之后迪斯科开始在校园大张旗鼓地传播，碾压传统的交谊舞，成为身体解放运动的新模式。

迪斯科舞曲旋律简单、节奏感强而有力，和青春期的内在冲动里应外合，兵不血刃解决了大多数年轻人存在于身体之上的束缚。这是一种更容易掌握、接近身体本能的舞蹈，为绝大多数人欢迎、追捧。迪斯科舞没有叙事的概念，它是一种相对更纯粹的、更激烈的身体运动行为。它的动作幅度大、自由，发挥余地大，自我表现彻底，几乎不需要像交谊舞那样进行多规范的学习。它真正需要的是表达自我的勇气，在工业化的律动率领下释放情感。迪斯科舞依然是群体性的，但它摆脱了交谊舞那种成双成对的刻板要求，可以群魔乱舞，也可以一组人面对面地跳，更可以沉溺于自我放任的状态中独自表演。

迪斯科舞曲之强劲对日常生活的影响是笼罩性的，电影中的迪斯科片段对社会的影响具有偶然性，但它是一种强烈的信号。流行歌曲中具有迪斯科节奏的曲目是它全面登场的序曲，比如早在1985年成方圆的专辑《微风细雨》中著名的《巴比伦河》就是典型的迪斯科风格。这首歌的原唱是德国的“骨感”乐队，由于它表现出的异域情调一直被我们误以为是一首地域传统浓郁的民歌，而忽略了其隐约的现代性特质。后来，流行歌手张蝶在1985年发行的那盘专辑《冰与火》中的《成吉思汗》《热情的沙漠》等歌曲也都具有明显的迪斯科节奏特点，流行更广泛。所以表面上看迪斯科仿佛是一夜之间占领了大学校园，实质上它有相当长一段时间的潜伏期和准备期。

我们这代人最耳熟能详的一首迪斯科舞曲叫*Brother Louie*，这首曲子，节奏感有力但旋律优美，情如烈焰，感染力极强。那个时期不仅是我们小小的校园，感觉整个城市都浸泡在这首舞曲之中，不可自拔。

迪斯科造了交谊舞的反，搅了它的局乃一个历史的必然，对于一个个个体来说，它不仅仅解放着身体，还有思想。对社会来说，这种文化的迭代现象宛若历史的刻度，依寻它的标识，我们得以重返历史的现场。

霹雳舞

迪斯科的辉煌持续了两年时间之后，另一种更为魔幻的大众身体艺术形式出现了。霹雳舞也是随着电影进入大众生活的，但这一次它并非作为叙事电影的片段存在，而是整部电影的主体。比之中国人民熟悉的印度、巴基斯坦歌舞电影，那部片子几乎至头至尾都是在让人神魂颠倒的舞蹈中完成的。美国电影《霹雳舞》出品于1984年，1987年在哈尔滨上映，之后立刻在这座感性的城市里掀起了一场旷日持久的热舞风暴。由于爆裂火辣的舞姿、街头文化等电影的内容和特性，与哈尔滨这座城市的气质高度吻合，让这座城市找到了自己，人们陷入一片癫狂之中，不分昼夜。

一时间，各大电影院门口排起了长队，人们争相观影并模仿电影中那些令人震颤的舞蹈技巧。我曾经目睹过哈尔滨电影院门口排长队买票的景象，的确令人吃惊。那队伍足足有150米长，并且秩序井然。这一轮上映对整个城市而言几乎是一轮精神上的洗礼，人们趋之若鹜，所有影院人满为患，所有场次一票难求。这不仅是中国当代电影史上的奇迹，亦是一座失落中的城市永远难忘的光辉岁月。

霹雳舞是一种把肢体语言用到极致的舞蹈，舞者用头、肩、身体各关节做出各种非常规性动作。它的夸张、怪异、幽默感是对传统经典的交谊舞彻底的颠覆。它在视觉上造成许多错觉，也是其最具魅力之处。此外，还有它的机械感表达，这似乎是人类对未来的想象，并使用肢体进行预言。和迪斯科相比，它的视觉冲击力要更强烈，音乐的感染力也更激荡人心。

霹雳舞虽属街头文化的范畴，但是它的形式本体语言受工业美学影响至深，它的节奏感并非来自身体自然的律动，而是工业生产中的机械举止，深重、刻板是它的基本样式，失重、倒行、慢镜头这些都来自科幻的启发，是人类用身体对未来的崇拜和礼赞。而哈尔滨恰是一座街头文化和工业制造业文化相混合的城市，霹雳舞是这座城市在文化建构过程中的一次邂逅，电影中街头舞者们精湛的表演所展现出来的创造性让人们捡拾起了自信，找到了一种莫名其妙的熟悉感。每当听到那句“就在这儿，一定要成功！”的台词和其后的音乐所表现的跃跃欲试时，这个城市便彻底沸腾了。

大学校园中的霹雳舞是此番城市狂潮中的一个热点，首先因为校园是青年人口比例最高的地方，霹雳舞则是让身体洋溢着最狂放姿态的魔咒。这种舞蹈中的许多动作具有极高难度，而且不在传统舞蹈的范畴之中，比如鲤鱼打挺，更像是武术中的动作；单臂支撑身体悬空旋转像杂技；滑步、电摇像是马戏团中小丑搞笑的动作。但这一切被更加强有力的节奏带动并串联成为一个整体，好的霹雳舞会让在现场的人怀疑人生，它具有一种超越现实的魔幻力量。校园里，霹雳舞如同一个气急败坏的混蛋闯进了舞会，直接干翻了之前的造反先锋迪斯科，成为每一次舞会的压轴大戏，成为最终高潮所在。

谁说中国的社会群体不擅歌舞呢？80年代中国社会全民乱舞的事实推翻了这个结论。我想我们过去长时间的沉闷概因尚没有寻找到精神和肉身上都属于自己的形式。全社会学习霹雳舞的浪潮之下，大学也毫不逊色。学院里学生自发组织了霹雳舞协会，还办了各种培训班。每一个青年学子都有一颗炽热的心，唯有霹雳舞这种激荡人心的身体运动和舞动，才能保持身心之间的平衡。

由于霹雳舞终究是一种街头文化，它的发展状况在一个城市中并不平衡，哈尔滨当时霹雳舞的水准之高在全中国是罕见的，派出的选手在全国性的比赛中屡屡夺魁。相比之下，校园里的热烈程度和整体水准要略低于社会。同时民间高手如云，令人叹为观止。所以那时候霹雳舞培训班的老师大多来自社会。街头青年凭借一技之长逆袭大学校园堪称超凡脱俗的社会景象。有一次，霹雳舞痴迷者同班同学王永刚走出校园参加了一次社会舞厅的活动，回来之后大为赞叹道：“痞子们跳得真好，难度比电影里的大多了！”

大学本科短短的四年时间，我见证了交谊舞、迪斯科、霹雳舞依次称霸校园的过程，一轮一轮的新潮袭来，一拨儿一拨儿英才的轮换，让我们对未来充满想象。我们天真地以为这个魔术大师在未来将不断展现给我们新奇、激情、永不枯竭，我们也永远处在好奇之中。

录音机与磁带

披肩长发、大鬓角、太阳镜、喇叭裤、手提录音机曾是改革开放之初新潮青年的标配，后来前几样淹没在时尚的潮流中逐渐退出人们的视野，但录音机因其无可替代的功能性而坚挺在时尚生活的立面之上。

当录音机不再值得拿来炫耀的时候，人们就更在意它的功能，而磁带就越发明确了它的核心地位。80 年代流行音乐的日新月异，文艺形态更迭的频次不断加速，导致磁带的数量激增。几乎是每一个假期结束后就是一轮大清退，上一学期流行的纷纷退居二线，新的曲目、新的歌坛人物、演奏巨星粉墨登场。一盘内容新鲜的磁带不亚于一枚小型的精神炸弹，陌生感往往是产生认知欲望的开始，随后是一个快速地从接受到熟悉乃至依赖的过程。在这个不断更迭换代的过程中，我们意识到审美有多么不靠谱，它像生物群体中的青蛙一样变来变去。

当时涌入中国市场的录音机品牌很多，还有一些品牌，虽没有进入中国市场，但是经由各种渠道进入我们的生活。我的手提式录音机是父亲 1981 年去英国出差时用生活补贴购买的一台日本货，那个牌子就见过那么一次。80 年代的家用电器市场，日本产品占的份额很大，主要有三洋、日立、夏普、东芝等品牌，还有内地常用的爱华、香港产的康艺等。向家长伸手要钱买录音机的理由是为了学习外语，但实际上，它的作用是娱乐，听古典音乐、流行歌曲、迪斯科舞曲……

手提录音机像一个五彩缤纷的影子一样跟随着我们的身体，在教室、寝室、郊野，留下一路美好的记忆。磁带是录音机的灵魂，它通过那台忠实的机器识别并播放着自己的语言。录音机是我们学习流行歌曲的老师，正是由于它的忠实和无限度的耐心，我们才得以跟上一轮又一轮的潮流。那些作词的人真了不起，总能浓缩我们的思绪并串联成诗篇，安抚着我们懵懂躁动的青春。那些作曲的人更了不起，当我们老了、记不起歌词了却永远忘不了那些旋律。

录像厅里的记忆

图书馆是乳汁
电影院是牛奶
录像厅是奶粉

《录像厅里的幻影》

录像厅是迷你和简版的电影院，是文化市场管控的边缘事物。由于规模小和内容丰富，它能吸纳内容取向更多元化的消费群体。80年代，录像厅曾一度如雨后春笋，遍地开花。和传统电影院相比，录像厅属于草本生意，投入小，见效快。它在空间形态上完全没有建筑声学和视线方面的严格要求，地面也不用起坡，所以录像厅大多都是由一些多功能厅改造而来的。由于缺少了电影院、剧场、礼堂的空间仪式感，录像厅更加侧重于内容上的变化和时间上的机动灵活。它的内容以录像带作为载体，多由香港传入内地，最初也是以武打片和娱乐片为主，这类内容很受中国民间的喜爱，它们往往剧情简单，对话直白，摄制粗糙。

如果把电影院比喻做文艺的航母，录像厅就是一艘艘炮艇，它们不受城市规划的限定，择机而行，逐利而为。闹市和高校周边是录像厅的首选之地，因为这些地方青年人多，对文化生活的要求更加强烈和复杂。录像厅另一个特点就是票价便宜，通常几个片子连在一起循环播放，是学生们打发周末的方式之一。同时录像厅里舒适的座椅，不妨碍较为亲密的动作，也是年轻伴侣们所青睐的。

那个录像厅在城市中肆虐的文化草莽时代呼啸而过，而今这些空间连个影子都没了，概因这是草本形态的缘故吧。没有计划、规划和行政手续的建筑都有这种特征，但是我们不能否定录像厅对那一代学生们的滋补作用。知识、世界观、性意识的萌生都和这些其貌不扬的空间息息相关。它们如一盆泼洒开来的炭火，在埋汰的、播土扬尘的环境中群星闪烁。而在我的记忆中，哈铁录像厅是其中最耀眼的一颗，永不陨落。

哈建工和哈工大之间有一块哈尔滨铁路局的文化设施用地，其中有名气比较大的哈铁工人文化宫以及电影院，这两个机构建筑形象伟岸、庄重、典雅，是哈尔滨开埠后最早的建筑，其中，铁路图书馆建于1902年，铁路俱乐部建于1899年，属于市级的文化地标。哈铁电影院位于建筑群西侧，文化宫的后边，平均每天晚上放一场电影，观众主要是建工学院和工大的学生。但我们最喜欢藏在其内院一个角落的录像厅，从建筑群东侧的豁口进去就可以看到那个不起眼的录像厅，它的存在是我们在80年代偷窥世界的一个缝隙，拉近了想象和真实之间的距离。

虽然其中播放的故事片无一例外都为虚构，但和闹市区影院周围的那些录像厅相比，哈铁这家录像厅资料来源有些特别，听说是和某省级图书馆有关联，因此这里从不播放那些市面上流行的武侠片和港台江湖黑帮题材的格调低俗的故事片，主要播放来自欧美的电影录像，而且绝大多数电影还和奥斯卡、戛纳这些电影节的奖项有关。这究竟是环境作用还是因极偶然的个人因素不得而知，但我们庆幸得益于它的存在。这个录像厅的观众绝大多数都是哈建工和哈工大的学生，也有一部分青年教师。久而久之形成了良好的口碑，也构筑了一种良好的文化生态关系。

该录像厅位于哈铁图书馆南侧的附属建筑之中，是一个约60平方米的密闭房间，其内部装修简易，四白落地，连基本的声学处理都没有——当低矮的空间中坐满人时，一切声学处理也就都白搭了。荧幕在正对入口的地方，并排摆放的不锈钢人造革面折叠座椅密密匝匝，中间留出一个约90厘米的通道。录像的画面大多比较模糊，这也倒让人们更加在意电影的内容。当时哈尔滨闹市中心如哈尔滨

《亚细亚遗孤之二》

电影院、亚细亚电影院附近的录像厅秩序很乱，仿佛座山雕的威虎厅。而这个录像厅风格迥异，观影时观众们秩序良好。人们有时也会低声议论电影的情节，但绝无喧哗。不像其他地方的录像厅，嗑毛嗑的、大声发问的、放声浪笑的声音此起彼伏。为了维护其中的能见度和空气质量，这里禁止吸烟，在那个年代也常因此引发管理者和吸烟者之间的冲突。由于这个空间里人口素质较高，倒是从未出现过言语冲突导致的殴斗事件。录像厅的节目预告一般会提前一周写在立于门前的小黑板上，令人惊奇的是，这里重播的情况很少，足以见得录像厅老板资源充足。

这个录像厅虽然地处隐蔽，但绝不播放涉黄的烂片，相反它的格调极高，却从不以营利为目的，每天只放映一场，都在晚上六点钟到十点钟这个时段。这里播放的电影中有许多是经典大片，比如《飘》《野战排》《精武门》等，也有许多都没怎么听说过，这样也就有了撞大运的期盼感。有一次晚上闲得无聊，和两个小哥们儿进了人头攒动的录像厅，想随便看个电影打发时间。不一会儿，电影开始播放了，片头出现了“凶兆”两个字，这个黑白电影的开头很低调，安静而且有几分温馨，讲述的是一对美国外交官夫妇和他们领养的一个婴儿的故事。平和的开头让大家都误以为这是一部生活片，所有人都期待着出现男女邂逅、生离死别的情节。但令人出乎意料的是，这是一部已经名声大噪的恐怖片，男主角是格利高里·派克，他扮演的美国外交官，为了让刚刚经历了分娩痛苦的妻子不再经受孩子夭折的打击，而从罗马教会医院领养了一个婴儿，但谁也没想到，这个看似天使一般的孩子竟然是魔鬼撒旦的化身。从此，这对夫妇身边诡异的事情接连发生，并逐渐升级。这部电影的导演是理查德·唐纳，他手法高超，善于营造悬念，把握火候的功夫极强。那一晚，我们一屋子人美好的憧憬被他牵引着，最终拉进一个惊悚的境地。随着剧情的深入，所有人都感觉掉入了一个无法自拔的恐怖陷阱。恐怖的高潮出现在那个发现真相的记者在修道院门口被滑落的玻璃铲掉头颅的那一刻，长久压抑沉默的录像厅爆发出一阵惊呼。

这是我迄今为止看到过的最恐怖的电影故事片，它最高妙之处就在于这美好表象和罪恶之间所建立的牵连，让人不断怀疑这美好的表象，直至美好在看似完美的表象之中完全丧失。后来，我把这个离奇的故事带回宿舍，讲给了每晚聚集在我那里的学生们，之后大家欲罢不能。几日之后，学生们重返录像厅强烈要求重播，那是录像厅唯一一次在观众的要求下进行重播，而这一次不仅人满为患，许多男生还带上了自己的女友，看来在他们的意识里，让女友看恐怖片可以增强她们对自己的依赖感。

动作片依然是录像厅的主角，哈铁录像厅也不例外。当中国观众被《第一滴血》的主角史泰龙的动作和肌肉惊艳之时，我在哈铁录像厅看到了一位更高一筹的猛男，施瓦辛格。

施瓦辛格主演的《独闯龙潭》，是一部由力量和勇气主宰的电影，它让我们看到了更真实的搏斗。之前，我从未见过如此强壮的人，他打斗的动作远远超过了《瓦尔特保卫萨拉热窝》中的皮劳特、苏里等游击队员们的表演，一拳一脚都结结实实打在肉上。从此，我开始意识到身体在电影中的独立性。后来，在我们的要求下，录像厅又播放了施瓦辛格主演的另一部动作片《红色警探》，强悍的动作、魁伟的身躯以及融入了冷战和意识形态的冲突，让这部电影更加卖座了。到1994年施瓦辛格主演的《真实的谎言》上映时，他的硬汉形象在中国已经深入人心了。20多年之后我认识了他在北京做生意的弟弟西基，尽管二人面目相似，但相差悬殊的身形还是让我感到非常诧异。

007系列也是录像厅的重头戏，80年代007的主演已换成了罗杰·摩尔。我就是在这个录像厅看的《007之金手指》，片中各种神奇的设计是大家津津乐道的话题，不用说具有特别功效的汽车了，就是布满机关的手表和雨伞也无不让我们脑洞大开。那时我们还不了解工业设计是个什么东西，只是觉得这种精妙离日常生活尚远，都是些资深间谍的把戏。

《猛龙怪客》这个电影片名虽然套用了香港武侠片的词牌，却是一部讲述美国街区社会的犯罪动作片。该片讲述一个遵纪守法的公民在妻女遭遇杀害后，孤身奋起反击的故事。电影中对美国社会堕落街区的刻画鲜活生动，淋漓尽致；对主人公心理变化的过程表现细致入微，对关于社会正义的拷问发人深省。这部电影拍摄于美国暴力犯罪日益严重的20世纪70年代，“以暴易暴”的主题宣告令人振聋发聩，据说在当时的美国社会引起了巨大反响。而我们则主要被电影中惊心动魄的情节吸引，也偶尔会联想到当时社会的乱象。那时，哈尔滨正在流传“呼兰大侠”的传说，人们一厢情愿地想把他和民间义举联系起来，从而产生了强烈的共情效应。电影中用了拍摄时流行的迪斯科舞曲 *Shy Like an Angel* 作插曲，这也提醒了我们，两个世界存在着时间上的迟滞状况。后来，我们又在这个录像厅看了该片的姊妹篇《烂仔街》，虽然场面更加火爆了，但明显有滥用武力博人眼球之嫌。

80年代中国的电影院活力十足，电视剧作为后起之秀尚处于襁褓之中，但录像机和电视机狼狈为奸，催生出了一个野种。录像厅的出现在市场上扮演了一个分食者的角色，同时，由于其身份和空间的边缘性，反而使其成为一个文化走私的通道。此外，录像厅因其价格低廉和不断循环播放的特点，还成了一个灰色空间，为恋人幽会、罪犯歇脚等提供了场地。但哈铁这个录像厅无疑是鹤立鸡群的佼佼者，它在内容上的把控使它成为两所大学之间的一个文化飞地，远远超越了它所在的时代。

文艺标兵

工科大学苛刻的训练方式和枯燥的学习内容，往往能衬托出一种文化形态的重要性——文艺。文艺如乏味生活中的盐，具有普适的人性滋润。我后来进入艺术院校后，才发现工科院校更重视学生的文艺活动，学生追逐文艺的热情也更加高涨。因此，在大学时代浪漫性质的记忆中，总有几段身姿、一些声音、几张面孔若隐若现。

五系（建筑系）整体文艺氛围比较突出，是校园内流行音乐、流行歌曲、新潮舞蹈的发源地。刚入学的时候，满校园的歌手都在模仿张行，其中《迟到》是最脍炙人口的，有点实力的可以模仿《一条路》，而《告诉我》需要声嘶力竭地呼号，似乎无人敢尝试，因为那时歇斯底里被认为是一种思想不健康的表达方式，而且歌曲高潮之处的难度太大。一年之后，几个文艺先锋把苏芮的歌曲带进班级，从而改变了流行歌曲欧美调性的单一倾向。又隔一年，本土摇滚歌手张蔷的歌曲开始陪伴我们画图熬夜，大四刚开始，大学生们追逐的明星又换成了齐秦。

五系不仅整体文艺氛围良好，个体能力也比较突出。最典型的要数 83 级的尹秀林了，这位相貌英俊的学长擅长流行歌曲。其实他的嗓音并非特别出色，但他的音乐素质明显高一个档次。他唱歌唱得准而且非常投入，面部表情丰富且控制得当，会随着旋律和歌词的情节做出悲喜伤痛的变化。他属于表演型校园歌手，这和他的家庭氛围有关，两个哥哥都是中国著名的表演艺术家，一位是藏族演员洛桑的搭档尹博林，另一位是军旅曲艺家尹卓林。1987 年有了伴奏带之后，他更是脱颖而出，每次表演必是伴奏带下的低吟浅唱。在众人粗糙的听力里，他的演唱效果基本上和原唱相差无几。尹秀林唱过张行的《牵不到你的手》，还唱过费翔的一些歌曲，一度还想自己出磁带成就歌星梦想。

此外，五系 83 级的张波同学是个激情四射的歌手，他长得和犹太演员阿德里安 · 布劳迪有几分相像，唱起歌来有几分癫狂，极具煽动性；规划 85 级的女生单丹也是优秀的实力派校园歌手，擅于学唱各种有难度的流行歌曲；规划 85 级的陈风新有一半俄罗斯血统，体格健壮，有一张棱角分明但幽默的脸，是小品高手；85 级的白刃、徐刚，86 级的刘晔，都是霹雳舞高手，他们能做出许多专业级别的高难度动作，比如电摇滚、鲤鱼打挺等。他们的存在和奉献给校园生活带来了无限活力，个个都是这一方天地里的明星。除了建筑系的文艺精英以外，其他各系在文艺方面也有很多风流人物，如三系（建材系）82 级的刘美丽，优秀的女高音歌手，能唱一些普通人搞不定的经典歌曲，每一次都技惊四座，引得掌声雷动。三系 83 级还有一个叫赵白丁的男生唱得也不错，嗓音很有磁性。第一次在大礼堂听到的《牵不到你的手》就是他唱的。记得一系（建筑工程系）有两位学长小提琴拉得很好，得过黑龙江省高校比赛的第一。每逢重要的节庆活动，这两位必定会现身舞台拉上一曲《卡门》，在那个古典韵味犹存的空间里，感觉唯有这样的音乐才是最搭调的。

衣食记忆

啤酒

啤酒像饮料一样，存在于大学生活的各种片段之中，生日、节庆、走亲访友、郊外野餐、密友之间的小聚都需要这种介乎饮料和酒之间的液体。那个时候中国人民的体量不大，但胃容量不小，对待啤酒这样具有粮食效应的饮料更是显示了巨大的潜能。班级聚餐的时候啤酒都是成箱成箱搬来的，一箱 24 瓶，包括女生在内，人均至少三瓶，所以一般大型的活动，一个班级的餐桌旁需要预备三四箱啤酒。哈尔滨那时号称全世界啤酒饮用量排名前三位的“啤酒城”，另两个城市分别是慕尼黑和巴黎。在这种文化氛围中，每个人的消化道都在啤酒的浸泡下形成了一种对流动的记忆和依赖感。

全民普遍饮用啤酒的原因之一是哈尔滨的啤酒非常便宜，那个时候一瓶 750 毫升的一面坡啤酒也就五毛钱。此外还有哈尔滨啤酒、玉珠啤酒、太阳岛啤酒这几个品牌，也是普通家庭日常消费能力可以承受的。由于饮用量过大，各个餐厅都需要足够的空间堆放啤酒和饮用之后的空瓶。白松木打制而成的粗糙的木箱码成高高的墙垛，比比皆是，遍布于这座城市的公共视野中，和高高挑立的红色灯笼幌子一起构成了餐饮业的视觉符号。我们宿舍的楼下有一个名叫“北京饭店”的餐厅，其前院和后院常年堆着装啤酒的木箱，那里显然是第一批富起来的人们甩开腮帮子大吃二喝的地方，学生只能望门兴叹。但该餐厅后院和宿舍楼的一楼水房只隔着一扇窗户，铁栅栏后就是堆积得像一堵墙一样的啤酒箱，粗心大意的厨师们有时候会把没开启的啤酒和空瓶混在一起码放，调皮的学生有时会隔着栅栏偷拿啤酒喝。

哈尔滨的啤酒文化简单、暴烈，斗酒的两种指标都是如此。一种是饮用量的比赛，就是看谁能喝，身边经常出现一次能喝掉一整箱以上的奇人；还有一种是饮酒速度的较量，也就是掐着秒表一口气把一整瓶灌下去，这种喝法比较恐怖，也有一个称呼名为“吹”。我想这个名称是形象的，因为那种神情专注，举着酒瓶仰着脖子的样子很像吹军号。我的酒量不佳，但速度还可以，曾经有过 20 秒以内喝完一瓶的纪录。

饭票

学校印制饭票这个事情比较奇怪，饭票意味着小社会和大社会之间一种不可逆的关系。也就是说，这个小社会是封闭的，外边通行的东西进入这个系统的时候，必须要经过一定程序的认可、变通方可使用。我想，这里边应该有两个方面的原因：第一是出于卫生的考虑，因为通行货币经手的人数太多，难免会有卫生方面的隐患，而饭票则只在一个固定的地方、一个特定的人群中流通，极好地避免了相关问题；第二体现了国家对于大学生伙食补贴的考虑，饭票对福利性伙食补贴具有保护作用。

哈建工的饭票是印制在彩色塑料卡片上的，颜色分为粉红、深红、黄色和浅蓝色几种，面值有一分、二分、五分、一角、二角、五角。其面值最大也就五角，可见当时饭菜的价格之低。饭票的规格很特别，比粮票稍宽，但又比粮票短一些，看上去胖乎乎的。饭票的印制粗糙，应该极容易仿制。建筑系学生画过以假乱真的电影票，但从未有人越界画过饭票，因为画电影票有娱乐性，但画饭票就属于贪念了，这一点大学生们还能把持得住。换饭票的时候需要上交粮票和现金，然后伙食科的员工会把饭票用皮筋儿扎成一小沓，扔给我们。沉甸甸的饭票放在最重要的衣兜里，经常下意识地伸手一摸，只要“硬硬的还在”，心里就坦然许多……

负能量的冻梨

黑得像一颗颗手雷一样的冻梨，是哈尔滨生活美学中的另一副“王炸”。它们一个个圆咕隆咚的，像热能的黑洞，在凛冽的冬天里炸得人胆战心惊。吃过扔过去能砸掉门牙的冻梨，人们会不得不承认“冷”也是一种能量，绝对的“负能量”！负能量作用下的文化产品都有一颗拔凉拔凉的芯。

入学后不久，黑龙江就让我们这些来自关内的学生饱尝了负能量的力度。最冷的时候，气温在零下 35 摄氏度到零下 40 摄氏度之间，滴水成冰绝对不是什么文学性夸张，而是冰冷的现实。更夸张

《负能量的王炸》

的是，那滴落的水滴原本竟然是开水瓶中溢出的躁动者，结果没等落地早已“酷（cool）毙”了。

1984 年 12 月 30 日的下午，家住哈市的同学带着我们几个去买冻梨，最后在道里八杂市的一个摊儿上看到了那一堆黑乎乎的家伙。那些颜色暗淡饱经磨难的梨子小心翼翼地把负能量收纳在躯体内，不怀好意地期待着人们对它下口。牙齿咬下去的一刹那，就是恶意爆发的时刻，黑色的幽默感伴随着令人心悸的冰冷瞬间释放了出来。冻梨出乎意料的质感简直是由人们对寒冷的咒骂转化而成的，它把梨子的甘甜深深地压在味觉的最底层，让失去知觉的舌头在许久之后才能感知。

酒心巧克力

酒心巧克力糖果集甜蜜的极限与美妙口感之大成，它的存在，把一个困顿时代的艰涩远远地甩在了身后。

第一次品尝这种糖果是初中的时候，爸爸的老同学回哈尔滨探亲时带回一些酒心巧克力，我得到了两个。我记得其中一个的糖纸上标注着泸州老窖，另一个标注着茅台。原本没把它们太当回事儿，可一口咬下去之后，我立马就蒙了，它的甜美超越了我的经验，令我猝不及防。剥开银色的糖纸，是一根深色的巧克力棍。条形巧克力是个中空的小筒，内侧是一层砂糖，中间灌注了美酒。咀嚼的时候，巧克力的柔和、砂糖的甜蜜、白酒野性的醇香有层次地打开，三种质感逐一宠爱着味蕾……这的确是生活经验中从未有过的事物，太过美妙了。

酒心巧克力曾经是一个城市的骄傲，体现着这个城市制造腐朽和神奇的能力。来到哈尔滨之后，我才了解到这种糖果也有层级之分，我初尝到的已是极品，还有许多品质稍逊一点的，糖渣外面的硬壳中没有巧克力，其中灌注的白酒品质也差一些。

大国工匠和烧鸡

我对烧鸡最美好的印象始于哈尔滨。1984 年夏末，我在初抵这个城市的第一个傍晚外出觅食。顺着学长们的指引，我来到了南岗溜冰场附近最大的露天市场——荣市。

荣市是个围绕八杂市的街区网络。80 年代中期，这个复杂的网络在市场经济春风的沐浴下，正处于风光无限、繁荣至极的状态。这是早期哈尔滨个体户聚集的商贸圣地，是物欲解冻之后横流激荡的场所，什么服装服饰、日用杂货、水果副食、应有尽有，令人目不暇接。当然此时此刻，饥肠辘辘的我最关注的就是陈列在玻璃窗子里的烧鸡。天哪！和这个壮丽的现实场景相比，威虎山的百鸡宴算个什么！食品街简直是一个由万千烧鸡各种摆拍而集成的天堂。一只只赤身裸体烤得焦黄的烧鸡秩序井然地排列着、堆叠着、吊挂着，简易的聚光灯照耀在这些烧鸡袒露的肌肤上，把美味转化成娇艳的视觉，诱惑着人们的双眼，刺激着大家的肠胃。在青灰色的夜幕下，烧鸡的形色构成这座城市最顽固的景象，化作记忆之中深刻的印象，难以淹没，不可覆盖。

我和结伴而行的同学走进一个半地下的餐馆，想躲避烧鸡无耻的诱惑。此时，两个穷学生只能要一斤水饺打发空空荡荡的肠胃，对烧鸡的动念仿佛是罪恶的诅咒，必须立刻了断。片刻之后，一斤皮厚馅儿薄、样子难看的机器饺子端了上来。东北没有陈醋，我们只好将就着用少许酱油调拌白色的米醋做蘸料，分食这份寡淡的晚餐。就在这时，不幸的事情发生了，一胖一瘦两个三十多岁的男子，大声喧哗着在我们旁边的一张小桌上坐了下来，二人气焰嚣张地点完酒菜后找服务员要来一只盘子，然后从拎兜里拎出一整只烧鸡放在上边。金色的光芒瞬时填满了狭小昏暗的餐馆，那只焦黄的烧鸡像个神圣的祭品，升华了这品质不佳的小店的格调，空气如凝固了一般，就餐的众人眼光齐刷刷地转向这小小的桌面。

还是无畏的世俗精神重新扰动了这凝固的时空。此时，那个瘦瘦的长脸汉子撸胳膊挽袖子要对这只烧鸡动手了，他急切地盛情邀请同伴先动手撕去那条不驯的鸡腿。人间的温暖，从对鸡腿的谦让开始。后来的许多年里，这个场景成为我对美好生活、小康社会幻想的指南，在改革开放的金光大道上，我们的人民昂首阔步前行，无数的烧鸡匍匐在地上成为前进的基石、指路的星光。

在 20 世纪 80 年代，一只烧鸡的价格是人民币 10 元，一个公务员的月薪是 40 到 50 元，工程师 100 余元。鸡肉的价格要远高于其他肉类，因为鸡属于飞禽类，民间有话曰："宁吃四两飞禽，不吃一斤走兽。"概因禽类脂肪少，加上养殖业落后的缘故吧。大学食堂的菜品中绝少有鸡肉，社会上的餐馆中鸡肉也多是以加工之后的形态出现的，比如鸡丝面、宫保鸡丁等，将一整只鸡端上餐桌独自享用就成为一个遥不可及的梦想。在本科的最后两年里，学生食堂里突然开始卖卤烧的鸡骨架，极受男生追捧。所谓鸡骨架其实就是去掉肉之后的鸡架，上面的骨骼缝隙间尚残存着少许肉丝，它保留着烧

《锤子和烧鸡》

鸡的基本形式，又需要细致地搜罗。虽然形式大于内容，倒也算鸡的完整符号。男生们经常两三个人合买一只鸡骨架带回宿舍，喝啤酒时吃。因此，鸡骨架虽离梦想近了些许，但离真正的大快朵颐还相去甚远。

入学后不久我听说了哈尔滨工商界的一桩腐败案件。一个工商所小干部无休无止地勒索卖烧鸡的个体户，导致商户们忍无可忍，联名举报。最后勒索烧鸡的姐们儿锒铛入狱，代价惨重。我当时想，这个可怜又贪婪的人要那么多烧鸡干吗！不过近几年频繁看到东窗事发的女官员，囤积海量的LV包，才想明白这个问题。中国物质文明进步的表现就是从一只烧鸡到LV皮包。

服装与服饰

哈尔滨是一个极度感性的城市，人们敢爱敢恨。表达自身爱恨情仇的方式，第一靠大嗓门儿说话，第二靠浓妆艳抹的厚度和风风火火的穿衣显摆。深陷闹市中的大学也深受其影响，只是由于经济状况窘迫，大学生穿着不太追求质地，更在意款式。

寒带的服装业发达，御寒的要求导致人体外挂的衣物量大，这就形成了时尚相对丰厚的物质基础。我对几件服饰的印象深刻，足以看出夸张的力度。围脖儿是严寒地区过冬必备的物品，但它也有一定的装饰作用。哈尔滨人的围脖儿一度弄出来一些花样，创新的方式与喝啤酒同出一辙，滥饮啤酒追求的是体积，围脖儿追求的就是超出想象的长度。一条毛线织的围巾在脖子上绕两三圈之后两端从胸前垂下直抵脚背。戴着超长围脖儿招摇过市的男女青年走动时，左右两段会伴随着步伐微微颤动，总令我想起“文革”时期的藏族舞蹈。但实际上，那些围脖儿比藏民的哈达还要长。

耳包是东北地区特有的装束，它存在的必要性是因为人类耳朵构造的严重缺陷。外张的耳朵因其薄而成为严寒伤害的对象，在腊月的东北户外走动超过二十分钟，最先失去知觉的就是耳朵。所以耳朵需要格外细心的保护，小时候连环画里的狗腿子就经常戴那么一个毛茸茸的东西。1984 年至 1986 年期间，哈尔滨市场上销售一种形状酷似耳机的耳包，一段弧形的硬质塑料两端是粘着人造毛的护耳，圆形的硬垫上穿有若干空洞便于保持听觉的灵敏。戴上这种装束可大大改善耳朵不抗寒的弊端，同时，与连环画中狗腿子戴的那种相比，稳定性大大增强，能够在凛冽的寒风中纹丝不动。

耳包受人追捧更重要的原因在于它外强中干的伪科技感。从外观上看，它很像电影中的谍报员发电报时的装束。飞行员、坦克驾驶员的耳朵上也常常有这样的设备。因此，当你不知不觉把这种装束戴到哈尔滨之外的地方，必然会招来好奇的目光和乱七八糟的猜测。

严寒地区的地面有厚达一米五的冻土层，这是严寒赐予地球拒绝寒冷的铠甲。冰冷的冻土层无情地把寒冷由下而上还给了人体，和空气中嚣张的凛冽相比，来自地层的寒冷更加不讲武德，它是彻头彻尾的偷袭。幸好我们有了雪地鞋。雪地鞋是一种靴子一般，造型简约的鞋，样板戏《智取威虎山》中李勇奇脚上穿的就是这种看起来憨厚的鞋子。雪地鞋虽来自传统，但也有很多创新。旅游鞋似的表面装饰和色彩，鞋底厚度接近传统戏剧《十五贯》中尤葫芦和娄阿鼠脚上穿的那种鞋子的厚度。雪地鞋的样式一看就让人觉得踏实，厚实松软的鞋底和冰冷坚实的大地不是抵触而是妥协，靴腰高耸可将裤腿收入，让贼一样的冷风无计可施。

发型

80 年代，在头发上做形式主义文章是一种低成本的风尚。发型是个人主义的风向标，是消息树，传递着青春期躁动的信息。形式主义的发型还是美育人生的一部分，生命不息，“型”变不止。人生各个阶段的发型不尽相同，它既是风尚又是认识自己的一种表现形式。发型的美学没有定式，它是主观的，又是客观文化环境促成的，同时也体现了时空关系。

入学的时候男生几乎是清一色的偏分，因为平头在那个时候被认为太土，中分尚未摆脱“汉奸发型”的名声。三七分的偏分大体尊重头颅的形状，也遵循重力和发质，它一分为二，要么“左倾”、要么“右倾”。还有一种发型叫“转头”，就是左右不分缝儿，像旋风一样从头的一侧向另一侧呼啸而去。这是70年代城市流氓的发型，到了 80 年代被招安入了主流。

烫发本是女性的专利，到了 80 年代中后期，这种风潮突然进入到男性群体中。1986 年春晚，费翔闪亮登场。其引人注目之处除了歌舞，还有他夸张的发型。在偶像的引领下，卷发的可塑性得到人们的认识并迅速风靡全国。20 世纪中国的时尚往往是从南北两端率先兴起，然后汇集于华夏腹地。一时间，哈尔滨的发廊如雨后春笋般出现在这个城市，即使这样，依然应付不了如火如荼的发型变革形势。有点名气的发廊总是门庭若市，人民群众“求贤若渴”。南岗区有一家名气很大的店叫“288”，主刀的师傅姓李，誉满秋林一带。

个体户和出租车司机是社会上第一拨儿改头换面的群体，大学生应该是第二拨儿。我在大学生里属于第一茬和第二茬之间的新潮青年，我的处男烫是在道里区一个叫“维尔美”的发廊里完成的，效果还不错。

光头算不算一种发型的问题就像0算不算数字一样令人纠结，这是个哲学问题，充满思辨性。它的形式是最简约的，最具功能性的，但的确不是建立在头发的基础上。光头属于反发型的一种形式，就像当代一些先锋性实验建筑师谈的“反建筑”。由于历史上一直背负着恶名，光头还是很难在一时间崛起。那个时候，敢剃光头者属于叛逆中的极品，要么自暴自弃，要么特立独行。当时我们一个年级里似乎只有两个人剃过光头，事实证明了，敢理光头的学生的确不是省油的灯。

星火计划

1985 年国家科委向国务院提出了“关于抓一批短、平、快科技项目促进地方经济振兴”的请示，并使用了一句土地革命战争时期最激励人心的话语“星星之火，可以燎原”，因而该计划被誉为“星火计划”。其核心是利用科技的创造力作为星星之火，促进中国广大农村地区的发展。1986 年初，中国政府批准实施这项计划。一直以来，中国高校对国家发出倡导的响应度总是很高、很快，于是 1986 年暑期，我们也懵懵懂懂地参与到了这场轰轰烈烈的运动中。建设部根据各地区提出的要求，再指示部属院校进行具体安排。最终需要我们支持的地区有黑龙江和河南，于是一部分同学在黑龙江就地参与农村建设，另一批同学远赴河南，在河南与湖北交界地区协助当地进行规划设计工作。

访邓县

那一年的暑假是大学四年最短的一次，但又是最丰富最充实的一次，值得终生回味。墨西哥世界杯余音未歇，回家休息一个星期后，我们就纷纷挤上了开往河南的列车。当时，我们家在关内的同学先是从四面八方聚集到河南南阳的邓县（今邓州市），在此进行动员和部署。团队里除了建筑学84级的同学以外，还有工民建83级的同学，两组同学可以互相支撑，对当地的规划和设计发挥具体的作用。由于是国家刚刚部署的重大行动计划，邓县的县长和建设局的局长亲自给我们做了安排，我们这些“乳臭未干”的学生全部被安排住在县政府的招待所里，动不动就是一场热情澎湃、场面隆重的大会，连着一顿接一顿地大吃大喝。这是我们在读期间第一次参加如此大规模的社会活动，不仅师出有名，还有充分的物质保障，所有同学都显得很兴奋。在那些大摆宴席的日子里，当地领导、带队教师和专业上二把刀都算不上的学生们一个个踌躇满志，都撸胳膊挽袖子准备大干一场。在接风洗尘和壮行的宴席上，大家借着酒精的作用倾吐各种豪言壮语。礼节性的嘘寒问暖告一段落后，酒席渐入佳境，猜拳的口令此起彼伏。最终，城市建设管理局局长醉眼惺忪，虚晃一枪脱离了我们这些不知深浅的学生们的纠缠。

当时参与“星火计划”河南片区的同学们，还有一个兴奋点是因为邓县这个独特的地方。因为我们那一代人都知道《桐柏英雄》这部小说，读过小说改编的连环画，看过后来的电影《小花》。电影中，陈冲、刘晓庆、唐国强三位青春派偶像塑造的人物极具影响力，《妹妹找哥泪花流》和《绒花》两首气声唱法的主题歌曲也非常动听。这个动人的故事就是以邓县的近代历史为背景创作的。正面人物赵永生是否有原型不好说，但是反面人物丁大牙倒是真有其人。

《测量规划》

丁大牙被镇压三十多年之后，当地关于他的传说依然很多，而且有很多细节比电影更加具有传奇色彩。到了邓县以后，我们就迫不及待地去向和我们打交道的当地干部群众打听丁大牙的情况。从这个被描写得十恶不赦的匪首的个人身世开始，逐渐认识邓县这个非常之地。

邓县位于豫西南和湖北交界的地方，边缘的地理位置加之特殊的政治生态环境，导致其在相当长的历史中竟有“匪县”之称。在北洋政府和国民政府统治期间，当地匪帮更是多如牛毛，规模百人以上的土匪组织遍及境内，他们打家劫舍、啸聚山林，极为猖獗。曾有军阀吴佩孚过境邓县和当地土匪借道通行的传说，可见当时匪帮势力已经达到了何种地步！因此，当地官匪关系、商匪关系、乡绅和官匪关系非常复杂，各种势力犬牙交错。丁大牙实乃集乡绅和官员两种身份于一体的地方豪强，早年毕业于北大，后又参加地方武装直到出任县长一职。当地老百姓口中的丁大牙，和我们过去在电影、连环画和小说中看到的丁大牙大相径庭。在一部分说法中，他的确非常残暴，另外一种说法则认为，他在地方治理方面具有非凡的能力，在过去一个匪患严重、民不聊生的时期，对当地的社会治理工作发挥了很大的作用，但丁大牙反共的态度非常顽固。解放战争时期，邓县也是一个顽固的堡垒，华中野战军用了两天时间才攻克这个弹丸之地，邓县的解放也宣告了丁大牙和土匪历史的终结。但是，这里的民风依然强悍如故，并时常发作，形成大大小小的案件。对于“匪县”的绰号，当地百姓似乎不以为意，甚至还有那么一点点骄傲感。

我在邓县还有一个重要情结，就是当地的一个军工企业——星光机械厂，小时候的玩伴大虎从太原机械学院毕业后被分配到了这里，我一直惦记着他，想去看他。因此在邓县进行下乡前的动员和集训期间，我抽了半天时间去星光机械厂看望大虎。大虎那个时候已经在当地找了对象，他在女方家里杀鸡宰鱼，热情地接待我，席间又和我大谈邓县各个时期的匪患和当下的匪气。虽然丁大牙和昔日的土匪早已灰飞烟灭，但是在邓县的短短几天时间里，我的确感受到了一点这种亚文化的气息。和大虎去市场买鸡的过程中，我看到自由散漫的大黑毛猪和我一样自由出入日杂百货和商店，懒懒散散的土狗垂头丧气走在乱哄哄的街头，而痞气未脱的大虎则在买鸡的时候和商贩相互恫吓……

我们在邓县集结的时间很短，之后便六七个人一组分到各乡镇，带队的教师则穿梭其间进行联络和指导。我们这一组一共四男两女六个人，下乡的目的地是最靠近湖北的林扒镇。

林扒镇里

我记得当时县里派吉普车开了半天的时间，把我们送到那个镇上。我们就落脚在乡政府大院，那里俨然是当地“上流社会”的大院，一排排的平房虽然简陋，但还算整齐。这里有办公室和食堂，一些工作人员的家属也住在这里。我们工作和生活都在同一个房间里，当是鼓励我们不舍昼夜努力工作，如星星之火，永放光芒。

屋里的装修相当“自然”，地面是夯实的黄土，屋顶没有天花板，只有裸露着的木屋架和黄泥、稻草、瓦片铺就而成的屋顶。每天晚上关灯之后，老鼠们就会在梁上鏖战，再现当年土匪的猖狂。这帮鳖孙打斗的时候毫不顾及我们的感受，屋顶的泥巴会噼里啪啦掉下来落在简陋的床上和画图的桌面上。有几次，它们干脆采用同归于尽的方式，抱在一起，摔落在我们身上。

黄鼠狼是老鼠的天敌，鼠患严重的地方黄鼠狼就根本不需要给鸡拜年。林扒镇的黄鼠狼很多，它们如同新中国成立前闹匪患时的江湖大盗，身形飘忽、目光狠毒。一次正午，我在镇政府的旱厕方便时，一只黄鼠狼背负赃物从我身边晃过，瞥了我一眼之后，极敏捷地翻墙而过，身手十分了得。蜘蛛和壁虎也是常客，它们静候在房间的金角银边，一动不动地等候猎物出现。蚂蚁们不识字，却常在图纸和书本上爬来爬去。每人都配发了蚊帐，以抵御每晚蚊蝇暴风雨般的围攻。屋角有个摇头电扇，实乃祛暑的重器。在每日下午骄阳似火的时候，它帮助我们度过难熬的酷热。水龙头是公用的，位于院子的东南角，洗衣、洗菜和洗澡全靠它。洗澡要等到夜深人静的时候，赤裸着身体用脸盆接了水冲凉，真不知道当时两位女生是怎样解决洗澡问题的。

林扒镇“星火计划”留给我们最美好的记忆就是一日三餐，这方面待遇好得甚至让我们有点负罪感。我们的生活费由建设部划拨给地方，每人一天的伙食费居然高达 10 元，这在 80 年代堪称奢侈。这样的标准落实到菜品上就是“早中晚五六七”，即早上五个菜，中午六个菜，晚上七个菜。不仅如此，县政府还对菜品进行了刚性的规定，详细要求荤素搭配的比例。由于林扒镇执行上级规定比较彻底，使得吃饭一事实实在在地成为我们每日最强烈的念想。给我们做饭的厨师是一位姓周的老师傅，年轻的时候居然在哈尔滨读过航空学校，后来因为身体原因未完成学业。因为这段经历，老周对于料理我们的生活极为用心，从每日肉丝和藕片的刀工中就可以体会到这份情感。

美食相伴的好日子让我们成了林扒镇人心目中最羡慕的群体。当时食堂里还有几位复习高考的高中生，他们生活清苦，每日饭菜简素。我估计我们的伙食状况成了他们最励志的景观，他们一定会认为大学就是通向那张盛宴饭桌的独木桥。走出大院后，我们在调研中看到了当地百姓的生活疾苦。在经历一番激烈的思想斗争之后，良心发现的我们找镇长郑重要求简化一日三餐的标准。

镇里的书记和镇长主要负责我们的工作安排，此外有两个规划技术员，一个叫黄子发、另一个叫刘培斌，两人具体和我们进行工作对接。黄子发个子瘦高，头发像公鸡冠子一般立着。那个叫刘培斌的，造型简直就是连环画《桐柏英雄》中在护城河里勇斗赵永生的游泳高手张江。黄子发性格温和，总是笑呵呵的。培斌则一脸严肃，低着头不怎么说话，嘴里经常蹦出“不中”两个字来否定我们提出的美妙方案。镇长书记每天应酬很多，总是喝得醉醺醺的。那一年夏天，当地流行红眼病，几乎无人幸免，每天大家都是红着眼睛讨论革命工作，红着眼睛在食堂里大吃大喝。

餐厅里的老鼠很多而且个大体肥，工作结束的时候镇长给我们摆酒席饯行，老鼠们被丰盛的美食吸引，纷纷涌出洞口，肆无忌惮、骂骂咧咧地在我们脚下跑来跑去。看到我总是不安地关注着脚下，醉眼惺忪的镇长瞥了一眼那些老鼠，然后冲我会心一笑，算是一种宽慰，意在告诉我，太多虑了。

在考察中，我们发现当地集镇和村落不仅没有规划，而且建造质量极其低劣。且不说那些隐藏在村落里的民居，就是大街两旁自发而建的房子连基本的横平竖直都无法保证，到处都是盖歪了的房子。走在其中，我颇有几分失重感。

在设计方面，我们的计划比领导们心中想象的还要宏伟，公共设施和水系景观一并出台，让那些子发、培斌们感到震惊。我们和两位乡规划员大谈空间美学，让人家听得一头雾水。最后他们吞吞吐吐倒出来自己的真实想法，黄子发说道："给我们现有的建筑增加点美丽的线条吧！"这话让我们感觉到，"线条"才是真正接地气的美学，而所谓的空间理想华而不实，无人喝彩。

我们的设计工作除了包括一些公共设施，比如图书馆、少年活动中心、公共厕所的设计之外，还有一条一公里长的街道规划。那是河南通向邻近省份湖北的交通主干道——鄂豫大道，这个项目的宏大壮丽让我们像打了鸡血一样兴奋，也让其他组的同学羡慕不已。一公里长的大街规划是一个让我们尽情撒野的项目，沿街立面让我们绞尽脑汁，穷尽见识去造型。图纸画得过瘾，一座座现代化的楼宇在纸面上拔地而起，那是我们为林扒镇人民设计的美丽图景。最终在县政府汇报的时候，那条长卷让在座的各位领导瞠目结舌，让带队的老师满面春风，洋洋得意。

星星之野火燃烧青春

我们各个组在不同的地方进行设计，带队的三位老师在各个组之间穿梭，一方面上传下达联络工作，另一方面也进行适度的工作指导。我记得当时建筑系带队的是三位青年教师，蒋群力、陈原宏、苑剑英，我们组从他们那里也能获知其他各组的工作进展和生活情况。比较起来，我们这一组算是非常幸运的，无论设计任务的适合度、饱满度，还是对当地政府的接待满意度，在与其他各个组的比较中都算不错的。陈原宏老师也谈到了其他各组的一些情况，好像或多或少都遇到了一些问题，有一个组和当地人发生了肢体冲突，还有一个地方干部竟然带领学生们去窥视当地出名的美女……许多问题主要来自文化观念的差异，学生们的生活方式与当地风俗之间的严重冲突，其中有两件事是要提到的：第一是大学生在工作中跳迪斯科舞，第二是女大学生穿短裤“招摇过市”。

80 年代中期以后，原来被视为异端文化形态的迪斯科舞开始逐渐被接受，作为一种反传统风格的先锋文艺形式首先在中国的一、二线城市全面上演。其中，大学校园是这种舞蹈登陆和兴盛的滩头阵地。1986 年的暑假之前，正是我们学习迪斯科的开端，同学中的一些弄潮儿已经对这种舞蹈的音乐节奏建立了条件反射。一些同学到河南乡镇参加“星火计划”的时候，就随身带了那种简易的录音机，磁带录制的内容里相当的部分就是迪斯科音乐。而此时的邓县乡镇里，传统豫剧还是老百姓喜闻乐见的文艺主题，现代化版本豫剧《朝阳沟》《杜鹃山》仍然是文艺消费的主流，迪斯科在这样的文化语境中就显得实在是太没节操了。它简直就是叙事文艺形式中的坏蛋，控制让位于放纵，本能扰乱了文脉。当狂野万分的迪斯科音乐响起的时候，如同良田中突然燃起的野火，唐突、野蛮、险象环生。更为过分的是，每当这种大逆不道的音乐响起来的时候，一些学生的身体会情不自禁地在当地的干部群众面前有节奏地抽搐和扭曲。于是，镇里的干事老董就向带队老师委婉地提出了一些建议，希望同学们在新文化的表达方面要收敛一些。

音乐和舞蹈的事情还算是行为准则的边缘地带，其本身的抽象性可以做各种解释，群众就是那么一提，改不改就看同学们的觉悟和态度了。但是很快，另一件更要命的风波出现了，这件事严重地冒犯了当地文化风俗的底线。邓县各乡镇人民无法容忍的是，我们年级的女生在县城和乡野穿着短裤招摇过市。其实，若拿今天的标准衡量，那些牛仔短裤根本算不了什么，但在80年代的乡下绝对是惊天动地的大事了。不知是哪一股香风作祟，从1986年开始，在中国一些比较时髦的、有爆发力的城市里，突然兴起了年轻女性穿短裤的风尚。当然这里说的短裤绝非内裤，是指可以穿着走在大街上的那种应对公开场面的“非长裤”。很快，我们班里一些女生们，就把这种风尚借着“星火计划”的东风带到了贫困的乡镇。显然，这种着装方面的先锋性突破了当地人的道德底线，严重扰乱了当地的人心。

据说，每当这种景象出现在光天化日之下，当地群众的表现便分为两种。一部分人如沐春风，他们如饥似渴、如醉如痴。这些朴实的农民，或停止了手中的家务，或放下了手里的农具，然后目不转睛地盯着那些雪白的大腿，并目送这迷人的景象渐渐消失在天际线。另一种反应是截然相反的，就是坚定地把这种胆大妄为的着装看作伤风败俗，当作洪水猛兽。他们无法接受“星火计划”带来福利的同时也带来资产阶级腐败堕落的生活方式，担心社会伦理的基石出现可怕的裂缝。于是，干部代表广大群众向带队的老师提出交涉，希望老师们来劝阻这些“放荡不羁”的女生们。带队老师尽

《星星之火可以“撩骚”》

管十分为难但又不好推脱，只好硬着头皮和踌躇满志的女同学们讲了这些事情，希望她们能适当尊重当地的风俗。没想到老师的建议遭到了女生们强烈的反对，她们甚至认为这是对个人人权的粗暴干涉，是对“星火计划”的破坏。后来这事情不了了之，倒是男同学们听到之后非常开心，我们把这些故事带回到了大城市，变成茶余饭后的谈资。如今回想起来，我觉得这应该算作“星火计划”的衍生品，对当地的影响也许比我们做的那些劳民伤财的事情更有效、更深远。

各奔东西

邓县这个地方离刘玄德发迹之地不远，周围三国故事的遗址不在少数，比如火烧新野、博望坡的新野，比如三顾茅庐的隆中，更有道教名山武当山。公元1046年，伟大的文学家范仲淹被贬邓州，其笔下名篇《岳阳楼记》竟然是在千里之外的邓县，受滕子京之托，仅凭借一幅山水手卷，一鼓作气挥毫而就的。这些地方神奇的传说和盛大的声名一直诱惑着我们，有个别组里的同学在工作期间抽空出游，顺便带回更多的奇闻逸事。我们这一组中规中矩，唯恐辜负了林扒镇人民的期望，在设计一线从一而终。

终于到了工作结束解散的时候，我们要离开林扒镇了。那个简陋的院落看起来也不再那么寒酸，上午的阳光穿过稀松的杨树枝叶，洒落满地的碎影。蝴蝶灿烂地飞舞在恍惚迷蒙的环境深处，老鼠们窃窃私语，议论着即将离去的这几个福音使者。少顷，那只身形“飘软”的黄鼠狼再次现身，它一弓一跃的身姿仿佛在为我们的离去欢呼……

两天之后，我们离开邓县，踏上了拜访武当山的路途。在襄樊火车站转车的时候，部分师生在一个站前小店中吃了散伙饭，然后各奔东西。

毕业祭

对于大学来说，学生就是它潺潺不断生产的结果。对学生而言，大学前三年就像怀胎，最后一年犹如一段长长的产道，毕业是一个艰难的生产过程。一方面，大学生在努力挣脱母体的呵护，迫切地想要得到外界的认同；另一方面，他们对未来的走向又充满疑虑，不断地眺望，不停地畅想，又不住地回头，不知等待他的究竟是海阔天空，还是崎岖绝境。大学四年的时光飞逝如梭，但又是由无数点点滴滴的瞬间组成的，每一个瞬间都是一幅或精彩或痛苦的手卷，藏在每个人宽大舒适的袖中，唯有在夜深人静之时才舒展开来。这些痛点和美好的记忆都是岁月的痕迹，它们如滑润的液体，如令人窒息的瓶颈或粗粝的摩擦，让主体在亦进亦退中深切感知，悲喜交加。而离开母体的那一刻，是悲喜交加至深至重的一刻。

毕业实习

毕业实习是毕业的前奏曲，仿佛结构力学中的预应力，让一直身处幽静学府中研学的大学生短暂地浸染于火热的社会生产中。同时毕业实习还是学生和未来用人单位之间的沟通与交流，像一个青涩的姑娘和一个情场老手之间短暂的恋爱，进行着不大对等的相互打量和彼此磨合。

我的实习单位是山西省建筑设计院，这里隐藏着父母的阳谋。在中国社会当代人口大流动之前，大学生的分配总是交织着国家、集体、个人的各种诉求，牵扯着意识形态、社会伦理、家庭伦理和自我意识，而且大多数时候都是矛盾重重、一地鸡毛。我的困惑主要在于家庭伦理和自我诉求之间的冲突。由于老大离乡发展的心意已决，父母一直想让我毕业回山西工作，留在他们身边起到养儿防老的效用。或许他们也早已看出，和兄长相比，我有一颗更加狂野的心，因此大学期间不断给我各种各样的规定和暗示，比如择偶和归乡之间的次序，比如孝道的至高无上、义不容辞。在他们看来，我在省院的实习就是一次情感上的预热和精神上对回归的准备。

为此妈妈委托她的同学帮助联系，找了当时省院一所的所长吴振洲。由于当时设计院任务饱满，人手不足，外加荐头面子大，吴所长很爽快地答应了。1988 年春节后，我和同乡兼同学米友仁一起在省院开始一个月的实习。两个学生在一起并非好事，因为有了同盟之后，我们就总会用学校的那一套思维去抵抗现实。其实设计院就是一个生产机构，实用主义至上，这让我一点精神都打不起来。我们的工作主要是帮助建筑师们画图，乏味的总平面、立面、剖立面图。设计院还是一个奉行一招鲜的手法主义大卖场，只要市场欢迎，就不必创新，有效用的好手段即使反复卖弄也没有任何顾虑，博得业主认可才是王道。

一次，一直出差在外的邓姓总建筑师回来后，亲切地看望我们这两个浑身长刺的毛头小子。友好的邓总先是和我们聊了一会儿大学生感兴趣的话题，比如后现代主义或者日本新建筑设计竞赛的获奖作品什么的，然后话锋一转就到了银行金库设计上。他非常骄傲地给我们介绍他设计的几个银行金库的流线设计和技术要求，我们则碍于面子貌合神离地频频点头。

后来我们俩还参加了一个医院的设计表现工作，两个人合力画了一张鸟瞰图。由于每个人都有自己的表现方式和流程控制，两个人在一起就相互牵制，最终效果平平。设计院乏味的工作流程使我心里诱发出了与这种工作诀别的动念，在这里，我几乎看不到和创造性有一丝关联的工作。山西省院主要的设计任务来自本省，这一点也令我感觉到压抑和窒息。我昔日就读的中学就在省设计院的对面，那是我发力冲出重围的旧地。一想到自己经历了四年自由又将回到这出发的原点，便感到一种严重的挫败感，我不甘心这样，难道自由刚刚开始就要终结！

我的导师

回到学校就开始进入毕业设计的环节，首先是分配导师。我有幸跟随程友玲副教授，由她负责指导我和张金龙同学进行为期四个月的毕业设计。

程友玲老师是上海人，是张家骥先生的太太，在大二的时候给我们教授建筑设计原理课程。程老师是一位对学生友善、课堂上积极热情的好老师，她刚刚结束在英国的研修回国，便回来给我们上课。上课时，她向我们展示了非常丰富的资料，并讲述了许多国际建筑界的奇闻逸事。在资讯不够发达的改革开放早期，这一点非常重要，老师的视野就是我们遥望世界的窗口。程老师的授课方法很巧妙，擅用周边环境的条件和因素进行举例和分析，深受同学们的喜爱。记得上建筑设计原理课的时候，进行过一次关于楼梯知识的小型测验。她要求我们默画土木楼的平面，尤其侧重楼梯的位置和形式的表现。寻找隐藏在周边环境中的楼梯立刻变成了一个大家热议的话题，一时间全楼各个犄角旮旯里都散布着寻寻觅觅的建筑系学生。另一个清晰的记忆就是住宅课程设计的调研，我们去程老师家里访问的时候，她无私地呈现了家庭生活空间中所有的机关，热情友好地给我们展示家中一张附属于书柜的可折叠的书桌，充分表现出了建筑系教师对待生活的热情和解脱困境的智慧。另有一个细节也给我留下深刻的印象，就是在其客厅墙面醒目的位置挂着一张沙里宁设计的耶鲁大学冰球馆造型草图的复印件。

但是我和敬爱的程老师的第一次交流反而不甚愉快。1987 年大学三年级时，我参加全国文化馆设计竞赛，当时自己对现代建筑的本体意识已经有所领悟，颇有几分自以为是。当自己处于执迷一道的亢奋状态之中时，往往会有很强的排他性，并总是处处把讨论的焦点引向自己所关注的问题之中。建筑系为了在这次竞赛中取得好成绩，组织资深的教授、副教授们对设计竞赛的进展进行巡查。那天恰好是程老师巡查，她一进教室门就走到我的课桌旁，友好地向我询问项目选址的环境信息，我却故意表现出对环境信息的蔑视。于是话题就扯到了贝聿铭所设计的美国国家美术馆东馆上来，程老师认为是环境成就了这个伟大的建筑，但我却坚持认为环境是次要的，根本在于他空间观念上的创新和空间处理手法的成熟。我这种颇有几分挑衅性的回答激怒了程老师，估计程老师的恼怒一是觉得我无知，不了解贝老设计的思考；二是认为我过于轻狂，冒犯了师道尊严。

时隔一年之后，程老师居然选择了我作为指导对象，同时带我协助她参与重大项目的设计投标，估计是对我的专业能力也略有耳闻吧。在这三个月里，她诲人不倦、我学而不厌的过程中，我们师生之间有了更多的了解。有时候自己恍然间甚至能感受到一种母爱的错觉，真是一段令人怀念的时光。

毕业设计和设计竞赛

我的毕业设计方向是高层建筑，题目是当时一个正在进行的设计招标项目——长春工业品交易大厦。记得标书上要求是二十五层、建筑面积三万平方米、综合体项目；位置在斯大林大街和重庆路交叉路口的西北角地块。这样的建筑项目若在当下，一般的高层住宅都会居高临下地鄙视它，但在当时的中国省会城市，它绝对是鹤立鸡群的地标。

本科毕业设计就遇到这种实际的项目算是比较幸运了，其体量、性质都有一定显示度，功能位置的特殊、敏感之处和竞赛的属性又具有很大的挑战性。而且对于这样类型的建筑，它的技术规范都是课本之外的，需要自己查找资料并访寻建筑设计院的资深建筑师。当时程友玲老师带着我、张金龙同学、刚留校一年的柳勇学长以及正在读研的王岩学姐共同设计。现场考察和投标的文件制作是在长春进行的，合作单位是东煤公司设计院。这个过程持续了将近半个月时间，我们就住在长影附近的东煤公司招待所。学院派的设计总是千丝万缕地瞎扯瞎掰，为了设计一个地标性的高层建筑，我们浏览了当时长春已建成的所有高层建筑，为的是突破和创造；同时我们也考察了日伪时期日本建筑师设计的混合着东洋风格和民族主义符号的折中主义历史建筑，为的是传承和延续这座城市的文脉。

长春这座城市给我留下的印象深刻。和哈尔滨浓烈和激情的气质不同，它非常安静温和。自 1931 年伪满洲国国务院正式宣布“奠都”开始，日本关东军就开始着手规划和建设工作。长春的城市规划依靠起城市骨架作用的干线道路网，道路系统采用放射状、环状、矩形相结合的道路模式，虽然整体形态为向心形城市中心，但在重要场所建设巨大的圆形广场，形成城市次中心，这些分散的城市次中心增加了城市的便捷和活力。此外，这个城市建造密度小、绿地多，地形起伏虽大但是舒缓。

长春市的规划和哈尔滨有近似之处但是建筑风格迥异，经日本传递而来的西洋建筑刚健雄壮的气势衰减了几分，肌理的细腻削弱了厚重感，深刻的浮雕变成了肤浅的装饰和图案。华而不实的大屋顶造型比比皆是，它们道貌岸然、气宇轩昂，像是效忠于政治的宣誓。宽阔的斯大林大街是意识形态的表征，流淌着集体意志的洪流，追随着权力与偶像；高耸的苏式纪念碑是英雄情结的化身，它们庄严挺立、正义凛然，在沉寂中喷薄着不容侵犯的神秘力量；密集的绿植与道路、建筑在地盘的争夺中平分秋色，丝毫没有辜负“长春”这个绿意盎然的名字，张扬着空间规划上的阔绰；开阔的公园广场是社会福利的表征，开放的空间属性和闲庭漫步的行为设想，已然渲染出一幅自由富足的生活图景，炫耀着社会主义制度无可比拟的优越性。

有一个流言竟然是关于现代主义建筑大师弗兰克 · 劳埃德 · 赖特的，据说他有一个作品遗落在长春，但我一直没能看到这个珍贵的遗存。不过这里许多伪满时期的建筑似乎都有他的影子，我想这可能是受他所设计的帝国饭店的影响，抑或是迷恋东方文化的莱特一度的作品风格，都带有那个时代日本建筑风尚的痕迹吧。

当时的调研是为了寻找地方性建筑文脉，但如何从中提炼则需要耐心和经验。此时后现代主义的鼓噪从美国、欧洲两面夹击袭来，迈克尔 · 格雷夫斯、汉斯 · 霍莱茵等后现代旗手开创的经典样式被传播的力量镌刻成了符号，这些符号犹如催眠的指令在我们脑海中挥之不去，令我们俯首称臣。最终的方案主体是一个贝聿铭和菲利浦 · 约翰逊作品的杂糅。我们带着这样的文化奇葩洋洋得意进入招标序列，经过一番评审获得优胜奖。这是自己第一次参加社会实践中真刀真枪的招标活动，竞争的压力逼迫自己闯入一片现实的丛林中狩猎，虚张声势乱放一阵枪后，不见硕壮的狍子倒地，但也算猎得几只野兔、山鸡，这个半好不赖的结果奠定了我做好毕业设计的信心。

分配乱象

在一个相当长的历史阶段，对于莘莘学子来说，漫长的大学学习过程中最沉重、最惊心动魄的就是毕业分配。这是因为中国社会一直存在着地理和行政区域之间的差距，此外，同一城市中不同部门和岗位之间在待遇方面亦存在着明显的区别。

计划经济用心良苦，希望把一切问题都一次性解决到底，不论国家大事还是个人的小事。然而大学的统招统分在最后一个环节却总因人性的细腻和社会的质感陷入纠缠不清的泥潭。改革开放十年之后，社会和人性都在苏醒，每一个个体多变而敏捷，都在精细地策划着一次对命运集体性安置的胜利大逃亡。动用一切社会资源，使出个人的浑身解数，到中心城市去，到离家族血脉更近的地方去！一时间人心思变、各显神通，对未来主权的争夺战场上，狼烟四起，上演了许多惊天动地的戏剧性逆转。

百废待兴的中国，因“文革”内乱停滞多年的基础建设轰轰烈烈地重启，城市建设呈现井喷之势。而此时中国高等教育建筑学学科依然维持着民国时期的建制，老八校像几头瘦骨嶙峋的奶牛，面对着的是数不胜数的国有大型设计院那一张张因饥饿而大张的巨口。建筑设计人才紧俏，建筑学毕业生分配去向很好是一个公认的事实。但是供需双方之间却不能互通有无，中间隔着国家计划这个僵化的机制。对于一个不流动的社会来说，毕业分配几乎决定着个体的终生。对于等待命运安置的个人而言，家庭伦理、职业前途、乡愁、私人情感都是影响主观选择的主要因素。关内的同学不愿留在关外，长江以南的同学不愿待在长江以北，沿海的同学不愿待在内地。1985 年《中共中央关于教育体制改革的决定》出台，其中明确提出：要改革高等学校的招生计划制度和毕业生分配制度。改变高等学校全部按国家计划统一招生，毕业生全部由国家包下来分配的办法。同时，教育部提出“扩大高等学校分配毕业生权限”即“一部分毕业生由国家直接安排，一部分毕业生在国家分配方针原则指导下，由学校与用人单位直接联系后提出分配建议，经主管部门审定，纳入国家计划”。同时，在落实分配计划的办法上实行了“供需见面”，此举意在加强学校与用人单位之间的联系，使分配计划尽可能科学合理且具有一丝人本主义色彩。多元化的分配制度变革也是个艰涩缓慢的过程，一路泥泞不堪。

而此时的学校在表面上依然执行着“把受教育者送到祖国最需要的地方去”的计划分配原则，调子很高，响应者寥寥。大学四年中仅有一次看到了81级的张弓同学主动要求分配青海的请愿，那张巨幅的红色请愿书赫然悬挂在建筑系办的外墙上，正对着主楼的华丽大楼梯，构成了一幅极具结构性隐喻的场景，展现了一条令人疑虑重重的人生逆袭之路。这件事当时在全院引起了不小的震动，大家无不为之震惊和感动。冲动之下，低年级同学一个个跃跃欲试，高年级同学却按兵不动。这种诡异的现象像是一个时代结束时的尾声，那种激情澎湃的誓言露出了情绪化的原形，很快就变成一股青烟悄然而去，接下来就是两年多的寂静、各种挣扎和胜利逃脱的传闻。因此，尽管大学时代充满欢乐，但毕业分配恰似悬在众生头上的一把利剑，令人时不时心头一阵紧缩，惶惶不可终日。

到了我们这一届毕业的时候，绝对性的统一分配出现了一丝含混，各地用人单位可以持当地人事主管机构函件来学校申请分配名额，学校再根据各项规定依次权衡。这种情况下，许多用人单位所带的指标是有极强的针对性的，有一种比喻叫作定点空投，是学生和地方里应外合的结果。一般情况下，家里有一定“社会资源”的多采用这种方式来避免统一分配和个人意愿所产生的误会。当时还有一种绝杀就是所谓的支边（支援边疆），即除了直辖市以外的生源均有可能被一条支边的政令而强制分配。由于黑龙江属于中苏接壤的边疆地区，这一条款总是令大家心有余悸。尤其那些来自长江以南地区的同学，他们对东北的寒冷和民风的泼辣直爽虽有一定好奇心，但若让他们把未来全部投放于此，还是有许多顾虑。于是，个别同学为了避免被强制支边就铤而走险，花样百出。

一位来自江苏的同学按捺不住紧张的情绪，想到学院核心部门打探学院的分配方案。他精心地做了一番乔装打扮，戴了一顶老气横秋的蓝色鸭舌帽和变色眼镜，身着四个兜儿的蓝色中山装，还特意在左上衣兜里别了一支钢笔，手上拎了一只印着上海外滩大楼的帆布提包，大模大样地直奔学院二楼的人事部门。“同志你找谁哦？”“你好，我系江苏镇江人事局的……”他一本正经地向学院的人事干部们谎称自己是地方人事局来要人的，希望学院能够分配来自原籍的建筑学专业毕业生。然而，再狡猾的“狐狸”也斗不过好猎手，何况一个嘴上没毛的青年。学院人事干部个个都是精通行政文化的老手，几句话下来就感觉到此人形迹可疑，再深入试探几句之后果然破绽百出，于是果断将其扣留。接下来的尴尬场景本人在此就不必多着笔墨来描述了……

如果说上文提及的这位南方同学采取的措施属于技巧性的，充满戏剧性的话，另一位东北同学的做法就属于赤条条的蛮干。该同学向来爱出风头，有哗众取宠的习惯，善于制造和利用非同小可的行动进行自我表达。正当所有人在分配问题上焦虑万分的时候，这位老兄却在昔日张弓学长表决心的同一位置张贴红纸黑字的决心书一张，大义凛然地宣告自己放弃大都市，勇于支边的壮举。记得那份决心书的开头是如此表述：“谁不留恋都市的灯火，怎能忘记……”，那语气中的慷慨激昂让我联想到了《五人墓碑记》中颜佩韦、杨念如、沈扬、马杰、周文元在刑场上的大无畏英雄主义的表现。自然，这张红色的决心书在这个敏感的时期吸引了无数人的目光，一时间成了校园中最热的话题。但我们都在坏坏地笑着，因为该同学的家本来就靠近中苏边境，用他自己的话说就是：“一溜小跑就到苏联去了。”但这个行为艺术还是非常应景的，短期内吸粉无数……

智人贩子

虽然都是国有企业、事业单位，属于国家的左手和右手，但在分配这个细节上，亲兄弟亦明算账。供需失衡就出现了卖方市场，改革开放之初，这个市场特征非常明显，谁掌控了有限的资源，谁就是王者。但教育系统中关于人的交易的确罕见，开创了市场经济在人力资源领域勇于试水的先河。

上大学之前我就听说全中国的建筑系都在悄悄“贩卖学生”，即非同一系统内部的用人单位需要缴纳一定数额的培养金才能得到急需的人才。建筑系毕业生在当时的价码是三万元人民币起，按当时的物价可谓相当昂贵了，其价格相当于90年代末期中甲球员的转会费用。更有甚者，一些院校直接拿学生和用人单位兑换各种物资、物品，比如搞基建的学校就用学生换水泥、钢筋；新楼建成准备使用的时候，就改换课桌、课椅或是电脑房里的电脑。在实现四个现代化的道路上，一下子回到“以人易物”的状态，可以看作是以退为进的发展策略。这是人类社会一道错位的人文景观，它就出现在现当代社会转型的过程中，而我们既是历史的人证，也是历史的物证。

当然对于这些交易，学生们在当时是无法知晓的，它隔着道貌岸然的行政系统，又有爱国主义的护身魔咒，也属于利益集团之间的秘密。多年以后，当有一些同学试图跳槽时，用人单位会冷笑着拿出那张盖着红章的“卖身契”，想走？没那么容易！几十年后，大学同学聚会的时候会相互打听当时的“身价”。尤其在物价飞涨百倍之后的今天，当时不菲的作价俨然成为许多人人生中一份骄傲的凭据。我们那一届同学中，成交价最高者是分配到大连的两位同学，每人被卖了八万人民币……

留校是个坏消息

尽管 1985 年确立了每年的 9 月 10 日为教师节，但这对教师职业的尊重事实上只是一张空头支票。人民群众的眼睛是雪亮的，当时广大教师的职务待遇是偏低的，20 世纪 80 年代的高校职务和今天相比，简直是云泥之别。对于建筑学，这个炙手可热的专业而言尤其如此，当时相当职称的建筑设计专业人士在大学任教和在设计院工作的收入相差十倍以上。因此，最美好的专业教育状态是改革开放之初的十年，随后就是专业教师的大流动、大逃亡引起的教育质量衰退。

另一方面逆势上扬的是，专业人才的短缺导致的对培养人才的迫切要求。由于哈建工是建设部直属院校，在这一点上反映得尤为明显。83 级之前都是一年级一个班，从 83 级开始设置了两个班，到了85级又增加了一个规划班，87级开始变成了四个班。在短短五年内，哈建工建筑系的学生数量猛增四倍，这带来的一个直接问题就是教师人手短缺。于是建筑系的领导们制订了一个险恶的“割韭菜计划”。即在每一年的毕业生里挑选优秀的学生强制留校，并限制他们考外校研究生，最终只留一条继续在母校深造的道路。这种霸道的做法虽然令人反感，但也是那个时代可以堂而皇之推行并被顺理成章接受的方式，逃避这种类似惩罚式的留校就必须想尽一切办法推诿、躲避、对抗。所以现在听起来光芒万丈的“留校”一词，在那时简直就是一个耀眼的拖着长长尾巴的彗星。

在流言蜚语的作用下，留校一直像瘟神的影子一样萦绕在同学们的意识里，而大学四年就如同显影的时间，随着毕业临近，这个影子也就越来越清晰了。在留校这件事上，班里三分之一以上的同学都被谈过话，但是被重点锁定的人是绝对逃不掉的。

1988年建筑系的毕业分配是按照分数排队的：把学生4年的考试成绩全部加起来，最后折合成40多分，再根据各种条件进行加分，比如分配意向和生源城市吻合度最高加4分，优秀学生干部加2分，三好学生加2分，还有运动会得什么名次加几分，主楼着火灭火志愿者加0.5分等……最后根据系里公布的单位，大家去挑选。这一个阶段比较紧张，考试成绩一目了然，大家都在加分方面搜肠刮肚地寻找由头，一时间各种鸡毛蒜皮的小事都被涂抹上了光环，拿到系里请求认定，搞得系主任和辅导员苦不堪言。

被选中留校的同学一开始就丧失了参加分配的资格，对于那些成绩突出的同学来说就显得非常残酷。那一次我意识到了，拥有选择权是拥有自由的一种具体表现，弥足珍贵。同学刘某成绩非常突出，因此早被内定留校。等到该同学想挣脱的时候为时已晚，他就以坚决不合作的方式进行对抗。系里先是和颜悦色地说服，但看到精忠报国的爱国主义说教完全失效之后，索性一不做二不休把档案扣留，直接转入教职工队伍（其实我也是如此待遇）。接下来漫长的对抗开始了，戏中有戏、计中有计，可谓悬念迭生、惊心动魄。学生放言以绝食的方式进行抗议，然后表现出身体孱弱步履蹒跚的状况。有一次和学院人事部门交涉出门之后，竟然做出体力不支跌坐在地之状，身边还有几个同学做托儿帮腔作势，一时间搞得在一旁窥视的辅导员心惊肉跳，生怕出现意外，于是派前几届毕业留校的助教关某去宿舍探望。关某在盛夏里带着一个切成一半的西瓜去宿舍探望，嘘寒问暖的同时察言观色。刘同学则目光呆滞、神情恍惚，周围一群同学继续帮衬，营造压抑氛围。少顷，关助教告辞，见其远去之后，众人一哄而起，“全歼”那半个西瓜……

答辩服

被毕业分配的压力压迫的神经一直处于高度紧张的状态之中，渐渐麻木。而麻木的神经得依靠生活中的趣事来进行调整，以免积劳成疾。单纯的乐子也是此时的必需品，即使它被斥为庸俗。对于我这样多少有点叛逆的学子来说，想象的素材俯拾皆是。

社会上流行的样板不停地更换，终于，变化的频率不能完全牵制淘汰的节奏。于是，文化的多元并存终于出现了，社会风尚处于巨大变动之中的伟大时代。“激光唱片、时髦广告，摇滚的节奏彻夜通宵”，“有人正在拼命地减肥，有人还在大把地吃着补药”。多元化的时代像个流氓一样突然闯入我们的生活，一个活色生香的大千世界正在初具规模。在经历了参观实习的走南闯北之后，同学们眼界大开。在学校里穿奇装异服是一种双向的摸索，探究未来也审视自己。具体表现在视觉经验被击得粉碎，此时此刻同学们视觉的“食欲”高涨、渐入无法无天的佳境。

时逢秋林公司甩卖一批圆领T恤衫，其价格和特点对我们都充满诱惑力。据我猜测，甩卖的原因就是因为那色彩过于超前——像调色失败的结果，其色相“不垢不净”，性格不雄不雌。此外，圆领体恤的板型松松垮垮，暧昧的紫粉色扎眼、陌生，完全游离于所有人的生活美学经验之外。非主流的生活美学样式在一个时代被当作了弃儿，却被另一群叛逆者选中，它的模糊性恰恰代表了我们的迷茫。穿这样的T恤是需要一点勇气的，但集体性行动不单单是个美学问题了，是态度！当然，态度即形式。

先是我们几个同学买来穿在身上招摇过市，这令人摸不着头脑的色彩在校园里引来阵阵骚动和极高的回头率。随着越来越多的同学穿上了这款体恤，校园里刮起来一阵说不清道不明的非主流旋风。粉色的香艳和紫灰色的摇摆不定，既反射了莫衷一是的时代文化形态，又代表了我们此时矛盾的心情，群体性着装对传统美学的冒犯像一次蓄谋许久的行为艺术，既是沉闷现实的反映，又令人疑惑。为了回应其他专业的同学和本专业的教师投来的诧异的目光，我们为这种自己都搞不清楚到底为啥的选择找了一个堂而皇之的借口——“答辩服”。多年之后因工作关系，我和日韩学校常有教学方面的往来，发现日韩学校的答辩环节非常隆重，学生们一律衣冠楚楚毕恭毕敬对待这人生中重要的节点。相比之下，我们那时的答辩服令人匪夷所思，形态上糅合了齐整和松弛，情绪上并置了留恋与放弃，这应该是答辩焦虑症的表现形式。在学位服没有出现之前，集体购买穿着“答辩服”算是一种自发组织的仪式吧。

毕业绝唱

哈工大的校训是著名的“规格严格，功夫到家”。1959 年，哈建工独立出走之后，虽然并未带走这份口头性遗产，但由于两校同根同源，加之后来也没有吸纳外来的血统，因此整体的精神气质和训练方法一直秉持着这份精神遗产。这在毕业设计这个环节更是体现得淋漓尽致，哈建工的毕业设计要求之严格具体表现在如下几个方面：其一是项目复杂且工作量大，我一个人的工作量是三万平方米的高层综合体建筑设计，它既有商业内容又有写字楼性质，同时涉及高层建筑的技术规范和消防规范；其二是设计表达深入、全面，项目的总图、各层平面图和主体剖立面、室内外透视渲染图，各项指标统计、说明样样俱全。为了在思想观念上和精神状态上对即将走上社会的学生们进行全面的提醒，在毕业设计里，系里第一次提出构造与节点设计的要求，并且再三强调这些内容将会是答辩环节重点考查的对象。因此，毕业设计不像是大学学习的尾声，反而像是推波助澜后兴起的高潮，每个同学都在做毕其功于一役的拼搏。

毕业设计是大学阶段为了个人荣誉的最后一次突击，大多数同学都在主动给自己加码。因此那既是一次相互之间的比拼，也是一次自我挑战。我更不例外，四年学习中，一直在专业方面追求特立独行的我，当然不会放弃这最后一次表现的机会，尽管毕业分配和个人感情紧密地纠缠在一起，剪不断，理还乱，把自己折磨得几近焦头烂额。唯有回到图板前的时候，纷乱的心才能安静下来。我觉得夜以继日地画图是一种享受，一种逃避。画图的那一段时间不可谓不苦，一轮轮的草图，十余张一号图纸一张张认真地绘制、反复修改，1:200 的建筑模型亲手做了两个。虽然自己的毕业设计和分配去向已毫无关联，但是在对待毕业设计时，我依然怀有一种坚定的信念，这是一次对大学时光的隆重祭奠，感觉唯有倾心倾力而为之，方能安抚自己。那段时间里，内心总有一种莫名的冲动，就是想要给这最终的设计一个华丽的结束。

在日益紧张的毕业日程的逼迫下，学业的终结指日可待，许多被掩盖和拖延的情感逐一曝光。其中来势最为汹涌的就是男女生之间的爱恋，爱情的浓浆如井喷一般厚积薄发。这炽热的烈焰一轮一轮腾空而起，将无数坚硬的岩石化成黏稠的浆体抛向空中，这些流矢一般飞舞的坠石在冷却中下落，带着灾变的呼啸，铺天盖地而来，最终在大地上摔得粉碎。大学中的情感世界如一场漫长的人性拷问，自律的背后是学业和分配的压力，但人性的力量最终掀翻了这一个个陈规陋习的遮掩、覆盖，羞涩的蓓蕾在最后的季节里竞相开放，它们散发出浓烈的气息，为这个城市的夜色增添了无尽的魅力。然而这些恋爱行为大多更像是一种表白、一次宣泄，是对青春和生命的誓言而非对爱情本身的宣告。学校附近的各种角落里、教学楼和宿舍楼中秘密的空间里、大直街上、松花江畔，一对对情侣卿卿我我、如胶似漆。许多平日里不善言辞、表现拘谨的同学，在这最后的时刻实现了自我超越，胆大妄为的示爱在这个时段大都获得了丰硕的成果。突然冒出来的情侣的数量让人始料未及，又为之欢呼雀跃。尽管前途未卜，但绝不应该让秘密发酵中的情爱在继续隐匿中败坏，让现实主义去他妈的蛋吧！然而，现实主义的低迷是暂时的，它在国家铁政的扶持下悄然蛰伏着等待反扑的时机。有许许多多现实对人生嘲弄的处女之作是从此下手的，它像一个老流氓一样不紧不慢择机而动。反观浪漫主义，它们总是铺天盖地而来，暴风骤雨过后失魂落魄而去。奔流激荡的倾诉、诀别的血书、站台分手时候的狂奔不过是些动人的场景，在月历上一带而过，划痕是留在个体内心的，整个社会、整个城市，甚至整个校园都安然无恙。

答辩现场是大学期间最后一次表达的时刻，每个人陈述和辩解加起来要四十五分钟左右，若遇到评审委员纠缠不休的时候就有可能超过一个小时。同学们为此都做了精心的准备，尤其是规划原理、建筑设计资料集、消防规范等方面的条例和数据，大家克服了心理上的不适，将它们背了一个滚瓜烂熟。铁血无情的教授们则一个个兴致勃勃、精神抖擞地坐在前排不断发问。哈建工的老师最爱问学生一些犄角旮旯的问题，有些很难回答。比如我在答辩的时候，大多数问题回答得都不错，正当自己感到即将涉险过关之时，一位一直保持沉默的建筑技术教研室的陈姓老师突然发问。他问我所画的墙体构造中用于隔音的填充材料是什么？我淡定地告诉他是玻璃丝棉，但是该老师用极为平淡的语气紧追一个问题道："它是怎么制造出来的？"答辩现场顿时一片哗然……

这种故意激怒学生的提问以其刁钻、古怪、冷僻令人防不胜防，不禁让人感慨人生的短暂和知识的浩瀚。女生大多数都逃过了一劫，因为怜香惜玉恐怕是男性的普遍现象。看热闹不嫌事儿大的低年级学生也跑来现场围观，尔后一切尴尬场景都会被添油加醋变成恐怖的传说。班里老猴儿因为经常到低年级指导设计，尤得学弟学妹们崇拜敬仰，因此他答辩时的围观者人数更是陡增几成。看得出来，老猴儿也的确做了认真的准备：头发用发胶强力定型，西装革履，神采斐然，口若悬河，滔滔不绝。他那些拥簇者们也真是给力，每逢老猴儿一段陈述之后，掌声、叫好声一片。更有好事者高举照相机在人群中闪转腾挪，闪光灯频频闪烁，令人眼花缭乱。事后才知道大多是没放胶卷的空闪。嗨，这帮孙子！

大合影是一个必要的环节，它是关于个人履历图像式的证明，亦是未来追忆人生的线索。前排领导和老师们的脸上挂着如释重负，满脸欣慰的笑容。而后排那些年轻的脸上，则写满了迷茫、失落、紧张和倦意。班里一个同学在快门按下的一刹那用手掩住面孔，事后他说这是因为他不愿面对这个残酷的现实。的确，毕业是美好岁月的终结，是人生重大的拐点。拍照时我则是使劲儿踮着脚，把身旁站着的班里老大比得像个矮子一般……

终于到了遣散的时分，此时每个人的心情不尽相同，毕业分配的结果好似一道道闪电令人不安、惊悚；大学恋爱的变数像一团团乌云，使人揪心。一道道派遣的命令好比对青年学子感情生活的最后审判，空气中弥漫着一股股忧伤。

建筑系汲取了上一届毕业生在“散伙饭”席间借酒撒疯为难领导和教师的教训，取消了这原本善意满满的筵席，这让88届学生的毕业显得如此仓促和灰暗。许多人带着满腹惆怅踏上了新的征程，在临别赠言的小红本上，同学们无精打采地彼此勉励，互赠照片，言语中写满了此时此刻无比复杂的心情。

大学四年光阴荏苒，仰天长叹，斗转星移，校园里的流行歌曲已经从张行换作了齐秦，这段时间《我是一匹来自北方的狼》天天萦绕在耳畔，而我们这群北方的狼崽子将走向何处呢？冰冷凄楚的歌词令我们不寒而栗。台湾歌手杨庆煌有一首校园歌曲《菁菁校园》也正流行，该歌曲的内容倒是非常应景：

菁菁校园哪菁菁校园，何处寻觅往日的笑颜。
梦里的花儿依然芬芳，如今却各一方。
沙啦啦啦啦，沙啦啦啦啦，
成长的岁月最是令人难忘；
沙啦啦啦啦，沙啦啦啦啦，
总是那么令人惆怅。

出哈尔滨记

讨债路上

毕业这场静悄悄的屠杀告一段落，留下了一地狼藉的碎片，每一个宿舍都留下了海量的垃圾，这些余温尚存的个体信息就这样被抛弃了，没有人在意这份文献，更没有人把它整理归档。清洁工会用另一种眼光来打量和辨识它们。于是，一批人的历史切片就这样被粗糙地淘洗损坏了。而信息一旦离开了主体的关注，很快就会变成遍地的落叶，等待它们的就只有焚烧、清扫和腐烂。我几乎是最后一批离开现场的毕业生，目睹了这种失落和仓皇。好奇怪的一批年轻人，大家一边惜别一边抛弃，一边展望一边回忆。

我的妈妈从千里之外赶来，在最后这段时间里一直“陪着我”。但她的到来让我手足无措，因为她是受父亲的指使，用中国特有的方式来给校方施加压力的。他们希望我能回到故乡就业，然后按部就班娶妻生子，再慢慢地陪他们老去。但是他们哪里知道，我实在不愿意回到故乡，童年、少年时代的几次叛逆其实都是在一种强烈的逃离意识的驱动下产生的爆发，每一次都来势凶猛，每一次都展现出巨大的能量。离开故乡的四年，已经让我看到了世界的博大和文化的多元，我对未来还有很多欲望、很多想象，绝不肯善罢甘休。善良的妈妈没有强行干涉，她早已看透了一个不孝之子令他们伤心的心思。所以她去系里拜访系领导的时候，也就是为了敷衍在后方坐镇指挥的父亲。

妈妈的另一个使命

在 20 世纪 80 年代，对于中国所有家庭而言，远道出门是一件非常隆重的事情，需要占用很大一部分家庭开支。于是在那个时候，聪明绝顶的中国人民就尽量把自己的事和公家的事搅和在一起，以便利用出差的机会来处理各种私事。在各个单位里也是这样，大家心照不宣相互关照着，当家做主的感觉真是美好。爸爸逼迫妈妈来哈尔滨就是为了给我的学校施加压力，但是他又不舍得花费这么大的一笔开销，于是利用职务之便帮妈妈找了一个差事——讨债。

随着基础设施建设节奏加快和规模的扩大，金融支付出现了诸多断裂。国有企业之间在支付方面相互扯皮、相互欠款，但尚未形成大规模的“三角债”。到了之后的 80 年代末期至 90 年代初，三角债已经成为中国社会一个很重要的问题，严重制约了再生产的扩大。

爸爸给妈妈找的差事竟然是去要账，“讨债”这个概念在我们这一代人心中是个带有原罪色彩的词语，因为从小通过样板戏和连环画就知道，恶霸地主黄世仁讨债逼死了杨白劳的故事。爸爸让妈妈来讨债则是不同国营单位之间的债务之事，属于人民内部矛盾，但亲兄弟也得明算账啊。当时他负责的一个研发机构和许多国有大型制造业企业都有合作，其中就包括东北的很多大型国有企业。当时他们为这些国企提供了一些机械设计服务，并制作了设备的样品用于生产之中。但是其中有一些项目成果都交付了，钱却没回来。于是爸爸就让正逢暑假的妈妈帮助他们单位来东北讨要货款，这实在是一个苦差事，尤其是对于一名教师而言。

妈妈先绕道哈尔滨，当务之急是到建工学院给学校施加压力，逼迫我乖乖就范。刚来哈尔滨时，妈妈住在我父亲最要好的一个大学同学的岳父家里，那一家人都是铁路系统的，身居要职，住房宽绰，地点离学校也就一站地的距离。那时候铁路局的职工宿舍建筑品质和区位都是比较好的，那个熟人住在位于松花江街和瓦街交叉路口的一座板式住宅楼上，楼下是一个街心公园。这个地块我很熟悉，在大三做旅馆设计的时候，场地就选在这里，因此曾经在这里做场地测量。但是一个场地的因素绝不仅仅是空间上的环境关系，比如道路、植物、水体这些自然的或交通的因素，社区的人文因素也是非常重要的。

妈妈住在那里的时候，我从她和房子主人的聊天中听到一些趣闻，令人啼笑皆非。听那位长辈介绍说，街心公园有一个老年人露天交谊舞会，因而成了附近老年人的聚集地。老年人的社交活动是一个社会建设中必要的关注点，做得好，便有利于这一社会群体的心理健康，但是这个街心公园里的交谊舞文化却有点走偏。不知为什么，这里的老人们竟然培养起一股当时主流舞厅里盛行的乖张气息，除了眉来眼去、争风吃醋、是非不断，有时候为了争抢舞伴甚至大打出手，可见民风之烈。

后来妈妈搬到了介于火车站和学校之间，一个由哈尔滨铁路局开设的宾馆里。同住一个房间的室友是一个从牡丹江来哈尔滨看病的中年妇女，得了严重的红斑狼疮。妈妈有心事，而这位阿姨有病痛，于是她们两个很快就成了朋友，无话不谈、互诉苦衷。那个阿姨是由一个自称是她丈夫的中年男子陪着一起来哈尔滨的，但是她一直怀疑这个男人背着她有其他女人。有一次她把自己的疑虑和妈妈讲了出来，并恶狠狠地发毒誓说："他要是敢那么做，我就杀了他！"望着对方信誓旦旦的样子，妈妈吓了一跳，算是见识了一下东北女性的泼辣和彪悍。几天后的一个傍晚，在旅店的门厅里，我见到了那个男子：中等身材，头顶微秃，戴着一副高度近视眼镜，见了人就马上满脸堆笑，一看就是一个脾气好的男人。

这两桩非常事件给我留下的印象相当深刻，它们完全超出了我对社会的想象力。由此感慨校园之外的社会口味之重，令我这个即将涉足者望而生畏。我隐隐地意识到社会的复杂性及其质感，那都是自己将要面对的东西，说不上好坏，只是感觉上令我的神经发胀。

讨债路上

办完复杂的离校手续和入职手续之后，我已经身心疲惫，非常想找个僻静的地方休息一下。但是没有人能逃脱命运的鞭挞，在一个时期内该承受的就必须承受。还有一项艰巨的任务在等着我，那就是陪着妈妈去"讨债"。

东北的大型制造业企业非常集中，大多数大城市都是工业城市，尤其是辽宁省：沈阳、鞍山、大连、本溪、阜新等城市，不是专注于重型制造业，就是以矿业为主产业，城市经济类型单一，风格相似。我们的讨债路线就是沿着刚开通的中国第一条高速公路——沈大高速，逐个城市去讨债，最后从大连回山西。去沈阳的火车票是那一家熟人帮着买的，因为他们在铁路部门得到了比较好的关照，火车到沈阳大约九个小时，虽然买的是硬座，但熟人给买了靠东一侧面对面靠窗户的两个座位，充分显示了社会关系方面的实力。火车上的广播，除了报站之外，就是播送歌曲和相声，反复播放着崔健的《一无所有》和杭天琪的《黄土高坡》。《红高粱》上映之后，这种具有地域色彩的粗犷型歌曲风靡一时。不知为什么，《一无所有》瞬间触动了我，让刚刚圆满结束大学学习，获得优秀毕业成绩的我万般失落，望着窗外一个个烟囱林立的城市轮廓，我似乎看不到未来。

辽宁是中国重工业最发达的省份，在改革开放早期，这里依然表现出工业基础雄厚、计划经济强势的特点。火车到达沈阳以后，我和妈妈紧接着就乘坐客运大巴奔赴第一个债主所在的重工业之都，鞍山这是一个完全陌生的地方，我对它的认识就只是通过 80 年代早期几个红遍大江南北的评书人物，如刘兰芳、单田芳等人，得以知道中国有这么一个讲故事人才聚集之地。后来上政治课，每每炫耀国力的时候，老师经常会提到鞍钢，因为鞍钢也就知道了其所在地，鞍山。那个时候对鞍山的污染状况还有一种想象。由于我的家乡也是一个重污染城市，所以比较关心共同落难的兄弟。太原、鞍山曾经一度名列中国重污染城市排名榜的前两名，在我的想象中，鞍山一定也是一个播土扬尘、浓烟滚滚的城市。在由沈阳去鞍山的大巴上，我们路过辽阳，那些高耸入云，喷吐着黄色烟雾的大烟囱给我留下了非常深刻的印象。我想这或许是一个序曲，鞍山一定将给我们展现出一幅更加壮阔、更加浓重的工业污染景象。

鞍山

到达鞍山的时候已经是傍晚了，长途汽车站里到处都是举着招牌、甜言蜜语的拉客者。走投无路的我和妈妈被这些招揽生意的“热心人”忽悠到了客运站附近一个小旅店里。小旅店当晚居然停电，小门厅里黑灯瞎火的，柜台的阴影里坐着一个消瘦的男子，尖脸上一副方框眼镜反射着摇曳的烛光。这汉子看到我们几位涌进门厅的客人，立刻来了精神，从身后抽出一个登记簿，甩到柜台上，扯着浓重的鞍山口音喊道：“住店登记！”老板娘则是个浓妆艳抹的少妇，烫着满头卷发，穿着一件白色 T 恤和几乎齐腿根的短裤热情地招呼着客人。她吵吵巴火地向客人们问这问那，帮助柜台内的男子登记客人信息。轮到我们登记的时候，她斜了我和妈妈一眼说道：“是夫妻啊？来个双人间吧！”

80 年代后期，住旅店已经不需要介绍信而改用居民身份证了，每逢住宿登记需要出示身份证的时候，我就非常不情愿地拿给对方。因为那一阶段身份证照的拍摄不知什么原因，会把所有人拍得像通缉令上的逃犯。我对身份证上自己的照片相当不满意，就用碳素墨水钢笔把自己的头像改造了。我在那个变了形的脸上加了胡须，并把发型改成了流行的爆炸式，看上去更加邪恶了。所以每次遇到这种事情都要费一番口舌向店家做解释，以洗清对方的重重疑虑。但这种形象在特殊的场合下也有其优势，在类似菜园子张青和母夜叉孙二娘的十字坡包子店里，恶相倒是一种保护。

这个旅店像是开在棚户区，街道乱七八糟，建筑歪歪扭扭，房间品质更是低劣。十平方米见方的小屋，矮小昏暗，墙上没有窗户。

《钢城人》

作为一个为旅客接风洗尘之地，房间内设施简陋，床铺不洁，灯还坏了。看得出妈妈有点害怕，担心住进了黑店。我倒是完全没有任何安全方面的顾虑，因为在哈尔滨就和这样的个体户打过交道，而且我身上有一种天然的亲近这种社会人的习性。我跑进跑出查看开水房和厕所的位置，并扯着嗓子喊服务员要打开水的暖壶，然后就一直忙着和他们交涉修灯和电风扇之类的事情。那盏破台灯终究没能回光返照，我只好作罢，待向老板娘讨教了一下第二天去讨债的交通路线后，就在黑灯瞎火中睡去了。

鞍钢是中国最大的钢铁企业，在行业中的地位举足轻重。此外，它的历史悠久且辉煌，早在20世纪40年代，就已经成为亚洲最大的钢铁冶炼和制造企业。鞍山这个城市是典型的重工业城市，它的气质形成和企业的生产生活模式密不可分。走在这个城市里，许多地方都会让我想起我的故乡太原。有一天，在去欠债的那个工厂的路上，我们路过了很长的一段只有围墙没有任何出入口和店面的道路，走在其中，感觉自己像是活塞中的颗粒，非常压抑。在厂区里，那种机油的气味、机器的轰鸣，还有那些超大尺度的大型建构和刷在墙上的标语都让我感觉既熟悉又陌生。距实现四个现代化还有距离，但是人们已经懈怠了，热火朝天的场景或许永远都是一种建立在期待之上的想象。这种大型国有企业，不仅是场所精神之间拥有同样的血统，人文气质方面也有很多相似之处。斑驳的墙体和楼体标语，红底白字的条幅，街道旁的阅报栏里当天的报纸；厂区内的工人和干部都穿着蓝灰色的劳动布工作服，肩膀或脖子上搭一条看不出底色的毛巾，他们用大号的搪瓷水缸喝水，大嗓门儿说话。

在一个大型车间旁低矮的办公室里，一个长方脸型的负责人接待了我们，那个时候国有企业之间相互的尊重还是有的。小头目客气地问了一下事由和项目名称，就让属下去库房核查。这期间他就和我们闲聊了几句，当得知我是大学应届毕业生时，这直爽的汉子眼神中竟然闪过一丝羡慕的神情。但听说我留在学校当老师的时候，又表现出少许的遗憾和疑惑。这种语气和表情上的急速转变，进一步增加了我在毕业分配这个环节上的失落感。而对妈妈来说，这种打击恐怕更会加重许多吧。

一杯茶还没喝完，一个瘦小的材料管理员就拿着一本清单进来，说已经查到了从太原寄来的设备，但一直搁在库房里没有使用。然后那位负责人就和妈妈承诺说让我们先回去，过几天他们就会给我们办理相关手续。在80年代，企业之间以及人们相互之间的承诺还是比较靠谱的，不像十年之后尔虞我诈大规模地爆发。感觉在那种特殊的且有见证人的场合之下应允的事情，应该比“文革”时人们相互起誓时说的“向毛主席保证”还要靠谱。

如释重负般从铁西区的工厂出来，我又仔细地打量了一下鞍山这座城市工业区的样貌，我觉得的确和我从小生活的环境有几分相像，但是污染情况是出乎预料的，完全没有想象中那样严重。总体上感觉鞍山这个城市朴实无华，社会生活非常有序，但其产业单一以及计划性过强是个严重的问题，会令人丧失对未来想象的空间。就像那一段被围墙规定，没有任何出口的道路，使人感到压抑和乏味。这地方总让我联想到家乡，难以想象自己如何在这样封闭的环境中生存。

从工厂出来之后，重新穿过了那条两侧封闭的路段，路的尽头是一条略显繁华的主街，这时候也到了午饭时间，我和妈妈就在附近寻找吃饭的地方。那个时候东北的饭店有一个标志，就是在门口挂幌子，饭店的水准和实力会体现在幌子的数量上。我和妈妈在讨债过程中虽有报销一说，但基本上只选那种挂着两个以下幌子的小饭馆。因为80年代在外吃饭还是一件开销很大的事情，而出差虽然可以报销，但也有一个标准，于是每一次我们会参照补贴和报销的标准去点菜。看到一个窗明几净没有幌子的餐馆时，我们就走了进去，在鞍山这样的制造业城市里，饭店消费还是要低于哈尔滨这样的商业发达城市的，而且店家给的饭菜分量很足。记得那也是我们吃得最丰盛的一次午餐，除了一荤一素两个菜以外，我们还点了一大盆紫菜蛋花黄瓜汤。

差事完成之后，我们换了旅店，继续在鞍山住了两天。后来住的那个旅店是国营的，位置、形象和卫生状况都好了许多。旅社紧邻一个光明正大的街心公园，公园里边郁郁葱葱的绿植，重岩叠嶂的假山和铺装整洁的步道、广场，大大改善了我对鞍山的印象。我甚至想到了《钢铁是怎样炼成的》那本连环画里的几个画面，烟囱和公园曾经是理想社会的两个符号，但我过去从未想到把二者对立起来。这里成了我详细观察这座城市市民风貌的地方。于是每天早晨和黄昏，我都会陪妈妈来这个街心公园和广场转悠。与此同时，总能看到当地人也带着和我年龄相仿的孩子来这个地方遛弯儿，我想这是当时中国社会家庭生活的一种主要模式吧。家庭的观念约束着个体的分裂、出走，温情的表象之下隐藏着另一种残酷，而唯有对此敏感万分的我才能看到。同时，我发现在这个城市的街心广场，人们衣着整齐，姑娘们一个个身材高挑，皮肤白皙，妈妈对此赞不绝口，我也感到甚为养眼。

离开鞍山之前，我们还抽空去了一趟千山。千山的景观形态令我诧异，如此秀丽奇特的风景和深藏在崇山峻岭之中的古刹名寺，很难让人把它们和一座北方的钢铁城市联系起来。街心花园、小广场、千山景区是我最后看到的景观，它们和简陋的小客栈、妖艳的老板娘还有那条逼仄的街道共同拼合成我对鞍山的印象。很多城市就是这样，在我人生的旅途中一晃而过，短暂停留，却不曾忘记。

营口和大连

在营口的时候，我和妈妈住在火车站旁边一个二层楼的国营旅社。80 年代，除了涉外宾馆之外，大多数人的旅行住所都是那种集体共用卫生间和浴池，采用混居型客房的旅社或招待所。虽然介绍信制度已经放宽了，但很多时候房源不足，有介绍信也未必能有房间。而且这个时候市场经济正处于厚积薄发的阶段，个人性质的购销中介大量出现，开始跻身市场经济开闸泄洪的奔流之中。工业制品的紧俏，让这些人精蜂拥前往生产原材料的城市，地处火车站附近的旅社更是人满为患。

一般来说，旅社里的标准化客房至少要住四个人，档次高一点的房间住两个人，有的时候还会出现像传统的车马店似的居住形式，一个大通铺上睡满了互不相识的人。但那个时候，人和人之间还是充满了信任，住在一起的人们本能地需要交流，需要相互安慰。妈妈的性格随和，很快就能和一个房间里的室友们熟起来，通过交流也就获得了很多信息。估计她也向别人诉了不少苦，尤其在我的毕业分配这件事上。因此每次我去找她，都会感觉到同一个房间的人会仔细打量我一番。这一次妈妈的室友是个做生意的人，好像已经住了很长一段时间了，每天有好多人进进出出来找她，其中一个就是被她吹嘘得像神一般的弟弟。

这个神通广大的弟弟其实就是一个采购员，因为人脉广、脑子灵光，手中控制着许多供货的渠道。他的姐姐就住在旅馆里，等着他跑钢材的指标。每天纷至沓来的那些人属于他姐姐的下线，都眼巴巴地等着消息。他的姐姐和妈妈吹嘘说，这一次有四十多万的生意，已经到了成功的边缘了。这么大的生意额度的确把妈妈惊得够呛，我们这一路走来讨要的债款连人家的零头都不到。后来我终于幸运地得以一睹这个“弟弟”的尊容。一个傍晚，我喊妈妈外出吃饭，看到那个房间里多了几个人，妈妈向我介绍说室友的弟弟来了。那是一个高高瘦瘦的年轻人，看起来不到三十岁。留着三七开的偏分，嘴上一小撮胡子呈八字形，小尖脸儿，眉目还算清秀。小伙子穿一件白色的短袖衬衣，下摆扎在裤腰里，看起来蛮精神的。我上前跟他握手，打了一个招呼，他也客气地寒暄了几句，然后就带着几个跟班的扬长而去。他的忙忙碌碌和我的无所事事形成了强烈的反差，这种现象和国家层面鼓吹的知识、人才的稀缺形成了极具讽刺意味的反差。

营口的事情办得最顺利，所以印象不深。一般来说，城市小了，人与人之间就更加客气、更有人情味道。但是下一站可能就是最不容易的，那是东北赫赫有名的大城市——大连。大连人的骄傲感在东北是出了名的，不仅经济发达，城市风貌独特，人也漂亮、时尚。中国地区之间的歧视其实蛮普遍的，口音、着装、生活习惯都会成为相互看不起的借口。

《讨债路上》

去大连需要在大石桥乘坐长途汽车，然后上沈大高速公路一路向东。巴士上，人们都在议论我们正行驶其上的这条公路，原来这是中国第一条高速公路。这时我才意识到这公路的确有些特点，它全程封闭，设施先进，堪称当时中国交通现代化的楷模。一路上畅通无阻风驰电掣，没有红绿灯，没有非机动车、没有路口和人行横道。高速公路上的汽车很少，车行速度很快。我预感到这种公路形式将会对中国的未来产生巨大的影响，也会缓解铁路交通的压力。

快到大连的时候，沿途的风景开始发生了明显的变化。密集的工业建筑、冒着滚滚黑烟的烟囱森林慢慢消失了。不同于沈阳、哈尔滨等重工业城市的沉重气质，大连没有辜负我的期望，整洁、开敞、明亮，一派格调很高的抒情模样。殖民时代对这座滨海城市的影响至关重要，加之多变的地形，使得城市格局愈发生动。日俄殖民风格的建筑，展现出世界其他板块的发展风貌。城市中有轨和无轨电车并行，纪念性雕塑分外抢眼，大量环岛盘卧其间，这样的交通规划方式令街道更加开阔。大连人身材挺拔，衣着齐整，气质令人交口称赞。我当时所接触的大连人给人一种牛逼哄哄的感觉，略微不招人待见。

客栈里总是有很多的话题和故事。在大连，我们依然住在靠近火车站和码头附近的一个小旅馆里，这个旅馆空间狭窄、拥挤异常，像是私搭乱建的那种小房子。房间里的床是上下铺，一个房间可住四到八个人不等。住客们通常来自五湖四海，我所住的那个房间里的人就来自东三省不同的地方。选择住这种位置的小客栈的人，往往是为了方便买车票或者船票。大连地理位置特殊，如果选择铁路交通，要兜一个大圈子才能回到华北，相比之下，坐船就比较便捷。

在那个特殊时期，中国的基础设施还非常落后，无论是铁路、公路还是轮船，每一个门道都是一票难求。住同一个房间的人们，有的匆匆离去，有的滞留很多天，而滞留的原因大多也是因为买不到票。基于这种共同的困难，我很快就和同一个房间里的那些被困在大连的人混熟了，大家每天相互通报关于票务方面的信息。其中，一个吉林来的年轻人和我交流较多一些，这个人年龄应该比我大 10 岁左右，中等个头、面部阴冷、身形精悍，穿一件黑色 T 恤和肥大的裤子，一看就是个混社会之人。他好像没有什么目的似的整天在大连闲逛，也不急着离开。有一次客栈里的两个客人打架，一个来自沈阳的壮汉把另一位客人用弹簧刀刺伤了，弄得旅店老板一顿忙活。在各方努力之下，几天后这件事情终于被调解成功，在那个沈阳壮汉回客栈拿行李时，这个吉林小伙还带我去跟他见了一面。在二楼的一个小房间里，我看到了这个沈阳人，身板壮实，长相帅气。他的老婆也长得漂漂亮亮、高高大大的，在旁边利落地帮他打点行李。几个年轻人随意地聊着，虽然并不熟悉，可相互之间并未有什么防范。现在想来这也是当时社会环境下人与人之间交往的普遍状态，总能感受到莫名的自由和开心。这种事情反映出来的另外一个苗头就是，因为经济的活跃激发了社会的另一种能量。商品经济的快速发展、法律法规的缺失，以及既有的社会基础总是能勾兑出一些令人始料未及的新生事物。有一些事物令人振奋，也有一些令人忧心忡忡。

一票难求

一路讨债的过程中，最大的精神压力其实来自交通，尤其是火车票，实在是难买。那时候能顺利买到车票完全就是一个人社会资源的体现，和运气无关。我和妈妈在辽宁省内的交通主要倚重于长途汽车，但是当讨债工作结束要返回山西的时候，我们就必须面对如何解决火车票的问题了。由于大连的地理位置特殊，处在内陆交通的末端，使得大连火车站没有任何过站车，我们面对的局势就显得更加严峻。而此时又逢夏季，是这个滨海城市最为繁忙的旅游旺季。每逢此时，东三省和很多南方的游客都会来到这个气候凉爽、风景旖旎的城市，于是进出大连的交通状况也就恶化到了极点。如何购买回程的车票一直是一路上压在我和妈妈心头的一块巨石，令我们寝食难安。

我们住在火车站和码头之间的一个个体小旅社中，目的就是方便打探票务行情。这一带到处都是心急如焚寻找票源的人，旅店里客人们之间的主要话题就是相互倾诉旅途的艰辛。火车站预售车票的地方更是成了一个怨气冲天的场所，每天早晨还没有开门的时候，就已早早推出来令人绝望的票务信息。别说卧铺了，就是两天后的硬座都已经不知在什么地方售罄了。但是人们仍然抱着残存的一丝侥幸、一点希望去通宵排队，以期获得一张站票。无座票是这种地方的主要供给，但我不会让妈妈和我一起拿着站票上火车的，我在做困兽之斗。

大连火车站的建筑形象简洁利落，是现代主义风格的经典样式，条形的站房像一块巨石，白色的檐廊舒展又轻盈，是这座城市的一张脸面。但是其内部景象却犹如地狱，拥挤而又混乱，到处都是匆匆忙忙拎着沉重行李赶车的人。滨海城市凉爽清新的海风，并不能驱逐走火车站那种特有的污浊气味。喇叭里报道的车次信息和间或一轮的火车隆隆的进站声音混合在一起，如同这个场域沉重的脉搏声。售票大厅早已人满为患，长长的队列有时候会一直排到户外。许多人都在靠抽烟来打发漫长的时间，时不时还有因为插队发生的纠纷，各种方言混杂在一起，辩解着、叫骂着。有一天晚上，穿着制服的站房管理人员来清场。这时，令人震撼的一幕出现了：一个头发花白的中老年汉子在绝望中爆发了，他突然疯掉了，干号着却没有眼泪，乱抡着手提的行李，像铁笼之中的马熊一样在地上转圈儿……

火车站还是一个龙蛇混杂的地方，既有招徕顾客的黑心店主、邋里邋遢的乞讨者、脏兮兮的流浪者、自我放逐者，还有假冒伪劣产品和色情印刷品的兜售者、貌似镇定但眼观六路耳听八方的扒手，同时也有天南海北的外出务工者、暑期的大学生、四处奔波的生意人等等。售票厅恰如交通类建筑场所流动之中的漩涡，让人迷惑、困扰，它吞噬着耐心和定力，撕碎了信任和良知……边缘性的人物在这种地方好像总显得气定神闲、游刃有余。有时候，妈妈会陪我去火车站和码头上看看售票的情况，但是每一次怀揣着一丝希望而去，却总是失望而归。看着那一眼望不到头的长队，着实令人倍感绝望。

希望的码头

在反复去了几次车站之后，我对买火车票这件事彻底绝望了。因为每天早上5:00售票处开门的时候，通宵排队的人就一窝蜂拥入售票大厅，长长的队伍一下子从售票大厅一直排到了户外很远，而且窗口永远都是写着“未来几日车票都已售罄”的字样。鉴于这种情况，我开始动起坐轮船到塘沽然后从天津回家的主意，因为之前大学实习的时候，班里另一个组南下的考察路线就是走的水路从大连到上海。从上海回来以后，那组同学就一直给我们描述在海上的美妙时光，聆听他们的叙述时，我的脑海中迅速构建出了一幅幅令人心驰神往的景象，并一直念念不忘。于是，这一次我下定决心买船票回去。

买船票同样要付出巨大的艰辛，须提前一个晚上在大连码头上排队。在了解到这个情况之后，我就和妈妈讲出了我的想法。妈妈倒是心疼，不愿让我排通宵的队，但是在建筑系养成的熬夜习惯让我对排队这件事毫不担忧，于是我铁了心地要去码头买票，妈妈也就不再阻拦。

记得那一天晚上，我早早地在小旅社吃完晚饭，晚上7:30就赶到了码头，尽管离售票开始还有14个小时，但码头上已经有稀稀拉拉的人开始聚集着排队了，大家都想趁早抢一个靠前的位置。我是孤身一人来的，其他的人或多或少都有伴儿，这样能够互相去替班儿。对于像我这样一个人来排队的人来说，在队列里面寻找同盟是非常重要的，因为这种短暂的结盟能够有效避免自己孤身一人应对复杂的场面，比如去洗手间，或者到周围走动走动，因为一口气认认真真地排接近20个小时的队确实是谁都吃不消。还好我的前后都是年轻人，在我前边的是一对情侣，身后是三四个来自北京某中专学校的学生，他们在东北实习。我很快就跟他们打成了一片，几个年轻人一起云山雾罩地聊着天，排队的时光也因此过得快了很多。一点一点地，我们终于看到大连港的天空开始泛起鱼肚白，并最终天光放亮。

天亮了以后，码头的氛围骤然紧张起来，售票从上午9:00开始，接近这个时间时，码头上的人明显增多了。为了保护我们的熬夜成果，大家精神抖擞地一个紧接着一个把队伍排成一条密不透风的长龙。临近售票窗口，大家愈发紧张了起来，经过了十几个小时的漫长等待，面对那即将开启的售票窗口，每一个人的心都在狂跳，那是乘船的希望。队伍开始出现少许的骚动和拥挤，码头上的那些戴着红袖章的工作人员就会气势汹汹地冲过来，大声呵斥没了秩序的队伍。有一个瘦小的戴眼镜的中年人，被一个粗壮的工作人员一边大声呵斥，一边像拎一只小鸡一样从队伍中揪了出来扔到地上，那个人瞬间就绝望了，疯了一样地往队伍中跑，然而马上又被揪着脖子掼到更远的地方，之后他又继续返回来冲向他原来的位置……如此这般反复折腾着，那个位置对他而言仿佛就是一个救命的地方，失去了也就绝望了。我不忍心地看着那令人揪心的一幕，一场令人绝望的实力悬殊的对抗。

大概到11:00左右的时候，我终于排到了那个窗口，一个微胖的中年女性售票员淡定地端坐在里面问我道：“你要三等舱么？”我的天哪！这完全超乎我的意料，原来我以为散席就已经不错了，真没想到居然还有三等舱！我赶快递过钱拿到了两张三等普惠的船票，真的是如获至宝一般，瞬间忘记了一晚上的劳顿，然后兴冲冲地赶回旅社。开船的时间是下午 2:30，我和妈妈赶紧吃饭、退房，直奔码头。

海风轻拂疲惫的心

这是我生平第一次坐轮船，这种体验是非常难忘的。显然，码头的拥挤和火车站的拥挤是两种境界，白色巨轮的身躯看上去有一种天然的爱意，还有一种诗意。它的环境也是明媚无比的，湛蓝色的天空、灰色的海水、开阔的场地，还有悬挂在船舷上的彩色救生圈……这些都是当时最美好的视觉元素，它们奢侈地组合在一起，欢迎着我们这些幸运的旅客。两道斜梯从码头升起插入船体，顺着一个梯子向高处走去的时候，有一种鸡犬升天的感觉，幸福满满。无论乘船的人们排的队伍有多长，与庞大的船身比起来，也就只是一段细长的黑线。上船之后，我们开始找自己的舱位，在这之前，我还没有坐火车卧铺的经历，因为那实在是过于奢侈了，不是我那个年龄应该有的享受。轮船上的三等舱比之火车卧铺的条件似乎还要好，印象中一个房间是四个人，我和妈妈分别住在相邻的两个包厢里面，我睡在包厢中的上铺，身边有一个舷窗可以看到海景。安顿下来之后，我就迫不及待地跑到了甲板上，传说中，那里是一片自由的天地。

甲板上到处都是兴致勃勃的人，这里俨然是这座巨大钢板构筑起来的“监狱”中的放风之地。这种交通方式的确让人赏心悦目，心情也豁然开朗，连续几天压在心头的阴霾云消雾散。轮船行驶在平静的大海上，那种感觉真是奇特，尤其对于我这样常年生活在陆地上的人。这是我第一次漂洋过海，轮船庞大的体量、内部空间的复杂性以及甲板上人们行动的开放性彻底打破了过去我对旅行的恐惧感。轮船上的空气是清新的，夹杂着淡淡的海腥味；再想想昏暗污浊的火车，那完全是另一番感受，往往坐完火车之后的几天内，身上都会夹带着那种火车上厕所的味道。

我长久地沿着船舷一遍一遍走着，流连忘返。平生第一次来到海边，旋即进入海洋的腹地，被它温柔地拥抱着，荡漾在蓝天和碧波之间。幸福来得太快让我有点猝不及防，我跑到船尾看螺旋桨搅动的激流和漩涡，再到侧面探出半个身子去透视大海，海水那种深沉的颜色，让人看了既感到明快，又感到一种神秘莫测的敬畏感；在甲板前方，我被那尖利的船头劈波斩浪的气势所震慑。远处有其他船只路过的时候，船上的人们会发出一阵欢呼，并挥舞着手臂做出少有的友好姿态。这似乎是一种久远的原始冲动，隐藏在每一个来自陆地的人的内心深处。或许，我们的祖先都曾有过这样一种刻骨铭心的经历，因此被写成了基因的密码。他形成了一种习惯性的记忆。甲板上的夜晚更是美妙，很多人都迟迟不愿回到舱体内，因为甲板上可以享受新鲜的空气、微微的海风、开阔的天空、繁密的星辰。不知何处突然吹响的口琴声，让这份奇特的体验又增加了几分浪漫的格调。这个晚上似乎是自己几个月以来最开心的时光了，它让我忘记了之前长久的忧虑，特别是和父母在毕业分配博弈过程中的各种纠结，还有恋爱方面的挫败感。此时此刻，这些不佳的情绪都被扑面而来的海风吹散了。

塘沽

经过一晚上的航行，第二天清晨，轮船即将抵达塘沽港。天刚蒙蒙亮，我就又跑到了甲板上。原计划是起来看日出，传说中那又是一种更加美妙的体验。无奈天公不作美，昨晚还是满天星斗的晴朗夜空，早上却已是阴云密布。翻腾的海水变成了深灰色，巨浪不断拍击着船身发出一种低频的震动和轰鸣。甲板上空无一人，离我们轮船大约几百米的地方，我看到了一艘灰色的军舰在波涛中前进。那个坚挺的铁家伙看起来如此渺小，被动荡不安的海面肆意折腾着，它艰难地在惊涛骇浪中前行，在剧烈的颠簸中不断沉浮。巨浪不断从船头袭来，随后席卷船身，这惊心动魄的场景让我看到了大海，这个喜怒无常家伙的另一面。轮船进港停泊的时候，我没有任何喜悦，反而感到几分惆怅，我太喜欢在船上的感觉了，但回到拥挤的陆地又是一件不得已的事情，因为陆地才是真正的人类社会所在的地方。

下了船之后我们乘坐大巴到达天津，一路上看到天津市的许多沿街建筑都在用一种表面装饰的方式进行美化，感觉怪怪的，后来才想起来这是当时正在宣传中的城市美化工作。到天津市内后，我和妈妈也住在天津南站附近的一个小旅馆中，然后继续等待机会，购买回到山西的车票。

在天津的这段日子是这一路讨债过程中最平淡的，没有任何任务，也没有任何观光的欲望。于是毕业分配的话题再一次成为我和妈妈之间争论和抱怨的焦点。有一天中午吃饭的时候，当我再一次埋怨妈妈不该到学校让我难堪时，妈妈哭了。她质问我能不能理解他们的苦衷，他们希望有一个儿子能守在身边陪伴他们，因此对于我的选择深感失望。看到妈妈流泪，我就不再说什么了，但我对这种年轻人的未来选择必须受到籍贯牵制，并服务于父母养老的传统观念深感愤懑。我不愿意被这种传统的宿命论所规定，于是千方百计去挣脱，即使忍辱负重。而事实上这一次，我已经迈出了艰难的第一步。

为了安抚妈妈的情绪，我还陪她看了两场电影，一个是经典故事片《魂断蓝桥》，另一部是一个法国的空难片，讲的是法国研发的协和超音速飞机在空运过程中的惊险遭遇。《魂断蓝桥》是我第二次看，第一次是一年前在初恋女友家里看的录像，在一个极陌生的城市里重新看一部曾让自己有过触动的电影，而此时的恋爱已经出现诸多裂痕，且分配这件事又让自己陷入众叛亲离的境地，因此在电影院里睹物思情，感慨颇多。

回山西乘坐的绿皮火车走的是石太线，这是一条令人伤感的线路，近代阎锡山修的窄轨铁路便始于此，抗战期间，这一带更是破袭、争夺的热点。沿途地势起伏，人文景观变化很大，尤其从河北平原进入山西之后，路径变得曲折艰险。喘着粗气的火车一边贴着崖壁，一边临着沟壑，小心翼翼地穿山越岭。黑漆漆的隧道一个接着一个，山峦一重接着一重，急剧的转弯很多，这个时候就可以看到车头或车尾。铁路两侧的村落也不少，看上去仍然在过着刀耕火种的生活。绿皮火车经过的时候就像是平行空间里相互穿帮的一群闯入者，铁路旁边微微隆起的高地上总是站着一群一群的孩子，他们希望能以平视的角度来打量甚至透视疾驶而来的火车和车厢内的人们。女孩子们头上大都扎着鲜艳的头巾，列车驶过，带动的气流会掀动那些头巾系在一起的角，令这种瞬间的邂逅看起来唐突，像是平行空间之间的裂缝、时间的断层，让一侧的人们看到了过去，让另一侧的人们看到了未来。过去重重围困的群山会形成重重叠嶂的心头阴影，诱发出一种压抑的感受。每到此时，我就会感觉到一种无法抗拒和应对的封闭感，越是临近毕业的时候，在返乡路上的这种感受就愈加强烈。而这一次倒像是一次告别，一路上我背负着几分道义的包袱凝视着窗外，试图把这种异相的景观认真收集起来珍藏在心灵的深处。

大学刚毕业后的这一次讨债经历，让我看到了那时那刻，一个真实社会复杂又矛盾的表情。转型中的社会沉重、胶着却又充满活力，一个庞大而不安分的人类族群如惊蛰过后的动物和昆虫，开始苏醒、流动、寻觅。另一方面，社会一如既往地展现了包容、温暖，同时又充满了危险、残酷、冷漠。有时候，在民间的底层尚有一丝人性的余温，那些小客栈里的老板、那些“颠沛流离”的采购员，还有旅店里来自三教九流、五湖四海，但同居一隅的天下客，他们的卑微让一无所有的我感到自在，他们的努力会令我意识到中国历史的发展进入到了一个弯道区间；草根们的喧嚣也让人松弛，在这七嘴八舌乱糟糟的环境里，我竟然油然而生了一种主人公的意识。

这次讨债也让我成为一个历史的见证人，因为几年之后，中国企业之间的三角债就逐渐成为一个难解难分的痼疾，许多企业积劳成疾，终于癌变，形成一个重大的社会问题。国务院一度三令五申警示、控制、清理三角债，不断发布各种政令。这也反映出改革开放之初，市场的活跃性和金融方面准备不足之间的矛盾，即面对民间经济的觉醒和活跃，银行却无法提供及时的支持。于是多边性的互相欠款成为一种普遍现象，终于反过来严重制约中国的经济发展，并引发了无穷无尽的社会矛盾。刚刚毕业就体验了一次讨债，在我的人生中也具有别样的意义，它是我对社会认知的一次急速转弯，让我看到了一个开放的社会体系中的丰富性和复杂性，并预感到这重重的矛盾在不远的将来必然爆发。

在这次地理跨越超过1000多公里的讨债历程中，我感受到了中国重工业城市类型性的特征，以及它们之间微妙的差异。东北的很多城市都有铁东、铁西两个区域，往往一侧是生活、商业、文化、教育，另一侧是仓储、物流和工业生产。产业单一的城市，文化生活也是单一的，不仅体现在建筑、道路、公园上，还会写在人们的脸上和服饰上。有的城市是工业和旅游结合的城市，比如大连，相对而言就显得更加活跃，文化的多元性也更明显。一些商业比较发达的城市，因为地理位置独特，形成了商业的开放氛围。而到了80年代倡导市场经济的时候，这些地方的躁动就更加明显。哈尔滨当时就是这样的一座城市，个体饭店、发廊、售卖副食的玻璃房子，铁皮制成的服装摊位（当地人称“床子”），充斥着城市主要街道的两侧，像诞生于雨后潮湿环境中的生机。在形形色色的小旅馆里，我见识了各种各样的人。在码头、长途汽车站、火车站里，我看到了中国的改革开放和基础薄弱之间的窘境，即交通运输能力严重不足，无法满足国内汹涌澎湃的人口流动热潮；同时，这些是非之地往往鱼龙混杂，成为滋生腐败的温床。各色人等在里面寻找掠食的机会：包括那些胆大心细的个体户、过分勤劳的采购员，还有无正当职业的社会闲散人员，这些人将在之后不久纷纷成为社会主流文化或亚文化的主导。到了80年代末、90年代初，社会上高利贷、黑帮、流窜犯、讨债公司等等黑色的事物就越来越多了，东北地区此风尤甚，最终形成了这块土地上的一种亚文化。

在那几个债主方——国有大型企业里面，我也看到了一种继续挣扎但坚持傲慢的体制。表面上看，此时此刻的卖方市场让他们顾客盈门，但国有大企业机构里的人们依然沿着传统的惯性思维，一成不变、气定神闲地进行着自己的工作。全能型社会里的计划性曾经让他们手捧铁饭碗，高枕无忧。他们的办公桌上总是沏着廉价的茶水，桌子上摊着从头到尾充斥着喜讯的各种官方报纸。墙内的懈怠和墙外的躁动形成了强烈的反差，这种事态在不久的将来必将演变为一个乾坤大挪移的变局。新崛起的民营企业将向这些庞大的身躯发起强有力的挑战，而一切的不思进取和墨守成规必将走向衰亡。

四个逆行者

逆行者在不同的背景下呈现着不同的形象：交通秩序里的逆行者是害群之马，大逃亡中的逆行者是虎胆英雄。最近，在一片赞美逆行者的语境中，我突然想起来三十多年前的几位逆行者，他们都是我的同班同学。所谓逆行是指毕业大学生在奔赴工作岗位时候的逆向行动。一直以来学校的历史中绝不会提到这些人和这些事情，总之这不是一个学校和学科光芒万丈的部分，他们是暗部、是阴影。但是我倒以为，这或许是推动历史进步的一些杂音，仔细分辨才能感受到那是来自个体的呐喊和挣扎。他们的行为会接受历史的评价，而评价之上还会有更深刻的评价。

毕业分配后遗症

1988 年 7 月 14 日，我正式办理了离校手续。同时，在同一个房间马上办理了入职手续，从此正式成为哈尔滨建筑工程学院建筑系的一名青年助教。角色的转换并未改变我和学院的关系，哈尔滨建工学院仍然是我的大学。

经过一个暑假的调整之后，我又重新回到了这座城市。那一次下了火车以后，我自己拖着行李箱独自一人从松花江街朝着位于大直街的学校宿舍走去。心情非常特别，因为这一次，我不再是以求学的学子的心态，而是以这个城市的主人的心态，重新穿越这熟悉的街道。换一个角度来感知这个城市和学校，突然发现它们对于我来说，既熟悉又陌生。回到宿舍楼的时候，竟然发现被清洗后的空间里依然游荡着几个“孤魂野鬼”，那几张“老脸”上挂着凄楚和愤懑，却让我感到一丝温暖。此时，同样失落的我看到他们，有一点“同是天涯沦落人”的感触。这几位拒绝学校派遣的同学，像贝多芬一样，不甘被体制差遣，试图掐住命运的喉咙。

他们拒绝派遣的理由各式各样，从水土不服到父母养老、家乡建设等五花八门，什么都有。说实在的，我真心佩服这几位同学，他们以身试法，用自己的勇气和机智与强大的体制博弈。

返校后的第一阶段，我被临时安置在一楼面朝锅炉房院子的一间宿舍里，与我同住一个房间的都是过去一个班的老同学。他们都是因为坚决抵制学校的分配，像钉子户一样坚守在宿舍楼里。由于这个群体数量可观，学校也不得不耐心说服，这是一场耐心和意志的艰苦较量。由于担心影响新学期的迎新和安置工作，学校好说歹说劝这些顽固分子离开自己原来的宿舍，并把他们适当集中在一楼的一个隐蔽区域，以尽量使这股负能量不影响到新生对学校的认识。

显然，这是一个极度失落的群体，大家的心情都不太好，而且都暂时处在一种三无和三不管的状态。他们都做好了持久战的准备，想方设法努力挣脱体制强加给他们的枷锁。然而从体制设置的圈套中解脱出来并非易事，学校为了维护自己的权威也不肯轻易否定自己曾经的决策，需要耐心等待窗口期的到来。另一方面，在这样实力悬殊的条件下，必须放开手脚、丢掉斯文、不屈不挠，祭出一切民间的打法，方有可能突围成功。

漫长的对抗

他们的不屈不挠主要表现为和用人单位不妥协，不为各种承诺和诱惑所动，坚决不报到。这样的话，用人单位就会给出一个退回学校的文书。之后，他们再回学校找负责分配事务的部门负责人软磨硬泡。大家拒绝学校分配的理由大都是家庭因素，以照顾父母、和恋人团聚为借口，这是一场结局已定的战争后的零星抵抗，虽不影响大局，但会不断制造出痛感，搞得学校颇为头疼。

在这一场漫长的对抗中，这些刚走出课堂的学生们既有坚强的信念，同时又展现了他们超常的学习能力。一方面，他们认真研究了现行的分配政策和学校能掌控的分配机制，发现其实有两个核心部门影响着大学生的分配，其一是学生工作处，其二就是各系掌管学生工作的分配小组。这两个部门之间既有合作，又形成牵制。也就是说，两个部门各掌握了不同的名额渠道，但是又需要另一个部门去配合，因而在这个过程中，也有很多不公平的事情隐藏在里面，也有很多因利益交换而寻求平衡的情况发生，所以堂而皇之的公平背后，实际上有很多不尽合理之处。

学校派遣的主要手续是由学生工作处发一张派遣证。派遣证上，一般会标明学生派往的城市，学生拿着这张派遣证去派出所办理户口迁出，去粮食管理部门办理粮食指标关系的转移等等一套复杂的手续。派遣证密集发放的时间，就在毕业典礼之前那一段很短的时间里。这个时期，中国大学的工作重点就是统一分配这项政治任务，在这个环节对抗是徒劳的。学生们也意识到了这一点，他们在第一个阶段以不接受派遣令为主要对抗方式并逐渐升级。

在这一场漫长的以卵击石的对抗过程中，可以说是精彩纷呈，险象环生，这些同学在短时期内熟悉了国家的相关法律、法规和每一个地区、每一所学校、每一个单位之间的人事派遣方面的规定。他们在重要的环节上坚持原则，并利用时间和空间去化解矛盾。政令是冷漠的条文，但是每一个环节都是由具体的人去执行。那么一个环节中可调整的尺度就非常大，因而仔细地揣摩人性也是一个要点，懂得人性就可以克服内心的障碍，化解交办过程中的矛盾。很多同学今天回想起来这段经历，仍然百感交集，觉得那个时候对于人世间的人情和制度之间的关系还是看得较为肤浅。当时间过去30多年后，这批人如今都年过半百，饱尝了人生的创伤和辛酸，因此对那个时候所存在的矛盾和障碍看得更加透彻。

由于每一个人的具体情况都不同，对抗的方式也千差万别，真是八仙过海，各显神通。这个“逃跑的游戏”称得上是社会学研究的重要素材，也是一个时代的历史档案。

赴西安

甲同学大学期间一直是我同宿舍的好友，我们俩个头相当、体重相当，上学期间总是形影不离。该同学从洛阳考来，但是由于他从小在西安生活过一段时间，加之西安的亲戚比较多，他似乎对西安有一份更加浓郁的感情，从大一开始，他就一直谋划着自己毕业的时候，能被分配到西安工作。事实上，在那个建筑学专业毕业生非常紧俏的年代里，这本来都不是问题，但是由于计划经济体制的影响，个人意愿在国家的整体调配中似乎总是被忽略的。因此，这些私下的心愿、个人的诉求对于一个学校、一个学科来讲是无关痛痒的。作为一所学校，首先考虑的是服从国家的宏观布局，其次是部门之间的利益关系。比如我们的学校当时属于建设部管辖，那么建设部直属的设计院和学校就是优先考虑分配的。还有学校在一个地理区域内与相关机构的密切关联，也会导致在输送毕业生的时候进行一定程度的关照。还有一个很重要的人为因素：当时的系主任梅季魁先生曾经援藏多年。在他的观念中，大学生毕业不可贪图享乐，应该无条件服从国家的安排，哪里需要就去哪里。

上学期间甲同学专业方面的成绩非常好，他设计的方案属于那种很难挑出毛病的类型。这一点让我佩服得五体投地。但是他的综合成绩却不怎么样，政治、英语还各有一次不及格。在当年制定的分配规则中，他选择单位时就处于弱势。最终，他被分配到东北建筑设计院。这是部属设计院，规模大、实力强，就是地理位置在山海关之外。沈阳的地理位置虽然比哈尔滨要靠南一些，但是依然与该同学的理想相差甚远。此外，西北的羊肉、面食和东北的猪肉、粉条、酸菜乱炖的饮食文化差异依然很明显。因此，该同学拿到毕业派遣书之后，一直赖在学校未去报到。

甲同学耗在学校的目的就是想走改派的道路，即拒绝接受毕业时的派遣，等风头过后再和学校有关部门协商再次派遣之事。这种计划没什么风险，但是对意志是个考验。想要办成这件事，首先就不能轻易离开学校，如此一来可以方便反复和学校沟通，二来形成空间上的存在感，对既有的秩序造成影响。所以当应届毕业生大都背起行囊离去之后，空空荡荡的走廊里还稀稀拉拉留下一些熟悉的影子。对于这些钉子户一样的逆行者，从学校管理的角度来讲，比较头疼。一方面，学校需要清理应届毕业生腾退的宿舍方便开学后迎新，另一方面，这些可怜的学生每个人都有比较充分的理由，必须给予妥善安置。于是，学校就把他们集中安置在一楼的几间宿舍里。而此时的我，由于也需要等待新的住房安排，就暂时和他们共居一室。

这期间，宿舍里的话题都是关于改派方面的，因为这种情况每年都有，积累下来的经验也很多。于是这几位同学通过不同的渠道汇集了各种信息。尤其是那些以往毕业过程中改派成功的案例，被他们不断提起，加以分析研究。因此，甲同学很快就大体掌握了改派程序方面的信息。他还曾专门去了一趟沈阳，在东北建筑设计院通过熟人介绍，找了一位已经退休的前任副总建筑师，希望借助前辈的力量打通关节。他把自己的情况和这位前辈讲了以后，前辈深表同情，当时就打电话请人事处的领导来她的办公室商量此事。

片刻之后，一位戴着高度数眼镜的五十多岁的女干部来到了这位前辈的办公室里。年轻气盛的小甲同学直接向这位负责人表达了不愿意在沈阳工作的意愿，并询问这位负责人，自己的情况是否可以以单位的名义把他退回学校。没想到，那个负责人是个坚持原则的领导，听到这无理的要求马上沉下脸来，毅然回绝说：“当前设计任务如此繁忙，我们单位现在缺的就是建筑学专业的学生，我们正需要人呢，这个人我们坚决不退！你放弃这种想法吧，赶快来报到！”结果不欢而散，甲同学垂头丧气地回到学校，进而放弃其他幻想孤注一掷地主攻学校的相关部门。

经过几个月的摸索之后，小甲最终发现，自己的命运就掌握在学工处的几个老师手中，这根本无关原则问题。自己想去西北建筑设计院但现在被分配到了东北建筑设计院，这二者都是国有大型设计院，同属国家建设部，不就是一字之差嘛！接下来的关键事项就是如何尽快和学工处管此事的老师混熟，让对方能够站在自己的角度看待这个事情。于是他横下一条心，丢掉面子，反复去找一位吕姓老师。

果然，一回生二回熟，吕老师开始时也许觉得这学生矫情，慢慢地，他也理解了吃面条的西北人为什么吃不惯猪肉炖粉条，而非要回到西北这件事情。终于有一天，吕老师和他们部门的领导要去北京建设部出差，就和小甲说，你把派遣证给我吧，我去建设部人事司给你改派一下。由于幸福来得太快，几乎让小甲猝不及防。吕老师接着说："现在火车票不好买啊！"小甲赶忙说："我帮您问一下！"从吕老师办公室出来，小甲赶紧动用一切关系帮助吕老师买火车票，最后通过一个外号叫"阿吕"的学弟帮吕老师买到了火车票。个把星期之后，吕老师回到了哈尔滨，把那个派遣证还到小甲手中，只见在派遣证的背面备注了"改派西北建筑设计院"的字样，最为重要的是，盖了建设部人事司的红色印章。

十月中旬，小甲经过近百天的鏖战与坚持，终于办完了所有的手续，之后收拾行囊，登上了南下的列车。一年之后，在东北建筑设计院滞留了一年多的档案，也由沈阳寄到了西安，小甲成功地完成了个体对国家派遣的逆袭。

走常州

乙同学也是我大学时期同宿舍的室友，他来自湖北。上学的时候，他就表现出了随遇而安的性格特点，做任何事情都不急不躁。他当时来东北读书主要是出于好奇，因为之前没见过下雪。在本科学习期间，除了在学习滑冰这件事上，他从来没有在任何一门功课上钻过牛角尖，也从未和任何同学在学业上较过劲儿。然而，就是在毕业分配这个问题上，他却认真起来了。当时按照各项成绩综合排名后，他被留在了黑龙江，并分配去了林业设计院。但是该同学坚决拒绝接受这个派遣，执意要回到长江以南的地方。他的要求倒也简单，只要不让他待在干燥寒冷的北方，能回到温带或热带地区的城市就行。

小乙同学的性格温和，所以他对抗的过程中基本看不到紧张的情绪和激烈的行动。当时他通过老乡，认识了哈尔滨建筑工程学院建筑设计院的院长王福珍，恰好这位院长也是湖北人，基于这一点他们之间很快就建立起了信任，这位院长就给他提了一些中肯的建议。第一，先安顿下来，一边工作一边活动，等待机会；第二，要在设计院服务一年，之后给他放行。他接受了老乡这善意的劝告，虽然没有去派遣单位报到，但是半推半就在设计院帮忙。当时设计院在为哈工大威海分校校区进行规划设计，于是他通过一次去威海出差的机会结识了初仁兴教授。

印象中初仁兴教授是建筑物理方面的权威，时任建筑设计院总工程师。当时初教授在帮助设计院筹办常州分院，缺人手。设计院在常州的合作伙伴是一个叫常泰装饰工程有限公司的合资企业，这个公司在当时属于中国比较有名气的装饰企业，承接过许多重要的项目，常泰看中了设计院的资质和技术实力，想通过合作开拓中国大陆长江以南的市场。于是初仁兴教授就问小乙同学是否愿意到常州工作。小乙听到这个信息后并没有马上回复，而是回到宿舍里摊开地图寻找常州。他虽然不了解这个城市，但是发现，无锡、南京、上海，这些他喜欢的城市就在常州周围，因而判断这个城市在未来有发展的潜力。于是，第二天他就爽快地告知初仁兴教授，他愿意去常州工作。那一次他们坐火车去常州，白天从东北上火车经过了整整一天的行驶到达了常州，当时已经是 1989 年 11 月份。上车的时候，东北大地已经是白雪皑皑。一觉醒来，车窗外居然像春天一样充满生机，这种空间、景象的错位和反差太强烈了，让小乙同学更加坚定了回到南方的决心。

在常州工作的这段时间，该同学参与了很多项目，走南闯北到处出差。但是好景不长，中央突然出台了停止建设堂馆所项目的政令，于是设计院和常泰装饰工程有限公司在常州办设计院分院的计划也就夭折了。计划终止以后，从哈尔滨来常州工作的人员悉数返回哈尔滨。这个时候，小乙同学则毫不犹豫地留了下来。常州的那家公司为了他，向学校交付了三万元的人才分配的费用。这样，他所有的关系包括户口、粮食以及人事档案关系才全部都转移到了常州，从此他正式落户常州工作。尽管最终的结果如愿以偿，但是整个过程历时近两年时间。

到常州以后，他很快就进入到了安居乐业的幸福阶段。他一直是一个有情趣的人，热爱生活，工作之余喜欢登山和摄影，每年元旦前夕，我都会接到他发来的在风景名胜拍摄的图片。尤其在 20 世

《逆行者》

纪 90 年代之初，他因为参与黄山顶上的工程设计任务而长期驻扎工地，看遍了黄山的四季美景。那一段时期，很多同学都收到过他的摄影作品。后来听说他和一位初中毕业后到他们单位实习的中学生好上了，两个人顶住了各方压力，克服重重阻力，历经多年终于喜结良缘。我曾经给他打过一个电话对他这一段精彩人生表示祝福，他当时很开心，马上给我发过来一张照片，上面显示着，他正携他的娇妻逛商场……

一晃人生都已过去了一半，回首往事，感慨万千。冥冥之中总有宿命在等着每一个人，有些人可以朦胧地听到这遥远的召唤，于是那些看似疯狂的挣扎、顽强的坚持、不遗余力的拼搏就都是充满灵性的回应了。

胡搅蛮缠

丙同学原籍山东，是靠近威海的乳山人氏。性格直爽，行事风格果断泼辣。毕业分配时被分到了辽宁省建筑设计院，但他的理想还是要回到潮乎乎的山东海边去，其中最好是青岛、烟台之类的山东滨海城市，辽宁的大连也可以接受。但是当年青岛的名额已经被三个青岛籍的同学占去了。大连也是如此，我们那一届大连的同学有四位，全部回到大连。这样，当年的分配目录中就不再有海滨城市，他也就无法到自己理想的城市去工作和生活了。最终学校以三万元的价格把他“卖给”了沈阳的煤炭设计院。

虽然丙同学毕业分配到滨海城市的美梦被现实无情地惊醒，但他哪里肯轻易就范。这位同学非同一般，属于那种改革开放春风吹拂下最早的觉醒者。大四期间，该同学就一边忙着学习，一边在社会上做生意。到快毕业的时候，其生意也做得风生水起了，那个时候他所住的宿舍里经常有从老家过来做生意的亲戚借宿。从他们那充满胶东方言的交流中，我们了解到他的生意内容已经相当广泛，从香烟到推土机什么都有。做生意的经历让他较早地接触到了社会，对人和事的本质有了较为透彻的理解，且具备了一些解决复杂事务的能力。因此在拒绝分配和“改派”这个事情上，他一直胸有成竹，保持了必胜的信心。

丙同学虽然没有去沈阳报到，但他通过一些其他专业老乡的经验介绍了解到，如果用人单位拒绝接收学校派遣来的应届毕业生，就可以要求学校重新派遣。于是他前往沈阳煤炭设计院做该单位领导的工作，要求对方放弃他，希望设计院给学校发一个不予接收的公函。然而，一个堂堂的国营设计院怎么可能听从一个初出茅庐、稚气未脱的应届毕业生的安排？何况煤炭院得到这样一个紧俏专业的毕业生也是花费了不少工夫的。因此，院长首先义正词严地拒绝了这个无理的要求，然后动之以情、晓之以理试图说服丙同学。一方面要他服从国家的安排，另一方面给他展示了辽宁省未来宏伟的发展蓝图以及他个人的发展前景。

眼看和平谈判不见效果，丙同学就开始采取“强攻”的策略，所谓的“强攻”就是他借鉴了一些同乡行之有效的做法，具体说来就是去用人单位搅闹。并且集中火力在领导身上下功夫，企图用这种软磨硬泡的方式逼迫院领导同意放弃他。具体的办法就是不断到院长家陈述自己的要求和实际困难，到饭点儿的时候也不推辞，端起碗来吃饭；到休息的时候坚决不走，像熬鹰的老手一样和领导一家人比拼耐力，最极端的时候就直接拿着一卷凉席在院长家的门口睡觉。由于这一段时间他频繁去沈阳沟通此事，严重干扰了院长一家正常的家庭生活。

这种方法不值得称道，但是的确比较有效。处于弱势的个人在和强大的体制对抗的时候，拥有的资本恐怕也只有身体和脸皮了。那一段时间，小丙同学不辞辛苦去沈阳折腾，每一次都是乘坐晚上十一点多钟经过哈尔滨的火车，早上六点多钟到达，并且随身携带凉席一卷，这样上车后可以钻到座椅下睡觉，同时也方便逃票。到沈阳后席子还可以接着用作在院长家门口睡觉的卧具。正因如此，在这个对抗过程中，局势逐渐发生了微妙的变化，初生牛犊越战越勇，而一山之虎无心恋战。在小丙同学接二连三地睡卧煤炭设计院家属楼之后，希望的曙光出现了。

这段真实的经历听起来荒唐，但非常值得反思。当国家和社会在制定政策和规范的时候，如果过于主观忽略了现实，或者过于宏观，缺少微观上的考量，就会引发一系列的问题。因为所有的事情都会牵扯到具体的人，引发具体的事。在具体的时空里，影响整体的一切都是非常细腻的，规则、人情都很重要。不近人情的规则或许是出于宏观考量、理性推导，但去除那种有血有肉的情感的作用是不现实的。统招统分，这个听起来“伟光正”的政策，事实上在执行过程中不断被情感因素影响着。那些神通广大有门路的家长们早就占尽了先机，听说许多指标和政策甚至就是定点空投或量身定做的。没有社会背景的学生就只有依靠自己了。超常规的行为背离了素质教育的初衷，一定程度上也对学校的名声产生了不良的影响。但这都是不得已而为之的事情，时代变了，人心不古。

丙同学连续往返十余趟去沈阳的单位折腾，终于使得具有管理一院之责任的院长大人不堪其扰，被迫同意签署了放弃接收该同学的报告。

这是成功的第一步，接下来该同学要做的事就是按照他的想法去寻找一个理想的单位。后来，他打听到天津塘沽的石油部勘察设计研究院此时正需要建筑学专业的毕业生。于是，他火速启程去天津与该设计院的人事部门沟通。天津方面一听这个消息也喜出望外，马上给学院发函申请毕业生的名额。接下来的工作就是想办法疏通学校学工处的负责人了，只要他们同意派遣，大笔一挥，这个事儿就成功了。

到了这个环节，其实大局已定，学工处负责分配和派遣的领导也都是有血有肉的人，他们也并不想为难学生。何况此时学校毕业分配的主要矛盾期都已经过去了，不会因小失大，因为个别同学的不分配而影响全局。于是，他们也就同意了该同学的要求，促成了这个重新派遣的工作。

大学毕业分配中拒绝被动派遣，积极改变命运，是对一个人走入社会的一次大考。一般人很难在短时期内胜任，比如说我——直到现在，我都觉得那个程序太复杂了，听起来像天书一样难懂。但是当你身处那样的环境中，有一种强烈的愿望想要逃离的时候，可能这些就都不是问题了。尽管还不至于是一种求生般的欲望，但是这事情涉及未来的希望，以及对人生理想的谋划，因此，这个事情绝不仅仅是起跑线的问题。这些成功的同学在今后的工作中也大多做得风生水起，因为通过这一次短兵相接，他们快速增加了对社会和人情的理解。

丙同学在天津的石油部勘察设计院工作了十五年，后来又下海独自去做地产开发，在商业上应该是发展得相当不错的。2019 年 5 月，我利用在威海开建筑学会理事会的间隙，曾经去他所在的小城市看望过他。此时，他俨然是当地商界的大佬，在他自己经营的大酒店里，他为我举办了隆重的宴席，并邀请了当地许多有头有脸的官员或者重要机构的负责人来陪我喝酒。酒后，酩酊大醉的我俩勾肩搭背地在他生活和工作的小城市街头跌跌撞撞地走着，放肆地笑着，毫无节制地吹牛。其中最为壮怀激烈的话题，就是那段跌宕起伏的再分配过程。

不可思议的逆转

丁同学的故事最为惊心动魄，可谓一次个人和体制斗争中教科书般的胜利大逃亡。

那一年，与我一同留校的还有三位同学。我们四个人三种心态，两位吉林籍的同学心情较为平静，对于他们而言，不存在关内关外之说，于是他们很快投入到教学辅导员的工作中去了。丁同学有怨气是可以理解的，因为当时按照学校的规则，他的成绩是非常优秀的，完全有充分的自由度去选择在北京的设计院。但是建筑系要求他留校是强制性的，没有商量的余地，这就等于剥夺了他分配的权利。后来，这种矛盾就爆发得更加激烈，冲突来得更加凶猛了。据说刚接到派遣证的他，怒气冲冲地赶到系主任的办公室，然后当着系主任的面撕毁了那份代表着国家正义的派遣书，并扔到了系主任的桌上。这种严重的冒犯行为并没有改变系主任发展学科挽留人才的决心，于是矛盾被继续转移到负责思想工作的系政工干部头上。

接下来该同学开始以绝食相要挟，誓死捍卫自己毕业分配的权利。人命关天，学校也怕闹出无法收拾的大事来，于是反复去做他的思想工作。但是他去意已决，坚决不从。除了采取绝食的苦肉计以外，该同学还上演了装疯卖傻的好戏，试图用这种极端的方式来制造冲突，产生不好的影响，从而使学院对他绝望，转而放弃。有一次，他去院领导家里陈述自己的情况。坐在院长大人家的沙发上交流的时候，他故意摘掉了眼镜，表现出一种失魂落魄的神情。那一次，他表现出来了高超的演技，不仅目光呆滞，同时嘴角挂着一丝蔑视的冷笑，还死死盯着院长家的千金……尽管如此，建筑系仍然没有改变已经做出的决定，因为一旦让步，会对未来几年人才引进的战略布局和措施产生不利的影响。因此在很长一段时间内，双方就这样暗暗地角力，并耐心等待着对方率先崩溃。

小丁同学已经做出了不是鱼死就是网破的决心，而建筑系为了维护自己的权威不肯轻易松口。在这场斗争中，体制永远掌握着主动权，他们试图用时间消弭小丁同学的意志，由于派遣证已经撕掉，暂时也不存在报到的事情。持久战开始后，需要能够维持生活的收入，但小丁同学在这一段时间内没有工资收入，他就想尽各种办法去筹集维持生活的资本。作为一名建筑系的优秀毕业生，他主要的生存手段是靠帮助一些机构做方案和画图。这种收入不稳定，有的时候还会有风险。遇到竞赛、投标工作周期比较长的时候，结算的日子遥遥无期。还有的时候是协助一些青年教师画图，但是当这些老师也没要回来钱的时候，也就不会支付这些画图的劳务费。

但天无绝人之路，人在迫不得已的时候，还会做一些出格的事情。有一次，该同学要随同另外一个设计机构去外地出差，后来因为出差计划取消了，就空出了几张软卧车票，他就拿着软卧车票在哈尔滨火车站倒卖，从中赚取差价。结果由于经验不足、方法不当，出师不利，被车站的公安人员当场擒获，并做出了相应的没收和罚款处理。几天之后，当地最有名的一家报纸哈尔滨《新晚报》刊登了一则小消息："为了整顿票务秩序，哈尔滨火车站近期开展了严打倒卖火车票的不法行为……哈尔滨建筑工程学院青年教师某某某在火车站倒卖车票被处罚。"

艰苦的斗争经历了整整一个冬天，终于到了春暖花开的时候。学校想把这件久拖不决的事情解决掉。解决方式就是将该学生打回原籍，于是把他的档案推到了南阳市设计院。尽管学校在这个事情上没有获得预想的结果，但是在最后的将人才转让给地方的过程中，依然把丁同学以两万五的价格"卖"给了地方。事实上，丁同学并不想真正回到一个三四线城市了此一生，他还是有到中心城市去施展自己才华的雄心。所以在这个艰难而且漫长的过程中，他像一只水面上的鸭子，貌似很淡定，其实水面下的两只脚蹼在不停地倒腾。他暗暗地里去北京打探了一些情况，另外也委托几个同学帮他和几个部属设计院建立了联系。当时的情况是，在北京，除了像北京市建筑设计院这样的顶级大院以外，绝大多数设计院对老八校建筑系的应届毕业生都是求贤若渴、虚位以待的。

持久战走向了相持阶段的最后环节，机会终于出现了。无心恋战的是学院一方，他们想尽快了结这个久拖不决的事情。一个春光乍现的上午，学工处的负责人找到丁同学说："你到我办公室来拿一下派遣证，再到哈尔滨人事局去办理相关手续。"这位同志就把一张派遣证给了他，让他自己去相关机构办理。但是由于工作上的疏忽，那个派遣证上并没有明确注明将丁同学派往何地。于是，在哈尔滨人事局办理手续的时候，对方就问了一句说："他们把你派往哪里啊？派遣证上怎么没写呢？"这时丁同学才注意到派遣证上的一段空缺，不由得心中一阵狂喜，于是一面努力控制住几乎失控的情绪，一面回应道："是派往北京啊！"那位同志又问道："北京什么单位呀？"丁同学脑子中，迅速地掠过了那些自己曾多次登门拜访过的设计院名单，然后镇定地回答道："中国 ×× 部建筑设计院。"于是，那位负责的同志拿起笔来刷刷刷在派遣证上按照他的述说填上了这些信息。于是，一个年轻人的命运就这样在最后一刻被神奇地扭转了！由此，小丁同学也恍然大悟，原来貌似严谨缜密的国家秘密就在于此：一些看似烦琐复杂、庄重无比的决定权，其实就掌握在一个体制内控制关键环节的小人物手里。许多其貌不扬的公务员，竟然掌握着许多人命运走向的权力。

拿到了派遣证之后，丁同学喜出望外，艰苦卓绝的抗争终于获得了不可思议的逆转。接下来的事情就是需要协调南阳市建筑设计院和 ×× 部设计院之间的转换关系问题。他紧锣密鼓忙不迭地在北京和南阳之间反复协调，最后终于促成了这项复杂无比的行政交割。又过了三个月，他堂而皇之地走进了位于北京长安街上的那座雄伟的苏式大楼，开始正式上班了。又过了几个月，他辗转去北京工作的消息还是传回了建筑系，令众人无不为之愕然。这事情的惊天逆转更令领导们大为恼火，我清楚地记得在一次建筑系的例会上，系主任梅季魁教授正襟危坐，严肃地提到了这个事情。他甚为恼怒地说道：现在有一些事情莫名其妙，国家的决定遭遇到了各种各样的挑战，某某某同学分配的这个事情就需要查清楚，他到底是怎么去了北京的！

以上四个同学是那个时代以小博大的活生生的代表，他们都是初出茅庐、涉世不深的年轻人，但是勇气可嘉，他们敢于维护自己的利益并向貌似强大的权力机构发出挑战。在这场旷日持久的对峙中，处于弱势地位的年轻人拥有的只有信念和时间。常言道“得道多助，失道寡助”，他们坎坷的境遇使他们获得了许多同情和援助。首先是一些有过相似经历的助教，很多人暗中的通风报信和指点迷津令他们的努力有了准确的方向，还有很多毕业的同学、在读的研究生、本科学弟学妹们也在很多时候给他们提供了帮助。声援和同情让他们获得了道德方面的自信，让他们自认为这种抵抗是一种正义之举。这是一段漫长又激烈的抗争，是个人意愿和国家主义、集体意志的互怼。最终历经了磨难的他们纷纷觅到了体制藩篱的间隙，逃之夭夭……

在我读大学的四年期间，几乎每一届毕业生离校后半年的这段时间里，学校中都有这样一个灰色群体存在。他们就是那些对毕业分配结果不满意、希望改派的人们，这些人几个月前还都是文质彬彬的大学生，转眼一个个都变成了混世魔王。改革开放已过十年，社会、个体都已发生了很大的变化，当体制假以国家的名义进行不公平、不人性的利益分配时，个体就采用来自民间的经验，用死缠烂打、软磨硬泡的方式去消解体制刚性的规范。现在回想起来，感觉这些同学个个都是强大的个体，他们百折不挠，以区区肉身去冲击制度的铜墙铁壁。而且当他们冲破体制的限定达到自己的目标时，他们会更加珍惜这来之不易的机会，最终多数修成正果。而那些维护旧体制的代表们，他们依然秉持着陈旧的理念，不能与时俱进、审时度势，判断当下的人心，失败也就不可避免。值得庆幸的是，20 世纪 80 年代是一个伟大的时代，它不断在自我修正中进步着、发展着。几年之后，更科学、更人性的制度出现了，那些一年一度流落在毕业后宿舍里的人群逐渐消失了……

不知为什么，从那时候起，人们就开始疏远富饶辽阔的黑龙江，死乞白赖地要回到关内去工作。在我眼中，黑龙江虽然地处边陲，但当时的工业基础和自然资源都不错。80 年代的哈尔滨更是中国最有情调的大城市之一，在文化、艺术、生活美学等领域引领着中国的风尚。对于那些执意要离开哈尔滨、沈阳这样的大城市，而宁愿回到原籍三四线城市的行为多有不解。而三十年过后，我却惊讶地发现，东北的现状证实了他们当初的忧虑，不仅外来的在读学生，就连许多本地的精英人口也开始大规模地流向沿海城市，流向长三角、珠三角这些经济发达的地区。这里的冬季依旧漫长，一场接一场的大雪会掩埋掉许多痕迹，比如曾经在此工作学习过的我，还有那四位逆行者。

初为人师

我留校了，不喜也不忧。因为直至毕业前夕，我对于脱离学生的状态尚没有任何心理上的准备，而对于校园外的社会更是完全陌生，我没有任何欲望投身于那个活色生香的社会去打拼事业。另一方面是自己尴尬的情感纠葛，初恋不久即陷入了一片泥泞，进退维谷；此外，因分配事宜与父母发生了分歧，导致长久以来潜伏着的家庭危机随着应力的加强而逐渐加深。在短时间内集中爆发的各种矛盾中，我实在没有能力进行平衡，最终只能选择逃避。留校可以看作是最简单的逃避途径之一，大学生活是我心性的庇护所，是我情感的温床，这段生活对于我来说虽然已经结束，但它的幻象还在，余温尚存。我需要一段时间来进行心理上的过渡。对于哈尔滨，这个中国最北方的大城市，虽然在过去的四年里，我和它已经建立起初步的感情——我喜欢这座城市的历史和它当下的活力，喜欢这座城市里人们的直爽甚至带有一些粗鲁的豪放，但尚未滋生归属感。我的内心深处依然涌动着一股寻寻觅觅的执着，想继续艰难地寻找自己，也寻找一个安身立命之地。

虽然说“天涯何处无芳草”，但非常尴尬的是，大学四年，除了专业方面的收获之外，我尚没有弄清楚“我是谁？”这是个严肃的问题，而这是一切选择的起点。当其他同学拼命抵抗“留校”的政令时，我却表现得半推半就，因为我觉得学校里除了清贫一点，没什么别的不好。对于在读违规的学生，学校处分中比较重的一条叫作“留校察看”，即暂缓赶出校门，以观后效。对于自己来说，大学毕业后第一段工作经历应该叫作“留校观察”，因为既然毕业分配不理想，倒不如暂缓一下再寻找出走的机会。这里所说的“观察”是主动的，不是被观察，而是我在观察、在等待。

教师节里的七条鱼

1988 年 7 月留校任教后不久，我便赶上了人生第一个教师节。当老师仿佛是我们苏家人的宿命，说起来我们一家人几乎都是教师：母亲在中学教书，兄长曾任教于太原重型机械学院（后更名为太原科技大学），我自当年留校任教至今，教龄已逾 32 年，家父也曾短暂地在高校教课，祖父亦做过教师。在一个教师职业被严重忽视的时期，我们全家四口人竟有三人在从事这让人尴尬的职业，一时间在熟人中传为笑话。自 1985 年起，中国确立每年 9 月 10 日为法定教师节，其设立的目的是树立尊师重教的社会风尚，提高教师的社会地位。美好的期望一般都是基于惨淡的现实境况，在众人纷纷忽略、回避、逃离教师岗位的风潮中，教师节听上去似乎令人颇为振奋，看起来却略显悲壮。

当时的学生们对这个节日完全没有反应，学院大楼里见不到一

《七条鱼》

条横幅、一束鲜花、一张海报。学校的各学科多以自我鼓励为主，悄无声息地自己庆祝自己的节日。那一天，我接到教研室通知，让各位老师去系办公室领取教师节福利。等我急匆匆赶到系办之后，只见办公桌上摆满了塑料袋分好的礼物——每位老师两斤葡萄。那两斤葡萄在我手里沉甸甸的，吃不到葡萄的时候总说葡萄酸，但吃到的时候又这般寒酸。

略得安慰的是，一位分配到设计院有同情和怜悯之心的同学特意来看望我们留在学校的几位，他竟然带来七尾肥鱼，据说那也是他们单位的福利，这样看来，肥到流油的设计院假借教师节之名发放了实实在在的福利，而真正的教师群体却在分发酸葡萄。当这位同学把一条条脊背乌黑的大鲤鱼从塑料袋中一一掏出，摆在桌面上的时候，我们几位新入职的教师情绪顿时高涨起来，一致认为这一个齐头跃过龙门的"鲤鱼班"才配得上神圣的教师节。但是新的问题来了，学生集体宿舍里没有任何做饭的条件。在学校设计院工作的一位同学马上联系了他的同事，这位同事住在离我们不到一公里的教化广场集体宿舍区，于是我们一票人马拎着鲜鱼和啤酒直奔教化。

教化的宿舍区是由一片翠绿色的铁栅栏围起来的一块三角地，对面就是哈工大的正门。这中间有几座住宅楼和一座四层的单身宿舍楼。宿舍楼是那种标准的筒子楼，楼梯设在走廊的中部，黑乎乎的走廊两端有窗，就像锤头鲨的两只眼睛，呆滞地注视着外部环境。这里的生活氛围明显超过了展览馆对面的学生宿舍，每一个住户门上都挂着离地尺余的门帘，门帘上的图案和色彩宣告着集体空间中的私人主权，流淌出生活的情趣。走廊两侧堆满了从宿舍溢出的杂物，令那条走廊仅存单人行走的宽度。每个楼层向北的一侧都留出了一间公共厨房，烟熏火燎之下，早已看不出墙壁和天花板的底色。其实我对这种烟火气既感到温暖又感到恐惧，似乎从中窥见了人生那毫无悬念的未来。

厨房里的锅台虽说是按照户数分配的，但并不能满足让所有人家都开伙的需求。资历比较老的住户可以堂而皇之拥有一米左右的灶台，新来的住户大多数要把灶台置于走廊里。这是一个集体和个人边界含混的空间，私产得不到专属空间的保护，公共空间又在不断被私有空间蚕食。但对于我们这些闯入者而言，也顾不上那么许多。留校同学中擅于烹饪的苗青承担了这次"快闪"一般的聚餐活动的主厨，他的烹饪手法大刀阔斧，用料成熟老到。趁人们还没有下班的时候，我们像一阵飓风一样，席卷了那间黑乎乎的厨房，不管不顾借用了各家的调料，也不分青红皂白使用了别人家的灶具和燃气。

几十分钟后，七条鲤鱼就变成了锅里的美食。而后，设计院的那位同学打开了他们同事的宿舍门，我们挤在那间狭小的宿舍中，围坐于一个低矮的茶几周围，开启了人生第一个教师节的庆典与狂欢。东北人做鱼的方式很有特点，喜欢使用大酱来油焖，什么油焖鲤鱼、油焖鲇鱼等等，而且不加节制地使用葱、姜、蒜、料酒等调味品，其浓重的口味很符合那个清贫并略带几分饥饿感的年代。接下来就是推杯换盏和一顿胡吃海塞。片刻之后，一个"鲤鱼班"只剩七副骨架，小茶几上杯盘狼藉。这样一顿色调凝重的美餐无论如何都难以配及教师节清雅、崇高的格调。但它很真实，也是那个时代教师生存状态的写照。

时过境迁，教师和教师节的地位已今非昔比，现在的教师节隆重而温馨，各种鲜花、问候、贺礼纷至沓来，席卷当天的校园。如今教师的待遇大幅提升，物质生活大为改观，但是亦有些失去的东西。

宿舍分配

学生一宿舍是大直街边一座极普通的房子，我甚至一直觉得它在给整个大直街丢人：在满是典雅精致的欧式建筑组成的沿街立面中，它是那么简陋！哈尔滨建筑工程学院的教师宿舍和学生宿舍设置在同一栋楼的不同楼层，这种师生混居的状况，恐怕全国也只此一处。不过对于我来讲，没有离开这熟悉的学生宿舍楼也未必是一件坏事。学生时代美好的记忆就像鸡肋，眼下却可以当作精神食粮用以充饥，这种恍惚忐忑正是我所需要的。

我曾幻想着毕业留校之后，身份的转变也意味着居住条件应该要比当学生时高出一个档次吧。我希望能有一个独处空间来回避喧闹，在夜深人静的时候抚慰自己躁动的内心。然而，这一想入非非的美梦很快就被粉碎了。从学校分管房产的部门传出来令人悲伤的消息，由于留校的学生数量比较多，学校暂时没有能力提升留校青年教师的住房条件，新的标准甚至比前几年还略有下调。

这个消息令我们惶惶不安，因为毕业留校后的我们希望通过住房条件的改善和安家费补偿来适当安抚我们的失落感，看来这两样都要落空了。大学生入职后的安家费是那个年代一项有点人情味的举措，当时除了高校，其他单位都发放从五百到八百不等；居住条件方面，学校明确规定每个阳面房间要住三个青年教师，阴面两人一间。学校青年教师的宿舍都安排在宿舍楼一层，于是，对居住空间敏感的建筑系青年教师们第一时间展开了房源抢夺。宿舍楼里位置稍微好一些的房间都被建筑系的老师占了，而且建筑系的老师喜欢在分到的房间里展现自己的专业才华，在空间分割和空间打造方面做很多文章，这些小题大做的事情也给宿舍管理带来了许多麻烦，因为这种空间上的分割和装潢上的处理，都是在打擦边球。对既有的管理规定处于既冒犯又没有冒犯的边缘，使得管理员们在处理这些事情上难以甄别。

其中比较典型的，是高我们三年级的一个王姓学长，他留校之后被分配到设计院工作。由于设计方案能力强，很快就在业内小有名气，他设计的方案，在当时哈尔滨大型公共建筑设计方案的投标中屡屡胜出。他分到的那间宿舍就在我宿舍斜对面，由于担当重要角色，他一人独占一间阳面宿舍。不仅如此，他还发挥了自己空间设计方面的想象力，把这个狭小的空间改造成了可以居住的工作室，并经常招来一些在读的本科生跟着他参与方案设计。因此他那个房间里感觉一年四季都忙忙碌碌，像一个半地下的“黑工厂”，夜以继日地创造着价值。还有一个高我一年姓干的学长，留校之后也是一个人独占了一间阳面宿舍。每次学校想给他安排另一个同住的教师，都被他以各种方式搪塞或躲避了过去。该教师的方法以回避为主，也就是不接话茬，不回信息，对校方的提议不置可否。由于那时候没有 BP 机和手机，如果一个人故意回避的话，想找着他就着实不容易。时间一天一天、一月一月地过去了，情况没有任何进展，终于校方再也无法容忍，于是针对这个突出典型采取了专项行动。他们动用非常手段，撬开了房门。待他们进入这个“神秘”的房间之后，除了发现该教师违规使用电炉、乱打隔断之外，还看到墙上有一个用一百多个易拉罐制作的奇怪装置。当他们没收电炉、拆除这些“非法”建构之后不久，长发披肩、身着黑色过膝皮衣的王老师出现了，他怒气冲冲地指责有关部门毁坏了他的“现代艺术”！

吕风新老师时任哈建工团委书记，任职期间有一项工作与学生关系密切：组织团委学生会“自主管理”宿舍。他们整合房间资源，为延期离校的毕业生专门留出集中居住的房间，争取做到 6 人一间，并在楼道设置 12 个甩干桶，这种做法也是参考了深圳大学的经验。当年，分管宿舍分配工作的吕风新老师就给我们这些新留校的教师集体开了一个会，会上对我们的住房分配原则做了详细部署。每一次分配宿舍，建筑系的教师总是最难缠的群体，大家对房间的位置、朝向、同居人数都有一些“莫名其妙”的要求，而且房间到手后很快就面目全非。但这次会议，唯有建筑系新留校的青年教师无人参会，这令重任在肩的吕风新老师非常恼怒。后来，在建筑系书记的协调下，终于把我们几个召集到一起。由于积怨太深，这个碰头会很快变成了控诉会。在宿舍的一间临时办公室里，吕老师一个人背靠窗户坐在一张简陋的木桌之后，我们四个人呈扇形坐在他对面。吕老师表情严峻，胸中似乎憋着一团怒火，自始至终都听他扯着嗓子在喊，就你们五系（建筑系）怎么怎么着！他用的全是排比句，历数五系青年教师在宿舍的各种违规表现。后来我对此进行了一次模仿秀，还被同事录了音，这段惟妙惟肖的录音曾经一度在学校广为流传，就连吕老师一个办公室的徐姓同事听了之后都连连惊叹道：“天哪！这就是吕风新本人啊！”

半文半工和“半人半神”

建筑学是半文半工的学科，老师和学生中“半人半神”者不在少数。建筑设计从结构设计中分离出来自成一科之后，仍然没有消停，多年以来一直进行着进一步分裂。建筑系的核心教研机构是建筑设计教研室，起辅助作用的有建筑物理教研室和建筑构造教研室。而在建筑设计的大范畴之内，还分为民用建筑和工业建筑教研室。我毕业以后就留到了民用第二教研室，当时的教研室主任是60年代参与过哈工大主楼设计的邓林翰教授，副主任是刘志和副教授。此外，我毕业设计的辅导老师程友玲副教授也在这个教研室。民用第二教研室人数多，承担着教学大纲中民用建筑设计的主干课程教学，其位置较为显眼。

建筑设计课程的教学以辅导为主，三十人班级的课题由一个三人教师小组来辅导，这样一来平均每位教师大约负责十个学生。教学过程中，三人小组由小组长统一安排课程计划，担任小组长的教师职称都在副教授以上，其余两位多由助教和在读硕士研究生担任。哈尔滨建工学院建筑学的教学体系属于工程师式的培养模式，计划性强，规范性强，稳定性强。每门课程的内容都是根据整体计划安排和设定好的，遵循循序渐进的教育规律，课题性质由简到繁逐渐递进，规模由小到大逐年上升。这种教学体系的建立耗费了老一辈教育家巨大的心血，也历经了实践的检验，成效显著，可圈可点、可歌可泣。但是其几十年不变的超稳定性也多多少少令人乏味，同时也会催生出惰性。在个别教师身上，知识的老化和方法的陈旧经常会闹出一些令人啼笑皆非的轶事。到了80年代，这种问题就更加严重和突出。建筑类型逐渐丰富，技术设备日新月异，中国南部沿海城市开始大规模建设，北方的学校反而成为一座座相对封闭的堡垒。民用二所负责教授的课程以民用建筑类型为主，从大一的小餐厅到大三的高层宾馆、中等规模的医院，强调实用功能的建筑类型总是扮演着主角，这也是教和学过程中师生产生分歧甚至冲突的导火索。

中国的建筑教育体系基本上是被两种模式统领着：一个是讲求文化和技术相融合，综合性的欧洲和北美体系；另一个是来自远东地区，以苏联为代表的硬核教学体系。苏联的教学体系侧重于工程技术教育，设计教育的基础是由画法几何、结构力学、建筑物理、构造技术和施工工程技术奠定的。而我的学校就是在这个系统之上发展而来的。

民用第二教研室办公室在土木楼的三层，就是我大一时所在的专业教室。我们左边紧挨着建筑初步教研室，教研室主任是李行教授；民用二教研室的右邻是美术和建筑理论教研室，教研室主任是侯幼彬教授。这三个教研室构成了哈尔滨建筑工程学院建筑学教学的基础和主体，民用建筑教研室负责本科阶段设计课程教学的主要工作，美术与建筑理论教研室则侧重于素质培养，建筑初步教研室负责大一阶段的专业启蒙。每个教研室的主任都是作风严谨的知名学者，现在回想起来，这样的排兵布阵是相当扎实的。

教研室空间很大，之前做本科教室使用的时候，曾是两个班级六十人共用的。所以改做教研室后，从中间位置用一排木质文件柜分割成两部分，一部分可以兼做会议室。陈旧的文件柜里储存的都是历届学生的设计作业，记录了一个学科发展建设和教学工作的历程，非常珍贵，在这一点上也充分体现了这个历史相对悠久的学科严谨细致的管理风范。在那些形象质朴的木质柜子里，可以找到往届任何一个学生的作业。于是总会有一些比较自恋的校友回来查看自己的学习档案，更有甚者会想方设法从其中把自己的作业偷拿出来，带回去留做纪念。这种行为动机虽然有一定合理性，但不合规定，会损坏档案的完整性。有一次，在青岛工作的某位同学借着出差的机会找到我，委婉地表达了想去看看自己作业的愿望。在他不断的怂恿和央求下，我当晚就把他带到了教研室里，并打开了那个有他作业的文件柜。在他翻阅图纸时的一个瞬间，其眼神中流淌出来一股贪婪的欲望，这个时候我想阻止他已经来不及了，这位老兄像一只掉进粪坑的大黄狗，“吃相”极为不雅。

在被划分的两个空间中，老师们每人都有一张简陋的办公桌，大家把各自的桌子分作几组拼成一个大桌子，这样一来便于评审图纸作业，二来便于集体开会讨论教学事项。教研室每一个星期四下午都会开例会，大家围坐在由六张小桌子拼成的大会议桌旁，会议内容包括文件传达和学术信息通报，以及一些教学改革方面的讨论。教学方面的例会一般由教研室主任邓林翰教授和副主任刘志和教授共同主持，邓林翰教授是湖南人，资历较老，是哈工大最早的建筑系毕业生，讲话幽默风趣、慢条斯理，当时他也是我们这个学院唯一一位《建筑师》杂志的编委。例会的内容大都是关于建筑学教育方面的。其中，一部分是关于课程设计的内容设置以及具体实施过程中遇到的问题，包括不同班级学生的差异，对比较突出的学生的印象等等；还有一部分内容，是讨论当时正在进行的全国建筑学学科本科教育评估，这时也会交流一下全国其他建筑学教育的模式和状况。

但现在回想起来发现，那一个阶段关于教学方面的思考，基本上是沿着单一的方向进行的，以纵向传承为主，横向借鉴极少见，尤其是欧、美、日的专业教学。然而，没有比较就没有批判，这种完全依赖封闭下的自省是不靠谱的，因此教学模式训练内容的稳定性足以使我这样的年轻教师懈怠。横向参照主要是当时中国建筑设计实践中的一些热点项目，比如后现代主义大行其道时期，被符号化的文脉传承，80 年代末到 90 年代初这类建筑很多，占据着专业期刊最显要的位置。中国社会从80年代初的伤痕文学中暂时解脱出来，进入人文主义的追求和表达阶段。

从 1984 年到 1988 年，在我本科学习的四年期间，我见证了建筑系蓬勃发展的黄金阶段。除了招生人数和教师队伍不断扩大以外，感觉那个时候老教师和年轻教师都很拼，教学方面既严肃又有活力。教师们经常跟着学生一起加班甚至熬夜，不同班级之间在专业学习上的竞争也特别明显。有的时候年轻教师和老教师之间观点不一致，在评图打分的时候会争得面红耳赤。而我留校以后却发现这一阶段老师们普遍怨气较重，总是对自己的待遇和社会的乱象愤愤不平。例会上发牢骚的很多，对教学中存在的问题谈论得少了。这种迹象说明大学的外在环境和学科内部因素发生了很大变化，首先是市场经济的蓬勃发展对体制内的大学产生一定影响，一些教师受到物质诱惑人心浮动。当时施行的留校政策属于“极左行为”，在许多青年教师心中留下了阴影。许多青年教师“身在曹营心在汉”，对教学活动和学科建设方面的讨论并不关心，这种集体和个人的撕裂感在相当长的一段时间内难以修复。同时，在一些学术成果的分享方面，也开始出现一些矛盾，这也造成老一代和年轻一代之间的抵触。开全系例会的时候，坐在后排一些手艺好的青年教师们都在“恶狠狠”地速写老学霸和系领导们的漫画，几年之前，在年轻人眼中那一张张慈眉善目的面孔，此时在失意的年轻人笔下都略显狰狞或呆萌。这些漫画在传阅过程中又被不断添加生动的细节。于是，严肃的会场里伴随着领导们铿锵有力的发言的是青年教师们一张张不怀好意笑脸。

为师第一课

终于要上课了，初为人师的我作为助教参与二年级的设计课程教学。建筑 87 级一班是我所教授的第一个班级，因而永远难忘。建筑系当时正在进行课题改革，一个设计课程被分成了两个部分。第一个阶段是抽象性的关于空间组合的训练，作业名称是“展览空间构成”，侧重于空间关系的构建和空间属性的塑造。该课题对空间的功能要求相对模糊，但是给学生们提供了具体的场地环境，记得那是一个位于马家沟岸边的用地，在其范围内要求学生用 24 根 2 米高的方柱和 24 块 6 米乘 2 米的墙面，组成一个和周围风景有关的展览展示空间。

建筑学专业的设计课是三十人规模的一个班，每一个课程有一名主讲老师，负责出题和制定教案，两名助教在课程中参与指导。中国的教育总体上是围绕着社会需求进行的，而本体方面的思考一直欠缺。教学改革也是方法层面的变化更多一些。我们那一个组的主讲教师是程友玲副教授，另一位辅导老师好像是 83 级留校的学长柳勇。至于第一阶段的设计题目为什么会是那样，印象中是因为当时程友玲老师的孩子在同济大学建筑系读大二，因而把同济大学在教学方面正在进行的一些改革信息传递到了程友玲老师这里。受到启发和触动的程老师就会在这些信息的基础上，结合实际情况，改造成我们自己的课题。记得设置题目的时候，在程老师家里进行过一次讨论，由他的儿子先介绍当时同济大学正在试行的一些举措，比如教学空间的创新和课题方面的实验。我们受同济大学教学改革的启发，对传统的设计课做了少许的调整，就在务实的“幼儿园设计”之前加设了一个以美学评价为主的小课程。

第一个训练非常有效，这种把围合空间的构件类型化再进行组合的方式，比传统的色块组合训练更直接化，而且便于操作和更改。另一方面，它是具体和模糊之间的中间形态，也是一种立体构成和建筑空间相结合的训练，比二维的抽象构图练习更容易理解。因此，课堂的氛围非常热烈，学生们表现得很积极，最终呈现的效果也很好，当11月交作业的时候，五颜六色的模型摆满了教室。而作业的评价标准中，形式美依然占据主导，但是已经悄然渗透了环境意识和交通组织的意识。学生们的热情感染了我，唤醒了自己处在专业启蒙时期的美好记忆。因此在这一阶段，我很快就把自己从毕业分配的阴影中解脱了出来，答疑、辅导不分课上课下，表现得很努力。学生们对我的评价也还不错，他们喜欢我这个年龄和他们相仿的老师。那个高考状元的日记中记载着我对他作业的评价——“粗糙！”相信这也是出于善意的提醒。在我不断的激励之下，他最后的成绩应该是不错的。多年以后，当时一位班里的女生谈到对我的印象时这样说道：“苏老师给我的第一印象是好清秀啊！好像是全校最文质彬彬的年轻教师。突然有一天看到你在食堂狼吞虎咽地吃饭后，印象完全颠覆了……”

第二个阶段进入到专业设计“幼儿园设计”，这也是教学大纲中固定的题目，侧重训练学生的尺度观念和空间组合能力。低年级的设计课是最难上的，这是我个人的切身体会。因为在觉悟之前的困惑总是最黑暗的苦思冥想，每一个个体的差异决定了接受启蒙的时刻是散乱的，因此我们连自己的生活都还不会打理的时候，却在大言不惭地为别人规划未来，这是设计课程最尴尬的地方。但是这个问题又不能回避，它是教育工作者的职责。所谓传道、授业、解惑，在设计专业的教学中是三位一体的。建筑设计的课程以辅导为主，三十人的一个班就只安排老、中、青三位教师，原则上每个人承担一组学生的辅导，但过程中也有交叉。具体来说更像是年轻教师解惑，年长教师授业，中年教师传道。

87 级这个班，我在大四的时候就和他们有时空上的交集，班里面的几个活跃分子，经常到我们的教室里去讨教，我对其中一个从清华化工系退学又考入建筑系的学生印象比较深刻，那个黑不溜秋的家伙一看就是个自命不凡的老油条，留着披肩长发，蓄着稀不棱登的胡须，好像没有他不知道的。这种做派在东北不招人待见……而且没隔多久，他因违反了国家限制重复高考的相关规定，而被勒令退学……这个班很多人的年龄实际比我还要大，这是因为我上学早，而东北上学比较晚的缘故。所以我在班级里面辅导，混在学生之中，有时候很难分清哪个是学生哪个是老师。

在学生群体中有几类人给我的印象比较深刻，从生源的角度来看，北京籍的学生特点鲜明，他们自信、活跃、见多识广，专业入门快。这证明了在当时的中国，首都在对外交流和现代化启蒙方面，还是占有得天独厚的优势。此外，北京的学生沟通能力也较强，课下经常去宿舍找我聊天的也是他们；还有一类学生也比较突出，即那些有着建筑师职业家庭背景的学生。哈建工所设置的专业，在改革开放的前三十年里都是热门专业，建筑学更是热门中的热门学科，因此高分数的学生很多。印象最深刻的就是 1987 年黑龙江省的高考理科状元也在其中。这位同学在专业学习上虽然没有什么优势，但一直保持着良好的学习习惯。他在课堂上十分谦逊，但问题很多，总是试图弄懂美学的“公式”问题，这是教学中最令老师头疼的现象了。但这位同学良好的学习习惯倒是为我当下的书写提供了很多线索。

应当说整个 20 世纪，都属于建筑学专业的黄金岁月，强大的欧美进入 80 年代末已经开始走下坡路，大规模实践的机会少了，理论研究进入晦涩的阶段。在短短的几年时间里，我们就经历了现代主义、后现代主义、解构主义观念的轮番洗礼，根本没时间内化。对这些脱离中国发展现实的思想，“聪明”的中国建筑师们很快将其逐一符号化了，课堂上更是如此。但后发的中国恰恰处于成长的青春期，在创造的荷尔蒙的刺激下，生出的青春痘让中国的城市破了相。实际是机会太多了，经验欠缺，实验性的设计层出不穷，我们的建筑师似乎对一切新生事物都保持着强烈的好奇心。学校里也是这样，对老师而言，许多理论也是陌生的，但他们又必须镇定地面对学生的提问。

家传似乎是一种注入基因的力量，家学渊源对学生的影响还是比较明显的。在这个班级里，坐在后排的一位女生就是这种类型的代表。该女生姓裘，来自长春，父亲是建筑系老学长，也是国内第一批下海独立创业的建筑师。在教学过程中，我发现这样的学生在学习中很轻松，虽然不较劲儿，但出手就可以看出专业方面的潜质和储备，当是潜移默化的结果。建筑设计课程的教学侧重于一对一的辅导，老师必须要针对学生的表现做出即刻反应，提意见、示范、改草图都是课堂和学生沟通的主要手段。这其中，语言交流是最难的，这就是建筑设计最令人疑惑之处，没有标准，但是需要价值观；没有绝对正确的东西，但是有绝对不合适的想法。学生喜欢老师给做示范，喜欢老师帮着改草图。这种方式对于教育来说其实不太好，但是课堂的效率倒是高了很多。这是年轻教师大显身手，展现魅力的时刻：一些坠入黑暗深渊的图纸经常在老师手中起死回生。于是赞美、钦佩、依赖就出现了，闹不好还会演变成师生恋。

低年级的小白兔和高年级的大尾巴狼

学生对老师好像有一种先天的崇拜，这让一些心怀叵测的高年级学长和年轻教师屡屡斩获人生硕果。在这里我要讲一个有趣的案例，一次典型的“内外勾结”，一个有组织、有预谋、有计划、分步骤、环环紧扣的成功的校园恋爱事件。

建筑 87 级入学的时候，我们正好在大四。低年级出于好奇去向高年级诚惶诚恐地请教，高年级的也常去低年级那里装逼炫耀。一头一尾两个年级的同学相互之间有些印象。不少高年级的男同学对新入学的女生都动了念头，后由于毕业压力，许多想法暂时搁置了，但还是贼心不死。这些念头并没有因为毕业离校而终结，念念不忘者还是会杀一个回马枪。

我留校任教上第一课的短短八周内就见证了这样一个不断回眸

并最终喜结良缘的事情。男方是我本科同班同学，女方是我辅导班级里的学生。当时，那位男同学被分配到了本地一甲级设计院，但是在那一段时间里，他频繁地返校，并不时光顾我上课的专业教室，“心怀鬼胎”地辅导他所中意的女生的设计，完全不是学雷锋做好事，而是利用学业技巧“耍流氓”。他这种“严重扰乱”课堂秩序的行为在程友玲老师和我的默许之下，华丽地转变为优秀校友友情援助学院教育的“义举”，等于给他晕染了一层炫目的光环。果然，在里应外合之下，他的行动非常见效，老到的经验、成熟的套路，再加上适当的应和，很快两个人就在专业的道路上走到一起，接下来水到渠成，专业的轨道顺理成章接轨生活的道路，二人比翼连枝，出双入对，从课堂走进了餐厅和影院……让我欣慰的是天道酬勤，这样用心良苦的人总能得到命运眷顾，有情人终成眷属。最终二人顺利组成了家庭，生活上宜室宜家，专业上相互帮扶，如今在国外安度幸福的时光。

和这位同学相比，年轻教师的身份更具正当性，师生恋似乎成为建筑系的一种文化，一时间有许多动人的故事流传，有大量的猜测和预言成为事实，有大量的事实就成为后来者激昂的动力，使更多的人卷入这情感的漩涡。在我看来，这种情感爆发就如同定时炸弹一样，埋在一个教学机构的人群当中，尤其具有普遍规律性，也有一定因果关系。由于学科发展规划的要求，建筑系每年都会用强制留校的方式留下若干刚毕业的学生，因此那一阶段教师队伍中风华正茂的年轻人特别多，学科也很有活力。但是不断出现的师生恋还是对教学产生了一些负面影响，年轻教师的公信力出现了危机。

“枪手”、游侠和乌合之众

有组织团伙设计

市场经济的蓬勃发展，让学校和科研机构有了更多为社会提供有偿服务的机会，但主流的做法通常是需要平台的。尤其对建筑设计领域而言，国家权力部门颁发的设计资质作为背书是一个绕不过去的坎儿。但当时拥有设计资质的机构多为国企和央企，那里思想意识依然守旧，对于设计权的控制还是比较严格的。这时，新的矛盾又形成了，一些规模不大、项目属性没那么重要但又非常紧迫的设计任务就需要以非主流的方式去消化。于是，多如牛毛的“设计团伙”如雨后春笋般一个一个从泥土里探出头来。“设计团伙”表面上看是一种松散的组织，没有纸面协定和契约文书，更没有因股份而缔结的合伙人关系，只是熟人之间的一种口头约定。但是这种方式却接地气，如两相情愿的非法同居，聚散自由且灵活机动，很受人们青睐。

学校里重要的生产平台都被学术权威和业内资深人士把持着，

一些不甘在市场大潮中沉沦的老师纷纷私下结盟，形成这种既非组织的，也非个体的“设计团伙”。这种形式虽然没有什么合法职业身份和名分，但多是强强联合，战斗力极强，行动迅捷。小股设计力量的崛起事实上开始对传统的设计院造成一定的威胁，在人力资源和市场份额两方面进行着温柔的蚕食，恰似牛皮癣一般，搞得传统设计院身上直痒痒，心里不舒服，却没有办法斩草除根。尽管它们不能算作挖“社会主义墙脚”，但渐渐地动摇了国有大院在市场竞争中的绝对主体地位。

一般来说它的组织形式有两种。其一是依靠名气大、专业能力突出的业务名手，以个人为核心，形成一个分工明确的团队，来消化那些奔着名气而来的项目。还有就是充当方案枪手的设计游侠，艺高名气小，常常协助综合实力强、资质等级高的主流设计机构投标。第二种方式是最具高校特色的，即有资历的教授、副教授们率领自己麾下的弟子们征战市场。这种模式稳健、成本低、核心明确、市场的信任度极高。

当时建筑系在社会上有一定名气的年轻教师有好几个，83 级留校任教的 L 君手头硬（画图技巧高超），投标获奖次数多，好像经常帮助一些设计机构参与投标工作。原在美术教研室，后转入建筑初步教研室的 J 君在室内装修设计方面颇有名气，J 君画得一手洋洋洒洒的效果图，这颇有生产力，那年头缺少专业知识的业主和施工队就认这个。他的室内设计效果图画得简洁帅气，提纲挈领。据说每张图都在一百笔，半小时之内完成。我上铺的兄弟 B 某，以及同届毕业留在学校设计院的 C 某，读研的 M 某等，也经常结伙“作案”，到“分赃”的时候，也毫不避讳周围环境的反应，因为那是一个“谁发财，谁光荣”的金光四射的年代。按理来讲，建筑学教育奉行的是偶像式激励的教学理念，史学方面的教育为学子们树立起一道道背影、一座座丰碑，莘莘学子早已做好做职业苦行僧的准备。然而领导人都说了：“发展才是硬道理！”在一沓沓厚厚的现金面前，很多人都在顺水推舟。看到读书时一个个挥斥方遒的同学迅速堕入商品经济的深渊并乐此不疲的样子，我还是蛮诧异的。说心里话，我其实也没有多么淡定，因为疏离群体就意味着脱离热火朝天的社会，辜负这个伟大的时代。

还是讲师的Z老师，因为承担1990年亚运会的体育馆设计项目，在当时有比较大的影响，因而社会上有一些机构在谋求跟他进行深度合作。当时我们的私人关系比较好，因此我也在他组织的这个团队里作为一名工作骨干冲锋陷阵、奋勇拼杀。那时，哈尔滨出现了许多民营建筑公司，有一些在全国的土建公司中非常有名气，其中四个佼佼者一度被中国建筑行业喻为“四小名旦”。这些率众创业的老板们获得了一枚枚“五一劳动奖章”或成为全国人大代表等殊荣。其中，正大集团实力雄厚，在“四小名旦”中排行第二。这个企业看到了设计权对于工程承包的重要性，很快筹办了自己的设计院。这个民营设计院刚起步就被评为“甲级”，其强劲的发展势头和市场竞争能力引人瞩目。他们先是聘用了哈尔滨著名建筑师陈岳做设计院院长，后来又力邀Z老师去那儿主持。或许是Z老师初心难舍，不愿意舍弃学校，态度一直模棱两可。这期间，正大集团的猎头老杨天天来做他的工作，而他则一直表现得不置可否，推托说人事手续复杂，因为他毕竟还是一个有些学术理想的人。后来就转变了合作模式，通过项目合作，暂且相互磨合，再长远计议。

《亚细亚遗孤之一》

这期间我先后参与了正大集团设计院的三四个项目，胜负各半，其中值得一提的项目是安阳市的体育馆设计。那个项目最大的挑战是其选址临近殷墟遗址，有遗址保护方面的要求。于是在方案设计策略中，我们提供了两套方案，Z 老师主导一个体现文脉关联的方案，我主导一个突出创新性的方案。

刚毕业的我年轻气盛，一心想做出一个惊世骇俗的传世名作。于是，方案设计阶段几近废寝忘食，参阅了现代建筑历史中大量经典性大跨建筑范例。在结构创新和体育建筑空间关系的融合方面，着实下了一些功夫去思考和探索。最终形成了一个组合拱为主体结构的方案，三个平面关系相互交错的拱形成了复杂的受力关系，同时在空间上也形成了采光的天窗和三个独立的入口。方案的动态很强，功能处理和结构设置浑然一体，很有体育建筑的气质。

体育馆的图纸绘制和模型制作工作就在 Z 老师的单身宿舍——哈建工培训中心 405 房间进行，一时间，桌子上、床铺上都堆满了图纸和模型。条件虽然艰苦，但充满乐趣，这种不知天高地厚的生气是那个年龄段特有的，仿佛一代革命领袖们在延安窑洞里谋划未来的激情岁月。

最终两个方案拿到安阳，由当地领导和专家评审。经过讨论和投票，我负责的那个方案被业主选中了。这个胆大妄为的设计被一个历史悠久、文化传统浓郁的三线城市选中，也说明当时中国社会创新意识普遍很强，开放进取的精神已经渗透到传统观念顽固的小城市中。记得在论证会现场，体委一名白发苍苍的老同志在表达自己迫切的心情时，激动地用拳头擂着桌子，大声表白要做第一个吃螃蟹的人。受他的感染，我看到所有与会的干部群众眼中都释放着希望的光芒，他们对这片古老土地的荣耀，对自己未来的人生，充满着急切的想象。1990 年的时候，这两个方案还登上了《新建筑》杂志的封面。参与这个项目的过程中，我再一次全方位地触摸到了现实社会的脉搏和质地，感受到政治导向对社会发展所产生的强大影响，也感受到一个正在觉醒的社会所积聚着的那股巨大能量。无论是那座小城市里的领导，还是我们这个草台班子，都显得如此雄心勃勃，气吞万里如虎，对自己，对未来，都是如此。

方案设计告一段落之后，满意的甲方支付给我们一笔费用，当时百元大钞还没有印制，我把两千张十元钞票分放在不同的衣兜里，如同一个满身尽披黄金甲的远征骑士，自信满满地踏上回程之路。在北京转车时，北京同学老猴儿见到我之后操着油滑的京腔，冲着我大喊道："哥们儿，行啊！听说你丫一年挣了六吨！（北京人当时称一千元为一吨，一万元为一方）还不赶紧请大家伙儿去老莫撮一顿！"一直以来，年级老大老猴儿想法活分，此时他已辞去设计院的工作，来到当时如日中天的中关村四通公司做电子产品生意。眼见在经济上暂时落后于我这不温不火之人，顿时醋意大发。为了安抚其情绪，我只得破费在王府井萃华楼摆下一桌盛宴，邀请在京同学共聚。一时间杯盘狼藉，沟满壕平。此外，淘得第一桶金之后，首先想报答和宽慰的是父母，我利用在北京的闲暇时间，去王府井给爱钓鱼的父亲买了一根合金材料制造的、可伸缩的进口鱼竿，让他告别姜太公时代；又在隆福寺给母亲买了一条水獭围脖，让她感受儿子温暖的拥抱；另塞给正在筹办婚事的哥哥厚厚的一沓现金，让他把婚礼办得体面阔气。后来听说，我此番"挥金如土"的壮举在家乡一时被传为佳话。

回到哈尔滨后自然是论功行赏，然后怀揣着“分赃”后剩余的散碎银两，在一个春光明媚的正午，我们一行十几人直奔哈尔滨的头牌俄式餐厅——马迭尔餐厅。不论政权如何更迭，时局如何动荡，马迭尔始终是这座城市的荣耀之地。

1913 年，俄籍犹太人约瑟·开斯普创办马迭尔餐厅。此后，它便成为哈尔滨西餐厅中的翘楚，无论其菜品还是室内装饰都享有盛誉。在那位趾高气扬、面色如大理石一般冷峻的领班的引导下，我们走进一间豪华的包间，举行盛大的庆功宴，众弟兄依座次围坐在一张长条桌四周，银色的刀叉分置左右，餐桌上浮华的灯饰释放着虚荣的光芒，桌上的绢花栩栩如生，又楚楚动人。仗着暂时充实的腰包，我们点了烤原汁大鹅、罐焖里脊、罐焖小牛蹄、烤原汁小猪、红汁鳜鱼等大菜。席间，大家推杯换盏、把酒言欢的每一刻，成功、义气、社会、江湖……各种词语涌上心头，这是我留在哈尔滨之后，第一次产生了一点成功的意识。但谁也不曾想到，当时赫赫有名的哈尔滨黑老大“乔四”，就长期包住在马迭尔楼上的客房里。时下春风得意的“乔四爷”每日站在阳台上俯瞰人流如潮的中央大街，对未来也充满着美好的想象。

S 教授和他的队伍

随着中国社会发展不断提速，改革开放的进程逐渐深入，中国社会的生活美学标准也开始发生重大变化。建筑设计理念从空间权力意识竞争开始转向专注于普通人的日常生活。身处文化领域的学界还在传统和现代的争论中难以脱身，它的嫡系——室内设计已开始被市场激活。室内空间环境对人而言是具体的，图案、材料、设施都实实在在体现着文明的定义。更加重要的是，社会对它的要求也是迫切的，代表着消费的呼声。室内设计属于一个深层的建筑学问题，是建筑设计的延伸。这个领域的市场需求突然井喷，让许多建筑师看到一片尚处于蛮荒状态的开阔的发展天地。但是由于建筑师数量的匮乏，基建项目的繁多，室内设计便成了主流建筑师们尚无暇顾及的领域。这无疑出现了一个巨大的真空地带，很快，这个领域就开始被一些边缘性的社会势力所占领。

室内设计这个新兴领域由于尚没有建立专业设计的相关标准，比如技术手段和设计等级专享的设计资质等要求，因此当时发展的态势就更加凶猛壮阔。设计的、工程的、美术的、开饭店的、缤缝做买卖的，一时间都涌入这个利润丰厚的领域，而且鱼龙混杂。一夜之间，许多中外合资企业就在市场中诞生了。其中，尤以港资企业最为突出，当时哈尔滨一些比较有名的港资企业有龙岗装饰装潢有限公司、滨港装饰装修有限公司等。这些机构因挂上了境外的名头从而名声显赫，令人侧目。在空间上也占领了一些重要的场所，比如地标性的、有现代化设备设施的建筑，气势张扬；其员工待遇也比较丰厚，月薪是国有企业或年轻高校教师的数倍之多。许多建筑系的老师经不住诱惑，开始参与其开拓市场和设计服务的工作。

相比较而言，大牌教授和企业的合作会更加顺畅，认同快，规格更高，项目的整体性也会更好。哈尔滨建筑工程学院在这方面，是国内最早启动室内设计领域教育和研究的相关院校之一，我认为这个和地域文化及地方传统有关。首先，在北方生活的人们对室内环境的要求既是明确的也是较为复杂的，供暖、燃气、上下水，都是不可或缺的基础条件。加之深受超过半世纪之久的俄罗斯人和日本人的殖民影响，曾经富庶的俄侨和日侨的生活方式镌刻在哈尔滨的城市记忆中。因此在哈尔滨市过去遗留下来的商业空间和居家环境中，很多都有室内装修的痕迹。如地处南岗区的一些铁路局和政府高级职员的住宅中，普遍有木地板、木墙裙、踢脚线、木门套、木窗套。很多建筑的公共空间装修使用水泥雕花来装饰线脚，地面水磨石的图案也有其基本的美学要求。总的来说，这个城市的建筑文化在中国是独树一帜的，是外来文化和现代文化的集中表现。

建筑系美术教研室的S教授早年毕业于中央工艺美术学院，S教授最早的专业应该是壁画方向，而壁画和室内空间的血缘关系使他成为最早从事室内装饰研究方面的专家。他在学校一直开设建筑美学方面的课程，同时招收建筑装饰方向的硕士研究生。此外，他做了许多关于建筑图案的研究工作。在80年代末期，他已经在这个专业领域有了很大的名气，于是社会上有很多企业寻求和他的合作。

S教授相貌堂堂且着装考究，他留着长发，又总喜欢戴品质上佳的鸭舌帽。身材高大又常常身着系有腰带的灰色风衣，这让他看起来颇像东欧电影中的正面人物。这种不俗的仪表和他专业方面颇深的造诣，使得他很容易获得市场的关注。而且S教授本人也的确是一位具有敏锐察觉力的大学教师，再加上他为人爽快热心，自然成为年轻教师们聚拢的核心人物。

服务于市场的S老师当时组织的最引人瞩目的工作，一方面是出版，另一方面是工程设计。早些年，S教授很认真并扎实地编著过一些建筑装饰艺术和视觉艺术方面的基础书籍。但进入80年代后期，他的编著节奏陡然加快了。这一时期的编辑和出版工作在今天看来

《海鲜生猛》

有一定的不合规之处，比如大量翻拍外文画册再在国内直接印刷出版。但由于当时国内版权意识淡漠，这样的工作也没有引发什么太大的反应，反而由于市场的需求迫切，这些图书的确发挥了指导实践的作用。一时间，许多书店的书架上摆满了S教授的出版物。

这种书的具体编辑方式是由S教授领衔，组织一两位喜欢摄影的年轻教师，端着建筑系那台理光相机，背着三脚架，在学院的教师阅览室里大张旗鼓咔咔咔地翻拍。当时的中国社会在建筑设计的文化领域刚刚苏醒，尚缺乏深入完成建筑的意识和手法。许多装饰装修的材料和设备、设施根本没有见过，更不用说花样繁多的造型风格和手法。因此，这些图片信息给正在启蒙中的中国室内设计界提供了参考甚至模仿的样本。这类书一开始由黑龙江某出版社出版发行，后来辽宁某出版社也开始效仿，并一跃成为后起之秀。这个历史信息也从另一个侧面证明了中国环境设计的起点其实是和东北有关的，东北地区在中国现代化的历史上走了一条独特的道路，殖民文化和外来移民文化造成了该地区在100年前直接以一个现代化的社会形态横空出世了。而在80年代，东北文化的余晖正处于最瑰丽的时刻，占据着文化的主流。但是粤语歌曲、粤菜已经悄然北上，并将在不远的未来席卷东三省，成为美好生活的符号。这里面有着深沉厚重的历史原因，包括殖民的历史和生活方式的关联，重工业基础对文化生活的影响等等。

S教授也是中国建筑学科中最早研究建筑装饰和室内环境营造的学者之一，这方面的先知先觉和其毕业的中央工艺美术学院有密切的关联，因为中国最早的建筑装饰学科就设立于此。在我的记忆里，早在1987年，哈尔滨建筑工程学院建筑系毕业设计的题目里就出现了室内设计专项。到了我们这一届，毕业题目里依然有室内设计方向的题目。我推测，那些不太高大上但很务实的课题，极有可能来自S教授当时正在进行的“社会服务”工作。在后来寻访故事的过程中，我发觉，在那一阶段，S教授的确在室内设计和环境艺术领域做得风生水起，名声在外。据说S教授的家里也拾掇得洁净讲究，高出当时社会人居环境的平均水平。

然而，学生们虽充满好奇，但很少有机会能走进导师家中一睹艺术家之家的风采。有时学生有问题登门讨教或有交递资料的需求，好不容易来到教授家门口，门一开，教授高大的身躯立马将人们试图窥探的视线遮挡个严严实实。此时教授会客气地对着门外的人说：“好啦，就不用换鞋啦！”机灵的学生们马上意识到，这就是说事情在门口说完即可，不用进门了。每逢此时，总令走至门前的学生们扼腕叹息不止。

S教授团队中的成员大致分为三种类型。

其一是众多研究生弟子，这部分人员相对稳定，且受师道和门户观念的约束，自觉性强，纪律严明。尽管S教授出手阔绰，但学生们劳动力成本相对较低，大家以学习业务为主要目标而勤奋工作，老师提供学习和实践的机会，闹不好还有可观的酬劳，何乐而不为？事实上，S教授在利益分配方面公平大方，和建筑系另几位葛朗台式的人物形成了极鲜明的反差。据他的学生回忆说，当年跟着S教授做设计项目时，他带学生去大连出差，给学生们买的要么是软卧，要么是机票；生猛海鲜隔三岔五就是一顿，未经冷冻过的海味吃在嘴里完全颠覆了学生们的味觉经验，令他们大呼过瘾；住的是大连的新文化地标、星级酒店——银帆宾馆，这个酒店由黑龙江省建筑设计院建筑师徐勤主持设计，是现代品质生活的样板，更是时代扬帆起航的表征。下榻于此的学生们自然是心潮澎湃、想入非非。项目结束时，S 教授还会给学生们一个饱满硬实的信封，令学生们欣喜若狂。

刚从小渔村脱胎换骨而成特区城市的深圳，此时还需要东北的技术支持。于是 S 教授率一班弟子浩浩荡荡乘飞机南下。深圳的建设让学生们大开眼界，尽管播土扬尘、热浪逼人，但社会主义的高楼大厦纷纷拔地而起，已成巍然阵势。到了夜间，灯火阑珊，一派梦幻景观，当富有节奏感的歌声《夜色阑珊》响起，人们浑身鸡皮疙瘩一片。美味的粤菜和活跃的市场经济更是令学生们流连忘返，一些人从此产生来深圳特区工作、淘金、闯天下的念头。S 教授这些慷慨之举被弟子们交口称赞，后被添油加醋地传播，几乎如神话一般存在。因此，那一阵 S 教授的门庭喧闹，学生们纷纷报考，教师们纷纷投靠，一时麾下战将如云，兵强马壮。

其二是从事翻拍工作的那两三位青年教师。翻拍的工作周期短，组织松散，分配形式模糊，这类工作缓解了青年教师填写各类表格时，在学术业绩方面的焦虑。在这种工作中，大家务虚名，淡实利。

其三是接城市雕塑项目的系里美术教研室的青年教师们。这种类型的工作最具体，看得见、摸得着。泥稿塑造就在建筑系的美术教研室里进行，声势颇大。那个时候，美术教研室资深的黄佳先生退休，中年的周洪才和于美成老师调走了，年轻的王广义在南方——中国当代艺术的江湖中闯荡……年长的教师只有 S 教授一人了。然后是一大批活力四射的年轻人涌入，其中有来自鲁迅美院的苗壮、中央工艺美院的乐大涌和王小琳、哈尔滨师范大学的杜宝章和东北师大的刘君。

美术教研室

美术教研室里这批人的气质和建筑学血统的教师群体有一定的区别。总体上看，他们性格外向，喜欢专业方面的实践，生活工作中喜欢闹腾，个个生龙活虎，口无遮拦，尤其在两性问题的表述和动作模拟方面直接、形象、生动又不失幽默。他们的集结给建筑系原本肃静压抑的氛围带来了不少改变，年轻教师和高年级学生都爱往他们那里凑合。

那一阶段大家都知道他们在吵吵巴火地做雕塑，就都想见识一下这个乱码七糟的复杂过程。记得那个雕塑是为盛产高品质稻米的五常市的火车站前广场所创作，属于城市雕塑范畴。美术教研室中的乐大涌和王小琳是中央工艺美院装饰雕塑专业毕业的，在当时城市化快速发展的过程中，他们曾做过几组城市雕塑、环境雕塑。但人民群众此时的审美趣味尚难以接受抽象的雕塑，他们之前的几次尝试有受挫之感。因此，这一次为县级小城创作，他们识相地选择了具象雕塑的方向，塑造了一对健美男女青年高举一捆稻米，昂首挺胸的造型。这种形象在那个时期属于最后的英雄主义造像，这一动作过去常见于电影片头，但人物面部已经由农民变成具有大都市气质的时尚青年了，这是典型的臆想中的新社会、新人类的风姿。

那一对气宇轩昂的男女泥塑矗立在美术教室里的时候，断臂维纳斯和大卫的石膏像反而成了配角，他们被搁置在角落里愤愤不平地注视着这一对不速之客，回想起来，场景颇具喜感。大多数时候，学生们也在他们高大身躯的逼势下埋头画静物写生，当学生们下课后，活力四射的美术教员们就开始骂骂咧咧地继续工作。

美术教师们大都活得率真，他们在这座大楼里也显得有点儿唐突。他们总是身着藏蓝色的过膝工作服，上面溅满了星星点点的泥巴和颜料，天气逐渐热起来时，就都是短打扮了——男教师会把圆领 T 恤的短袖直接撸到肱二头肌之上，亮出结实有力的臂膀，拎着水桶，手持工具耀武扬威地奔忙着，吆喝着；女教师则把一头披肩秀发扎成马尾巴状，甩在脑后，挽起袖子，英姿飒爽地工作。

这几位干活的时候一身泥水，满嘴脏话：

甲："哎，哥儿几个，开始整吧，别磨唧了！"

乙："再待会儿，人少了不带劲儿！"

甲："我看你是光屁股喝稀粥了，到底是烫呢，还是亮呢？"

丙："你真能扯犊子！满嘴跑火车啊！"

一次，卖力工作的杜宝章累了，把工具一扔说道："这活儿干的，挺鸡巴累的！"

一直在旁边打酱油的那位刘姓教师立马接话道："哎呀，我操，做人体都能硬得杠杠的，行啊你！"

丁："要不把道里大华给你找来撕吧一下？"（道里大华是当时哈尔滨著名的女精神病人，被誉为 80 年代哈市十大名人）

不光男教师语言中脏字横冲直撞，女教师也不含糊："小杜，把这鸡巴玩意儿拿走！"

他们彪悍的言行把建筑系温文尔雅的教师们惊得目瞪口呆。一次建筑设计教研室一位张姓老师也来观摩，围着这一对泥塑打量。

转悠许久之后，怯怯地指着男青年突起的裆部问负责组织的美术教师乐某道："大雨，这地方是不是做大了啊？"

乐某抬头看了一眼，胸有成竹地回答道："不大，这得看什么状态！"

几个月后，雕塑"不翼而飞"，而每一位美术教研室的青年教师胯下都多了一辆摩托车……时过多年之后，我才知道，S 教授是隐身在后操控全局的人。

大流动

虽然我们今天对 20 世纪 80 年代给予高度评价，但 80 年代后期却是高校普遍遭遇危机的时期，科研经费短缺，教师待遇低，人才流失严重，教学秩序混乱……

一方面，视野的开拓使得旧有知识体系得到丰富和补充。上学期间，外文杂志和学术期刊对中国学者的影响是最大的，逐渐展开的留学、访问、考察将现代国家的文明形态以速写的方式带了回来。课堂上老师们讲义内容中多有万花筒式的开眼，那些现代建筑和现代大都市形象背景之下的生活方式、生活观念都令人们感到好奇。另一方面，教育改革相对滞后，导致院校的一些精英不断流失，这些弄潮儿总会奔赴一个时代最活跃的领域，经济方面如此，学术方面也是如此。出国留学、辞职下海、去沿海地区开疆拓土是教师出走的几条道路，每一条都充满着希望，但每一条也因承受着和旧有体制的对抗摩擦，坎坷而艰辛。

流动是动荡的主要表现形式。在国内，他们跳槽、辞职下海、勇闯特区；在国外，他们动用一切资源走出国门后，含辛茹苦，卧薪尝胆，在餐厅刷盘子，公寓里扛尸体，什么都有。教师的流动在今天看来是大好事，是诸多高校费尽心机试图促进的事情，但在当时，环境则是完全相反的，根本没有流动的机制，且流动几乎是单向的。教师的流动原因很简单，无外乎是求知和经济要求两方面。

留学热

80年代后期，中国改革开放十年后进入了深水区，之前长久的闭关锁国使得中国社会发展停滞不前，文明状况如世界汪洋上的一座孤岛。开放首先让人们看到的是世界的多样，觉醒的是我们和现代文明之间的距离。在普通人眼中，科技水平、城市风貌、生活水准、文化多元性等方面的差距更是显而易见的。

体制的变革悄然而行，而文化经济方面的交流是显性的，如火如荼，铺天盖地。欧美电影、迪斯科、霹雳舞、乡村歌曲轮番进入中国，进行文化和精神上的劫掠。大学校园是这些文化登陆的滩头。卡伦·卡朋特、莱昂纳尔·里奇、迈克尔·杰克逊的歌曲接踵而至，令人应接不暇。大学更是科技交流的主体，小小的院报上不间歇地报道本院和欧、美、日等名校之间互访、互派的各种信息。门厅入口左侧的告示栏中，学术讲座新讯连连。同时，早期归来的一些学者已经在各自的领域里收获了丰硕的成果，他们在各自岗位上技惊四座，熠熠生辉。教师们出访、留学所带回的见闻充斥着大学的报告厅、课堂。有一次，一位西安某高校研究生土建筑的学者来建筑系讲学，在其所播放的幻灯片中出现了大量衣着暴露的洋妞在草坪上晒太阳的场景。大家都感觉该讲座内容与题目不符，但那些饱满的身姿的确是够养眼的。于是众人默不作声，目不转睛地认真听课，课后该教师获得了“晒太阳”的诨名。这些生动的描述近乎现实生活里的“天方夜谭”，令人神往。90年代初，我在北京和美籍华裔建筑师许树成一起吃饭，他提到80年代中国大陆建筑师考察组到美国调研，结束的时候许先生请大家在家里吃饭，菜品、餐具以及就餐环境令众人赞不绝口。最后当大家得知这是在许先生家里的时候，一个个大惊失色，他们无法想象一个建筑师可以拥有这样优雅、华丽、富足的个人生活。

20世纪80年代是中国社会留学热的巅峰时期，这股汹涌的浪潮席卷奋斗的人群：从大学教授到普通市民，从雄心依旧的中年人到朝气蓬勃的青年人。1949年后，中国留学政策几经变迁，1978年进入政策调整阶段，在国家领导人的积极推动下，中国政府再度确定并积极实施“大量派遣公费留学生”的政策。同年，丁肇中先生接收的第一批中国“丁训班”学生启程前往德国。之后几年，中国社会掀起了波涛汹涌的留学热潮。

显然，大学是这场留学热更为躁动的领域。国家性的派出计划，个体人脉所牵涉的线索以及个体的能力决定了这一类族群比其他中国人具有更多的可能性。昔日身披万道霞光的老大哥苏联正在没落，东北地区的留学目的地转而直指资本主义的老巢，英国、德国、法国、意大利等老牌资本主义国家的高等学府替换了莫斯科、布拉格、布达佩斯，甚至平壤的大学，二战之后迅速成长的美国大学更是热点中的热点。

据有关统计，从80年代初期到90年代中期，公派留学生大约有 40% 滞留在国外。见识了国外优越的科研条件和物质生活条件后形成的巨大落差感是留学生滞留国外的主要原因，这两方面的力量实在强大，令维系道德的栏板难以抗拒。这些人才的外流客观上给国家和派出单位造成了巨大损失，甚至在一定程度上造成一些学科师资队伍脱节的现象。黑龙江地处偏远，留学热度比北京、上海等城市低许多，但依然可以感受到这一席卷全国的浪潮和思想动荡。1986 年，哈尔滨建工学院终于迎来第一次派出国际交换生的机会，当时和黑龙江省缔结友好省份的加拿大阿尔伯塔省，给黑龙江的高校提供了三个交换生名额，专业方向是建筑学和农业。后来通过考试，从建筑系 86 级中选出两名学生，远赴加拿大阿尔伯塔大学，另一名学生来自黑龙江农大。这一事情在当时令人眼热，让低年级和高年级的同学羡慕不已。后来的情况就是，这三位交换生到了约定回国的时间，全部爽约滞留在加拿大，成为国际交换生这种项目的绝唱。

学院里各学科、各专业都在传递这样的信心：对外交流，拓展视野、向发达国家学习是国家实现四个现代化的途径，也是个人成长和发展的捷径。方向有了，但路在何方呢？体制内提供的机会和民间自主搭建的桥梁是国民实现留学梦的两条途径，一条像铁轨，比较刻板、严格，但准确、有效率，这条路主要提供给那些在单位表现积极、业务能力强的人。另一条像断断续续的羊肠小道，它曲折、坎坷，充满偶然性和不确定性，但也有了更多可能性。更多拥有出国留学梦想的人是通过这条道路来抵达胜利的彼岸。这条路不在计划内，是个人奋斗的途径，需要寻找更多的社会关系线索。那个时代，我身边有很多这样的人在谋划走这条道路，既有同事，也有在读的学生。

从长远来看，留学先进国家再回国建设，对学科发展来说，无疑是一件有利的事情。这种方式能够系统、深入地向先进机构学习，比如理想、策略、方法之间的逻辑关系，甚至对文化、环境的作用进行评价。有利于全面建设我们自己的国家和社会。但大量精英在一段时间集中拥堵在留学的通道上，也会有一些负面的影响，比如：过分在意英语学习和专业学习之间的平衡问题；在出国留学备考、人事、手续等方面投入大量精力；影响本职工作的正常开展等。

更何况当时留学期满逾期不归者也不在少数。1990 年，我搬到教化单身宿舍后，地上一直放着一个纸箱子，里面是某系一名逾期未归的青年教师的“遗物”。出国去西方世界的他，人走了，东西却一直占着集体宿舍的一个名额，像果戈理笔下的死魂灵一般，这情景让我想到了一种间谍常耍的把戏。但我的确要感激这几只占用名额的破纸箱，它们变相改善了我的居住条件。

北京、上海、广州这些大城市里，出国热是一道奇异的社会景观。20 世纪 80 年代末，上海复兴路上有一个三角花园堪称时代的焦点。在这巴掌大的空间里，梦想出国的镀金者自发形成了“新闻角”，相互交流着有关出国留学的各种信息；80 年代中期，申请赴美签证的人群，每日在美国驻上海总领馆门口排起长长的队列等候，似乎在等待一个人生的出口。到了 80 年代末，这种景象又嫁接到了日本总领馆前，排队甚至到了通宵达旦的程度。

外语热是“出国热”的连锁反应。1981 年，我国首次举办托福考试，此后，托福就成了大学校园文化中的一个热词。不得不承认，“托福”这个词翻译得有水平，集语音、传统文化、世俗精神、时代精神于一体，具有强烈的诱惑力。地处边陲的大城市哈尔滨，俄语和日语一直占领着本地人的外语学习高地，此时也被英语考试攻陷了城池。当时新华书店最畅销的书，就是各种托福考试的辅导材料。学院里的青年教师和研究生们更是追逐托福的发烧人群，此时此刻不谈托福，就有一种要被时代抛弃的危机感。

特区的诱惑

除了出国留学以外，大学的教职员工首先要面对的是来自深圳特区的诱惑。1980 年 8 月 26 日，全国人大常委会颁布了《广东省经济特区条例》，深圳经济特区正式成立，地域包括现在的罗湖、福田、南山、盐田四个区。沧海桑田，到了 80 年代末，深圳已经由一个不知名的小渔村幻化为一座现代化的大都市。

由一个渔村拔地而起，变成高楼林立的大城市需要大量的基本建设，当时，国内的大型设计院都在深圳设立了分院，一来支持深圳建设，二来建立迎接未来城市化和现代化挑战的滩头阵地。土建类专业和建筑设计人才依然严重短缺，对于成长中的年轻人来说，去深圳是一个非常重要的选择，因为人们知道那里是改革开放的前沿阵地，是中国未来的一个缩影。但特区并不是随便出入的，那一时期进出深圳有严格的管制，需要到当地公安机关办理特区通行证，进入深圳的公路上，关卡戒备森严。因此，深圳的各个设计机构第一时间把手伸向了大学。而学校中的一些教师不甘于在这个轰轰烈烈的大发展时期做一个袖手旁观的看客，即将毕业择业的硕士研究生更是为这里蓬勃发展的现象所诱惑，也都希望到这块热土上施展才华，得到锤炼。

当时建筑系的个别教授带着研究生做深圳的设计项目，一些学生就去深圳现场踏勘调研。由于有充足的项目经费做保障，他们往往会利用最好的交通工具，住最好的酒店。现代文明在物质条件上的界限是非常明确的，这些都会在莘莘学子心底产生巨大的震动。有一次，刚刚从深圳考察回哈的一位同学和我进行了一次彻夜长谈，谈到深圳雨后春笋般的高楼景观，谈到深圳七天一层楼的建设速度，谈到灯火通明的深圳夜色，还有远高于其他地区的劳动报酬。听得出来，现实中的现代化场景对他来说就是一次地震、一次核爆，余波久久未歇。末了，他在昏暗的宿舍里做了一个夸张的手势，说道："到深圳去，广阔天地，大有作为！"现代化一直以来是国人心目中遥远的彼岸，而此时深圳就是现代化的缩影，令人向往，欲捷足先登。一盏台灯将他挥手的身姿投射到墙上，形成了一个巨大的幻影。

当时一位学长在省属设计院工作，这虽然已是地方上首屈一指的大型甲级设计院，但他并不满足于此，而是希望趁年轻去特区闯荡一番。在倡导跟着感觉走的年代，这位年轻建筑师一不做二不休，毅然抛弃了许多人羡慕的工作岗位，不辞而别，登上了南下的列车。由于此时特区处于严控阶段，他在深圳检查站闯关未果，无法通过边防警察严格的检查，虽想尽各种办法均未成功。但想想自己从中国最北之地一路艰辛地走来，怎肯轻易退缩。在关口周旋徘徊数日之后，他终于在一个月黑风高的夜晚趁人不备，爬上了一辆运输煤炭的货车，人不人、鬼不鬼地闯入了灯红酒绿又热火朝天的大都市深圳。

城市、校园和江湖

城中罪恶

夏季，哈尔滨的白昼非常长，天亮得极早，社会人三三两两，成群结队招摇过市。他们的着装扮相有一定共性，是某种认同和默契。爆炸头之后是板儿寸，挺括的毛蓝面料中山装之后是牛仔夹克配旅游鞋，再之后是灰色面料的中山装，有一阵还兴起了白衬衣外套一件灰色的毛背心，跟《潜伏》中的特务李涯似的。冬天来临之后，哈尔滨的天黑得更早，黑暗是暴力的外套，让它更隐蔽、更突然也更令人恐惧。还有寒冷，令人心悸的严寒和冰冷如闪着寒光的刀刃架在人头上，顶在每个人腰间。二者真是绝配，如硬菜和烈酒。

有的时候这些流氓也会将其暴力施加于无辜的市民和学生身上。这些无辜的受害者受到了严重的戕害，惨状触目惊心。1990 年，我的哥哥从航天部二院十七所来哈工大完成基础课程方面的学业，他来的时候，对这个城市的暴力没有任何认识和精神上的准备。待了一段时间以后，他就发出了感慨，认为当时的哈尔滨太可怕了。一次，他们同班的一个同学晚上下了晚自习，回宿舍的路上在街头遇到几个流氓，无缘无故被打得不省人事昏死过去。最终几个流氓把这位可怜的学生拖到了路边的树丛里搜身，从他身上抢走了八块钱和一块电子表。幸运的是，这个昏过去的学生后来被刺骨的寒风惊醒才免于被冻死的厄运。他挣扎着回到宿舍，那遍体鳞伤、面目全非的惨相把一屋子同学都惊呆了，大家立刻七手八脚将他送到附近的医院治疗。

几天之后，我哥哥和另外一些同学去和兴路的医院看望这个同学。在病房里，他们看到这个同学伤痕累累的头部此时已经肿胀得像正月十五社戏里的玩偶一般，惨不忍睹。负责治疗的医生对这样令人发指的街头暴力行为义愤填膺，并疾言厉色进行谴责。

可见当时哈尔滨的街头暴力文化已经成为这座城市的一个黑色特征。在探望这位同学的同时，他们发现这家医院里有许多这样的受害者。相比受伤的大学生，那些被伤害的无辜百姓的境遇更加悲楚。由于担心大学生们再一次走上街头抗议，当地派出所及时赶到医院调查取证，但那些被随意伤害的普通人，几乎无人过问。最离奇的一桩恶性案件发生在1990年的冬天，哈建工设计院的几个同事年底聚餐，众人选择了一个条件较好的挂四个幌子的餐厅，叫了满满一桌硬菜和好几箱啤酒。大家推杯换盏庆祝一年以来辛勤工作取得的成果，并祝福彼此来年工作顺利。正当同事们兴高采烈喜气洋洋开怀畅饮之际，邻桌霍地站起一条汉子，只见这厮怒目圆睁，晃晃荡荡地走过来对着众人说："你们怎么这么高兴！你们怎么这么有钱，嘚瑟啥！"说罢从腰间抽刀刺中其中一人，被刺中者连一声都没来得及吭直接倒地不起，后来送医院不治身亡。

1990年，我从黑龙江省展览馆对面的学生集体宿舍搬到了位于教化广场的青年教师宿舍。这周围的社会环境更加复杂，这里紧邻大名鼎鼎的瓦街，有一伙战斗力爆棚的家伙。再往东去就是西大桥，也有几伙流氓盘踞。楼下三角地有一个菜市场，经常会有暴力事件发生，从菜贩之间的争执到犯罪团伙之间大规模的火并。零星偶发的伤害事件也会波及我们这个群体，楼里的一个青年教师下班回家路上就被附近的不法之徒捅伤过。

室友杜宝章则有更加离奇的经历。一日宝章下班后买菜回家，路上看到一青年持刀抢劫一名女性。仗义的宝章走上前去对抢劫者说："兄弟，这位女同志看起来也没啥钱，你放她走吧。"那浑小子一听，立马把刀锋指向宝章说道："挺能装啊！那我就抢你了！"说罢逼迫他把钱拿出来。可怜的宝章几个兜儿掏遍了也没凑足十块钱，一脸尴尬。这下子麻烦了，抢劫者眼睛一瞪就持刀扎向他，宝章吓得把一网兜的菜一扔撒腿就跑。那家伙持刀紧追不放，直到宝章跑回宿舍楼才作罢。

当时楼下一条马路之隔有三家生意红火的餐馆，都挂有四个幌子。其中两个餐厅更是在当时的哈尔滨红极一时，其一叫"凤凰"，另一个叫"红房子"。"凤凰"餐厅全白，格调高雅，"红房子"餐厅是酒红色格调，很像如今北京三里屯一带的餐吧。在80年代末，这样有视觉特征的餐厅在社会上还是凤毛麟角。而这两家赫赫有名的餐厅名气之响亮，不仅是因其卓尔不凡的形象，更在于它们的主人。两个餐厅的老板都是女性，都拥有超级强大的社会结交能力，因此这两个地方是当时哈尔滨餐饮行业里消费最高的地方。来此吃饭的都非等闲之辈，非富即贵。这些地方是工薪阶层望而却步的，它们

《黑暗是暴力的外套》

具有一种神秘的色彩，因为如此高雅和浪漫的气质能够在暗流汹涌、波浪滔天的岸边亭亭玉立，本身就是一种权力的证明，一个非常的存在。关于这两个餐厅，坊间有很多传说，我经常透过教工宿舍脏兮兮的玻璃窗窥视它们，守株待兔终于等来一场大戏。

那一次我听得窗外传来一阵非同小可的喧闹，然后顺着窗户向外瞭望。发现凤凰餐厅门口正在上演一场血腥的斗殴。一个膀大腰圆的壮汉正在疯狂击打另外一个年轻人，对手显然毫无还手之力，像一只老虎爪下无助的羚羊，看起来几乎被一轮拳打脚踹打得快散架了，很快就倒在一棵树下。而那壮汉似乎还不解气，用脚猛踢其头部。这时候，围观的人群中闪出了一位便衣警察，警察亮明身份后想对打人者进行劝阻："兄弟，别打了，人家已经不行了，就算了！"没想到打人者先回过头来恶狠狠骂了一句"警察多你妈的事呀！"然后猛地转过身来掏出尖刀照着这位见义勇为的警察噗噗就是两下。好在两刀并没有扎到便衣警察的要害，于是，受伤的警察抽出手枪追捕这个气焰嚣张的凶徒。那个刚才还不可一世的家伙一看警察亮出了枪，也知道不妙，转身就逃进了餐厅。警察拖着受伤的腿爬上台阶追击，那家伙已经从厨房的出口探出头来准备逃跑。等警察赶到厨房的出口时，他又从里面折返到了餐厅入口，就这样来来回回几趟反复之后，警察终于因失血过多昏倒在地。暴徒趁机三步并作两步跑出餐厅，搭上早已等候在旁边的一辆摩托车逃之夭夭。第二天当地的报纸刊登了这一事件，对见义勇为制止犯罪的司法人员大加赞赏，可那个行凶的歹徒却一直没有被抓到。

80 年代末期，哈尔滨有组织的犯罪团伙达到了疯狂的地步，城市仿佛回到了丛林时代，肆无忌惮的凶徒们一方面弱肉强食，践踏法律，另一方面有组织的犯罪开始大规模介入经济活动，甚至开始渗透进地方政治。他们不计代价地拉拢公职人员，有的则摇身一变成为了当地政协委员或人大代表。此时，地方治安处于一个非常混乱的时期，社会治安的恶化和警界的腐败也有直接的关系。许多民间的治安问题源于警方的失察和不作为，由此形成越来越多的真空地带，于是有组织犯罪开始大规模介入。

同时零散的犯罪活动愈发猖狂，严重影响了正常的社会生活、经济和司法秩序。这种情况的持续恶化终于引发了1990年闻名全国的哈尔滨扫黑行动，并让一个所谓新中国成立以来最大的犯罪组织“乔四集团”浮出了水面。“乔四”案件所引发的哈尔滨大规模的扫黑行动揭开了这座城市黑暗面的冰山一角，让全中国领略到了这座城市一种独特的令人心悸的黑色文化。乔四经营的犯罪集团始于20世纪60年代，经过二十多年的经营，并借“改革开放”春风的熏染，快速发展、渗透。其组织染指拆迁、地产、商贸、娱乐等多个领域，已形成相当大的规模，甚至在其被专案组锁定之前，已经开始向政治领域渗透。对“乔四”团伙的抓捕和审理过程惊心动魄，揭露出来的部分罪行令人眼界大开。很显然，他们已揽得改革开放的第一桶金，俨然成了时代的“英雄”。他们挥金如土，纸醉金迷，生命完全沉溺于绚丽的泡影之中。暴力是他们致富的工具，拉拢、贿赂是他们通行无阻的腰牌。讨债、拆迁、设赌抽头、垄断工程是他们另辟蹊径的门道儿。一次，一位大哥级人物自豪地述说他招摇过市时的风光无限。在地痞云集的哈尔滨电影院门口，一群地赖子、荷包看到了西装革履、容光焕发的他立马拥了上来，领头的一个眼中透着嫉妒说道：“大哥，咋干得这么好，给小弟们也讲讲做大事的道理呗！”这位大哥开心地抽出整整一条三五洋烟，拆包给每人一包散去，然后稳重地笑着说：“走正道，关键是谦虚，别嘚瑟！”这一时期，暴力犯罪的核心已无关荣尊，而是围绕经济建设这么一个国家大力倡导的中心了。

最终，号称乔四的宋永佳、小克王伟范、郝瘸子郝伟涛、杨馒头杨德光、小飞陈建滨五个团伙共计 18 人被判死刑，30 余人被判无期、有期徒刑。而其中最为凶悍的一名朝鲜族案犯李正光负案在逃，时隔多年因在北京案发，才被擒获并被判处极刑。后来这些惊险刺激、骇人听闻的内容被编成了纪实文学在电台播放，几年后还被拍成了电视剧，乔四更是被神乎其神地传播为东北黑帮的教父，进入了历史。

校内江湖

1984 年我们刚入校的时候，学校的教学秩序还是非常规范的。那个时候高等教育资源不足，能够跻身校园的都是同龄人中的佼佼者。大学生是社会的稀有人群，到处都会得到精心的照顾和热情的关心。比方说，从封闭的校园走到社会上的时候，街头的小商小贩、百货商场的服务员或者是公交车上的司乘人员都会以“学生”来称呼在读的学生们，语气中透着关爱、羡慕和尊敬。校园里除了保卫处的工作人员，工友大多也对学生很客气。精英式的高等教育也使得学生们普遍具有一点精英意识、责任和担当。校园文化和社会文化截然不同，崇尚知识、文艺、体育，自成一体。文化生活方面，宿舍里的主要表现形式是吉他和围棋，教室里则是合唱排练和各类雅致的联谊活动。

但四年过后，情况发生了突变，学校里突然涌进大量的社会青年。后来得知，这是一些和学校有着千丝万缕利益关联的关系户的子女，他们通过成人教育的途径闯入学院并渐成气候。哈建工教学主楼处于闹市之中，它和社会关系的直接性是一种教育理念的体现。就像一个相互咬合的太极图，你中有我、我中有你。但是在教学本体存在的环境中吸纳过多的社会青年则是一种自我稀释式的荒唐举措。

这些社会青年与“文革”后期电影《决裂》中进入大学学习的知青和农民有着本质区别，“文革”后期一度停止招生的大学开始从工厂、农村、部队招收少量学员，这可以看作是非常历史时期的一个权宜之计。此外，那批人虽然文化基础参差不齐，但绝大多数有着强烈的求知欲望。在新的历史背景和规则之下，公平竞争和潜规则并行，对高等教育的无原则开放堪称放水，它带来的问题是极为严重的。其根本原因对于我来说一直是个谜，更可疑之处在于国家制度和社会潜规则之间永恒的博弈。利用公共资源关照近水楼台的教工子弟和执掌权力的部门，把教育环境和学历作为一种馈赠的福利，以此促进战略结盟。表面上看似优化了学校的发展环境，培育了利于自身的生态，但从育人角度讲则无异于杀鸡取卵。这相当于往一盆清水中注入了一股浑浊的水，整个校园的学习环境也因此急转直下。显然，学生们的利益被出卖了。

这是一个特殊的群体，属于中国高考制度下的失意者或逃脱者，更要命的是其中绝大多数人基本没什么上进心。此外，他们中的许多人已经走向了社会，从事了一段时间的社会工作，将他们在社会基层历练而成的顽劣积习也一并带入了看起来神圣的土木楼。因此，这个群体出现在校园里就显得很唐突，从着装到谈吐、举止都与当时的大学文化相去甚远，且不必说俄式教育时期那些留在照片中的贵族式肖像了，就连“文革”后质朴的穷酸气都没有了。当勾兑比例失当之后，过去团结、紧张、严肃、活泼的校园，立马陷入一种说不清、道不明的混沌之中。刚开始人数不多时还稍好一些，他们上课的区域和主流的教学区是相对分开的，那几个用于成人教育的教室位于老楼最末端的一个角落里，像长长的肠道中的一小段盲肠，时不时就会成为炎症的起点。由正规高考途径入校的学生群体和他们的遭遇大多只发生在食堂里面，大家基本上相安无事。记得有一次，大四时期我的同学废废在食堂插队的时候，还被这个班级一个叫小军的学生义正词严地责问。也就是说一开始，这群人还对高等院校保持了基本的敬畏之心，谦逊且有基本礼数，甚至说他们这种表现是出于对神圣教育空间的一种尊重。但是随着他们人数的增多，种群不断扩大，他们自身的文化就开始大行其道地显现出来，并渐渐形成一股强劲的风尚，席卷原本寂静典雅的校园。不久，这种风尚又和原有的校园文化对冲混合，形成新的文化生态，从而唤醒了正规大学生们身上的那种被压抑起来的戾气。一时间，“英雄”辈出，恶霸横行，校园变丛林。

最令人匪夷所思的，就是当初我们这些青年教师留校后，为了一间宿舍绞尽脑汁和校方斗智斗勇，而校方一直让我们三三两两挤在一间很小的单身宿舍里，和在校生共同使用集体厕所和水房。当青年教师为了改善居住条件向有关部门陈述的时候，他们的托词总是房源不够，让大家克服困难，耐心等候。但是当这个灰色群体出现之后，却能很快地调配出相当数量的房间给他们做宿舍。更糟糕的是，当社会上的这些人住进学生宿舍之后，进一步对学生的生活秩序产生了不良影响。由于这些人本身都来自哈尔滨市内，加之他们的家庭背景大都来自同一个社会群落，因此，在大学校园来自五湖四海的学生群体中，他们就更像一个共同体，无论是生活习惯还是表达方式都具有明显的共性。逐渐地，他们的底气开始充实起来，在本是多元文化底色的校园环境中，表现出地头蛇一样的主人翁精神，个个神气活现，张扬跋扈。欺负在校的外地学生是他们最为擅长的，动辄呵斥、辱骂，甚至殴打。学生们大多打不过他们，因为在校园里干仗，对他们而言属于降维打击，基本上胜券在握。老实巴交的学生们即使偶尔一役胜出，之后也会因为学业繁忙而无心恋战。而这些人却有的是时间和学生们消耗，他们越战越勇，动作不断升级，甚至不断触碰法律法规的边缘。这些人整天成群结伙，在校园里横行霸道，形成了一股不可一世的势力。他们社会关系复杂，和社会上的黑帮、地赖子、坷垃痞子等保持着千丝万缕的联系。经常在食堂里、宿舍里对冒犯他们权威，或所谓看不顺眼的学生们大打出手。当他们逐渐确立了霸主地位之后，个别人甚至干起了敲诈勒索的勾当。

一时间这些“活力四射”的家伙败坏了整个校园文化，把校园折腾得乌烟瘴气。除了在教学楼或是在宿舍楼表现出嚣张气焰之外，他们放浪形骸的生活方式对学校的秩序也是另一种伤害，比如无节制的滥饮和酒后滋事等。哈建工这座古典庄重的大楼内，俄侨开创的优雅气质已损失殆尽，彻底沦陷。个人情感方面，他们也完全没有大学生恋爱文化中的委婉、含蓄，而是直来直去地打情骂俏和毫不遮掩地勾三搭四。当时我宿舍隔壁就住着这样的一群人，使得自己仿佛置身于下流酒吧，厚厚的隔墙也无法阻挡他们的喧嚣和吵扰，不是喝酒猜拳，就是尖声浪笑，这无疑拉垮了一座高等学府的斯文体面。

校园里的大手

80年代末至90年代，哈尔滨对能者谓之“手”，如认为某人在某些行业或领域能力强，就会称他是个“手”，比如设计院有个“投标王”王某，就被大家唤作“王大手”。但是到了后来，随着社会乱象迭起，这个称谓开始专指那些斗殴能手或在社会上呼风唤雨的能人。

混混是结果恶霸的土壤，有了一定数量的混混之后，必定会有人杰于群、出人头地的王者。当时哈建工乱哄哄的校园里亦是如此，这一方天地之间的微观局势很像东汉末年群雄并起割据天下的状况。其中势力比较突出的团伙力量大致有三股，并且各有其别具一格的带头大哥。他们是那个时代具有代表性的社会学个案，因而在此为大家做一番介绍和剖析。最令人印象深刻的是一个叫郝伟光的大专班学生，在我的印象中，此人耗在学校里的时间已经相当长了。在我读本科的时候，他就整天在学院一楼的乒乓球室里打乒乓球。那一阶段，成人教育班的人还比较遵守校规校纪和基本的学院礼数，一般不和正规就读的学生发生冲突——大概是因为当时他们数量尚少，不足以翻江倒海形成主流。因此郝伟光当时在一楼上蹿下跳打乒乓球的时候，还经常被我们肆无忌惮地嘲笑。到后来，随着他们人数增多，当把打架斗殴、惹是生非变成一种校园新风尚的时候，时代开始呼唤明星，实力超群者就堂而皇之粉墨登场了。

其实郝伟光的模样长得挺可爱，中等偏上的身高，但体形肥硕，一头浓密的卷发像一团阴郁的乌云；他面色红润，脸上几坨横肉如地表错动拼接的板块，在室内昏黄的灯光下不自觉地反射着微光，这张脸在灯光昏暗的走廊里看上去的确有点凶相。我一直猜测这家伙有欧罗巴或蒙古血统，因为当时整个社会尚没有进入富得流油的历史阶段，中国人大都还是身形单薄的，男性中前凸后撅者并不多见。而郝伟光则大腹便便四肢有力，走路的时候为避免大腿内侧赘肉间的摩擦，略呈外八字。他的体重目测应该在二百斤上下，在当时绝对算是巨无霸了。他能当上老大，主宰一方势力，主要靠的是皮糙肉厚，另外估计出手也比较重。由于他经常打人，学生们都很害怕，男生们要么回避，要么主动和其套近乎以免发生冲突。后来发展到和学校的年轻教师发生了肢体冲突。有一次在食堂，他和一对年轻教师夫妇开战，打得惊天动地，最终被抓进了拘留所。拘禁的苦日子并没有让他收敛，出来之后回到校园里，他开始更加肆无忌惮地为非作歹。似乎进了“笆篱子”的经历对他这样的人来说犹如镀金一般，立马会让他名声大噪并且毒性大涨。听一个学生说，有一次这家伙当众吹牛说自己如何如何天不怕地不怕，在哪里都敢打人，不仅在学校打学生、打老师，还在拘留所打警察。

我没有亲眼看过他打人的样子，但感觉到当时学生们对郝伟光的确非常畏惧，后来看上去也有几分憨厚的他竟学会利用这种心理找学生索要财物。郝伟光一伙的敲诈途径分两条：其一是隐性的，即通过搅闹和骚扰逼迫学生们请他们吃饭、买酒买烟以表孝敬之类的；其二是光天化日之下，狮口大开地索要钱财，这种情况一般是发生在肢体冲突之后以医疗费为借口讨要现金。有一次，他带着三个手下去滋扰86级建筑机械系的一名男生，结果双方发生冲突，动起手来，但他们没想到那名并不高大的男生来自武术之乡湖南，并且长年习武，而他们几个又不是徐晓东，结果四个人都被撂倒，其中一名混混还被打掉两颗门牙。听说混战之中最惊险的一幕是其中一个流氓挥刀刺向该学生的胸膛，结果这名学生勇敢地用双手将刀刃紧紧夹住……但地头蛇的优势在于空间自信和地域文化自信，这是源源不断产生能量的两种非物质力量，二者相互纠缠，相互激发，令本地人对外来者产生天生的优势感，为了捍卫这种骄傲，他们往往会表现出百折不挠的精神气质。之后郝伟光和他的同伙就展开了依靠死缠烂打来讹诈的行动，逼得那名男生逃出学校到哈尔滨林大、工大、师大等处避难，学业也几乎荒废。而湖南籍的学生比较心齐，见到同乡被欺负，大家便以集体退学的方式向学校表示抗议，这才引起学校关注。最后在部分老师的调解下，双方就“赔偿金”达成了协议，共计四百余元，款项全部由湖南籍同乡会60位学生集体捐助完成。

郝伟光之所以能在学院的混混之中扬名立万，我觉得首先在于他特殊的体形。他那硕大的身躯即使走在俄国人设计的教学楼的宽大走廊里，依然威风凛凛，更不用说在狭窄昏暗的学生宿舍楼里了。此外，那一头浓密的卷发让他看上去像藏獒一样，具有一种混不吝的气势。虽然戴着一副高度近视眼镜，却难掩眼中毕露的凶光。郝伟光有了一定名气之后，身边还总会跟随几个“狗仗人势”的喽啰。往好了想，可以说是雍容大度的唐僧和猪八戒、小沙僧，还有开路的孙悟空一行人，往坏了想就是胡汉三的还乡团。每天三四个小混混簇拥着他，让他更显得八面威风。那时候，人们经常看到喝得醉醺醺的郝伟光在宿舍的走廊里横行霸道。拥有欧罗巴成年肥胖男子的体量走在那样狭窄的走廊里可真是憋屈，如同喉管中一坨息肉，总是在地面和墙壁上留下一团巨大的黑影。

逐渐变成公害的郝伟光是哈建工老实巴交的青年学子们的噩梦，他的出现每次都会引发学生们心理上的严重不适，而他的活动范围似乎也越来越大，早已超出了食堂、乒乓球室这样的地方，有时会将青年教师单身宿舍的木门一掌推开，恶狠狠地扫视一圈之后扬长而去。学生们苦心经营的温馨咖啡屋以及各年级组织的舞会都会因为他的光临而急速变调，让弱不禁风的浪漫气氛瞬间土崩瓦解。如果说校园生活是五颜六色的调色板，郝伟光和他的随从就是一大团黏稠的黑色油彩，抹上了之后，调性立马就会变得低沉、莽撞。

校园里的另一个大人物是我的学生田野，不同于熊大、熊二这类混混们，田野可是正规的科班学生。他的出现从某种程度来说也是一个时代的呼唤，正规的大学生族群需要一个这样的血性男儿来代表自己，和郝伟光这类从社会涌入校园的混混们分庭抗礼。

和大胖子郝伟光的身形截然相反，田野身形精悍，刀条脸，留着一个爆炸式的发型，看上去虽透着几分英武，倒也没有十分骄横跋扈的感觉。但是只要他一张嘴，就完全像换了一个人似的，街头和酒馆里最时髦的江湖俚语，犹如爆豆一般争先恐后地从他口中喷涌而出。虽然其中不乏下流、粗鄙的用语，但在他口中主要围绕着“勇”和“义”而释放，因而生机勃勃。他最喜欢使用“敞亮”一词来描述别人，意思是某某某做事情光明磊落，这是田野的高明之处。

混混们四下里作恶，人心失尽，他就要打正义牌以俘获人心。“敞亮”这个词语的反复出现体现了他人生观方面的评判标准；“魄力”一词也是他惯用的，这个词主要表现被其评价者在暴力行动中的果敢和担当。此外他的外宣能力堪称一流，深谙价值和意义之间的差异。使用“敞亮”的时候偏重事理，目的在于说理，听后让人心生敬意；使用“魄力”的时候侧重对场景刻画，以形成生动、壮阔、惨烈的画面感，听得人热血沸腾。“仁义”也是他口头极力推崇的，这是强者视角下的政治宣教，有深厚的儒教理论基础，有利于获得群众的认同和支持。从这一点上看，田野和其他流氓的不同之处在于，他懂得占据道德制高点，充分利用儒家文化中信奉的“忠、勇、仁、义”来进行个人德行的塑造和形象打造。但在实践行为中，也经常不由自主地做一些不仁不义之事。

东北人讲故事的能力在华语世界堪称一流，中国大陆地区的评书大家基本上都是在东北这块土地上生长的，如单田芳、刘兰芳、田连元等。哈尔滨也盛产相声人才，当时师胜杰一家兄弟姐妹五人都是相声名手。田野亦是一个被建筑学院专业学习耽误了的不折不扣的顶级段子手。在他嘴里，哈尔滨地区的黑暗故事简直如数家珍。从1983年严打中的悲情叙事，到90年代初期的“刀枪炮”们的“光辉业绩”，他总能滔滔不绝，讲述高潮迭起、“英雄”辈出的故事。这些故事在校园里的传播挺有杀伤力，久而久之，一种新的人生观在哈建工悄然而生。

田野的家境很好，父亲是省里的名医，和一些领导干部都有来往，这点社会资本倒让他做事的时候平添了不少信心——即使擦枪走火，捅出一些娄子，靠家里的硬实关系也能摆平。他平时喜好穿一身牛仔装，脚蹬当时很流行的宾度皮鞋，留着爆炸式的发型，一看就像个社会人。

80年代哈尔滨的爆炸式发型很给力，那仿佛是一种街头符号，代表着战斗的欲望。那一时期的出租司机和个体户最青睐这种发型，街头混混更是如此。发型是身体中价值观的表述，反映着群体认知和共识，表达着生活的态度。街头的青年们顶着这样的发型，就像头脑中熊熊燃烧的烈火，让整座城市的氛围炽热火爆。后来我了解到，田野在高中时期曾有一段时间痴迷霹雳舞，霹雳舞是一种街头文化，和帮伙意识有密切关联，这可能就是他入道的途径。田野很聪明，专业素质本来还不错，也能拨弄几下吉他。入校不久，他就组建了学院霹雳舞协会，并自封会长。在校期间还筹办过校园霹雳舞大赛，把他昔日里那些在街头跳霹雳舞的狐朋狗友们拉进校园壮门面。但他最热衷的还是啸聚校内外的热血青年们，你来我往地打群架，这不仅是一种勇气的表现，还是社会能力的反映。所以每逢大战前夕，己方聚集力量准备开战之前，他那种冲动溢于言表。除了气壮河山的豪言壮语之外，他还会审时度势，精心布设阵容和格局，如田忌赛马一样，会根据对手的强弱和冲突的场合排兵布阵。田野的宣传鼓动能力几乎是专业性的，总能在道义上贬低对手，让自己的队伍产生一种正义之师的错觉。还会在战略上藐视对手，令手下兄弟们必胜的信心爆棚。在冲突现场，他也能身先士卒，拎着啤酒瓶冲锋陷阵，直取对方“首级”。他手里的确有好几副牌，除了校园里的几个恶棍之外，他在社会上也有一些黑帮朋友，比如南岗荣市的一个姓邹的炮子，还有他中学时结拜的七八个把兄弟。这些人会在他搞不定的局势下，轮番现身为其撑场面。而王炸则是自称其四爷的一位公安分局局长。有时候唠嗑，他会装得若无其事的样子抖搂他在他四爷家里摆弄手枪的细节。他的表情从容淡定，语气平和舒缓，几乎没有人怀疑这是假的。他就这样，真真假假，虚虚实实，让所有人信以为真，同时有计划、按步骤地制造了几起引人注目的事件，因而一时名声大噪。

山西帮

在社会恶势力尚未渗透到校园之前，学院社区中也有一些不安分的学生结社，小打小闹。其中比较有实力的一方是来自山西的小团伙。

同乡文化是校园文化的重要组成，同乡会则是具体的组织形式。来自五湖四海的学生们大都是第一次离开故土，在陌生的环境里，有了同乡会就容易产生文化认同，同乡会也是不同年级和不同专业联谊的桥梁。但是，总有一些搞得红红火火的同乡会走向歧途。这其中重要的原因在于同乡会中骨干成员的成色：起事儿和带头者如果是热心肠的乖孩子和好学生，同乡会就会充满正能量；反之则走向另一个方向，最终形成帮伙文化。从 1986 年以后，山西的学生同乡会里出现了一些好事者，他们把山西地方的痞子文化悄然带入黑土地的校园中。开始只是几个在校园里不入调的学生，他们身着肥大的军裤，背着军挎在学校里晃荡，但这样的货色达到一定数目之后就会主动扩张声势。山西同乡会就由这样几位能折腾的山西籍学生领头，并逐渐形成了一股顽劣的势力。他们经常在学校里打架斗殴，聚集闹事。因此当哈尔滨本地的这彪人马崛起之后，他们的第一个目标就是压制“山西帮”。

洪海是“山西帮”中的一个主角，他其实和我是同一年入学的，学的是燃气专业。从 1985 年开始，他们专业迁到了位于飞机场的新校区，之后就很少见面了。但后来不知怎么的，他接二连三地留级，我都留校两年了，他还在本科阶段挣扎。有一次在食堂吃早餐，听到邻桌几个学生议论洪海，并对其打架斗殴时不要命的精神状态不断表示赞叹。这时我才意识到这家伙已经出落成了一个有点名气的滚刀肉了。洪海身体魁梧，山核桃形状的脑袋，乱蓬蓬的头发，高颧骨，戴着一副黑框眼镜，掩盖了直勾勾眼神中的戾气。但他是个聪明人，上学的时候围棋下得很好，也因此在学校里有一点名气。但他平常做事情总是一副咋咋呼呼的模样，大概因为不断留级，资历不断增长，胆子也就越来越大。所以我怀疑他的留级不一定是出于学习能力不足，而是出于对这种称王称霸地位的留恋。据说有一次洪海打伤了一个哈尔滨本地的学生，不想这个学生有一定的背景，田野一行就借此揣着家伙奔赴分部校区拔横。田野和我描述了当时的情景，他们赶到了洪海宿舍门口把他喊了出来，正在宿舍下围棋的洪海不知什么状况，放下棋子骂骂咧咧走了出来。趁着洪海还没适应走廊里的昏暗，田野率先抄起一只啤酒瓶子砸向洪海的大脑袋，酒瓶子立刻粉碎，洪海顿时晕坐在地。就这样田野还不善罢甘休，他又顺手抄起一把木椅，抡起来就向洪海砸去，和他一起来的几个人意识到，可能要出人命，赶紧拉住了他……

之后田野等人又在大直街本部打起了山西籍学生张晋生的主意。一看名字就知道，张晋生来自太原周边的晋源，也是个典型的奇葩。在他的身上我们首先看到的是文化的侵略性，他像一块太行山的顽石毅然挺立在黑土地这片异域之上，任凭风吹浪打，他自岿然不动。他始终操着一口连我都听不太懂的浓重的晋源方言，平时喜欢圪蹴（山西话，蹲着的意思）在走廊门厅、门口的台阶处。他刚入学的时候，由我们那届一个管理系的老乡带到我宿舍见了一面，当时他身着一身宽大的军装，领口敞着，露出里边的白衬衣领子，脚上蹬着一双带白边的“懒汉鞋”，一看就是一个标准的山西混混。

我刚到哈尔滨的时候有一个体会，虽然哈尔滨的社会无业青年、痞子也多如牛毛，但是和山西的同类人相比，这里的流氓非常时尚，着装扮相紧追港台大片的样板，比如《英雄本色》中周润发饰演的Mark、狄龙饰演的宋子豪等大都市风范的风云人物。说话也比较有礼貌，注重表述、修辞和敬语的使用。而山西的流氓完全不一样，他们崇尚散漫、自由，走路吊儿郎当，完全是一副土匪模样。在“山西往事”的记忆中，像张晋生这样的学生挺多，有的学习还真不赖，这是他们的天资，可惜暂时没有找到匹配的人生观。刚入学的张晋生还略显低调，话不多，那一次来我宿舍的时候，一双小眼睛从不和我对视，表现出一副满不在乎的神情。后来有一段时间，在走廊里见面他也还点头打个招呼，再往后渐成气候就大不一样了。刚入校时，这种外地来的有些社会习气的学生，往往会被俄罗斯建筑师斯维里多夫塑造出来的空间氛围压制住，大多会蛰伏一段时间。在这一段时间里，他们会寻找同类，慢慢建立起自己熟悉的文化生态环境。

看上去稀里马虎的张晋生实际上也是一个聪明人，他很快就在学校找到了和自己臭味相投的一票人，这些人中多是山西老乡。乡情和趣味两种温暖汇聚在一起很快唤醒了被他草草掩盖起来的野性。

因而没过多久，再在校园里看到他的时候，他已经完全是神气活现的另一副模样。有时在校园和宿舍区会看到自信满满的张晋生，这家伙要么是喝得满脸通红，神采奕奕地迈着八字步在走廊里晃荡，要么就是和几个校园里的刺儿头勾肩搭背诡异地交流着什么。但是看得出来，找到组织后的张晋生很是幸福。

张晋生喜欢打架，有一次还是在我身边，让我见识了一下这家伙的身手。虽然同处一方天地之中，但学生之间的摩擦从未断绝过。冲突多发生在食堂、水房这样的地方，原因在于对资源控制权之争抢。在这一点上，道貌岸然的人类在厅堂之下的行为和猪圈里的猪仔们在食槽上的表现差不了太多。有一天，张晋生和低我一年的学弟武涛因买饭排队发生口角，众人将他俩劝开后都以为这件事暂时过去了。没想到张晋生不肯善罢甘休，他先扒拉两下饭，吃完后就拎着饭盒瞪着小眼睛满食堂寻找仇家。当时武涛与同班的另一个同学和我坐在一个桌上闷头吃饭，没注意到一脸严肃的张晋生已经站在他身后，张晋生拍了一下他的肩头，操着浓重的晋源口音问道："嘿，兄弟，请问你是哪个班的吗？"武涛满不在乎地回答道："建筑85，咋了？"张晋生若有所思地嘴里念叨了一句："噢，建筑85！"然后毫无预兆地突然爆发，大打出手。张晋生的打法属于典型的山西地头蛇打法，动作不花哨追求实用，虽纠缠在一起但是一只手用力控制对方，腾出一只手猛击对手头部。武涛没有任何思想和行动方面的准备，被这猝不及防的一连串重击打蒙了。

好在武涛也属于身体比较壮实的青年，一直是建筑系足球场上的一员战将，挨了十几拳之后并未被击垮，想站起身来反击。张晋生是个打架老手，哪里肯给对手这样的机会，趁武涛未站稳之际，发动了第二轮狂风暴雨般的攻势。正在调整身姿的武涛经不住这样的攻击，向一边倒了下去，但他顺势扯住了张晋生，将他一起拽倒在地上。接下来，两个人就在地上翻滚着继续打斗，顿时小食堂乱成了一锅粥。好在周围有几个人拉着疯狗一样的张晋生，武涛才没有受到严重的伤害。后来听说占了上风的张晋生不依不饶，还纠集了几个山西帮的学生找到建筑85教室的门口讨敌叫阵……

田野征服张晋生的故事我只是听田野的一家之言，在田野嘴里，张晋生这员山西帮骨干分子已经被他威慑得言听计从。但多年之后，听山西帮另一个骨干分子“虾球”和我说，根本没有那回事。要是单独打斗对决的话，田野根本不是张晋生的对手。但莽夫张晋生其实是个颇有心计的人，担心自己的综合实力，他不愿意招惹地头蛇。所以回想他那次动手前向对手所提的问题和片刻的迟疑，应当是开打之前对后果的评估。不久之后，张晋生被学院勒令退学，但是不甘沉沦自强不息的他第二年又考入了另一所地方院校继续学业。

田野的口气很大，经常跑到我宿舍吹牛。口头表达时的语调生动、颇有情怀，叙述过程还兼具想象力，这也是东北流氓的一个特点，他们大多数人的表达能力都不错。在田野的自述中，他曾经上刀山下火海、多次独闯虎穴龙潭，恨不得把自己吹得跟乔四、李正光、杨馒头一个级别。似乎他就是一个在社会上无人不知的“手”，一个什么事都敢做敢当并且能搞定的大人物。比如有一次，他和一个公检法系统的人显摆自己在社会上的人脉和威望，大言不惭道：“哈尔滨十大刀枪炮的头儿×××，我见面踹他两脚，你看他敢说个啥？！”对方装作愕然道：“哦？你还认识×××哪？”田野说道：“他个狗卵子，算个鸡巴！”还有一次，他当着我的面吹嘘收拾郝伟光的豪言壮语，堪称经典语录："郝伟光，你个狗卵子，别在学校跟我俩装……只要我田野在，你是龙给我卧着，是虎给我趴着。"当然在一个特定的时空里，他嘴里的故事也是我认识社会灰色区域的渠道，只不过每个故事打个对折后也许会更贴近事实。而在学校里边那些老实巴交的学生，大多根本没有听说过这些江湖上的故事，立刻觉得眼界大开。学生们也无法了解他的底细，因此对田野的能力深信不疑。于是这些传说每经由一个传播者就会被添油加醋放大一次，最终炮制出一个神乎其神的人物。于是，越来越多的学生聚集到了田野的身边，他很快就成为学院的另一个害群之马，另一方面，又成了建筑系学生们的一尊保护神。

后来，田野在学校折腾的动作越来越大，到了严重影响教学秩序和学生们生活秩序的程度。有一次，他们一伙占领了一个学生宿舍，同伙们撺掇他说："田野，你敢放火烧了他们吗？"正处于热血沸腾状态中的田野答道："我田野杀人放火啥不敢做！"当即掏出打火机把一个床铺用于遮羞的布帘点着了，火势迅速蔓延，从下铺烧到了上铺，再横向烧着了窗帘，片刻之后硝烟弥漫，一片鬼哭狼嚎。这个事情导致学生之间的纠纷变成了威胁消防安全的纵火事件，使得校方不能再继续睁一只眼闭一只眼了，最终田野受到了勒令退学的处理。可以说，此时冲动的义愤之举导致他自己失去了在校大学生的合法身份，属于一次战略上严重的"左倾"冒险主义失误。而不久之后的另一起事件则彻底动摇了他在学校江湖中的地位，这件事的根本原因竟然也在于学校向社会的开放。

江湖·社会

80年代末学校和社会畸形的融合，的确给高等教育带来许多始料不及的问题。这也许和中国校园长期封闭的历史有关，长久以来和社会的相对隔绝也造成其自身“免疫力”不足。因此，在校园开放的早期，必然会迎来一个混乱的历史阶段，给学校的教学秩序带来很大的冲击。哈尔滨建工学院这样犹如城堡一般独特的空间形态，有着鲜明的封闭隔绝的形态特征，仿佛要塞一样，固若金汤，既能保护它神圣的内核不受来自外部的侵害，身处闹市的它又是进取社会的前沿。它在区位上的选择和样式上的造型，反映出对待教育时矛盾的两方面策略。没想到的是，在终于迎来了一个开放的时代之后，最先涌入的倒真是社会上泛滥成灾的黑色文化，就连修道院式的空间模式也难以阻挡这股汹涌澎湃的黑色浪潮。在这一时段，原本宁静的校园中出现的复杂事物多种多样、千奇百怪，发生的冲突更是接二连三、险象环生。

无独有偶，当时有很多所哈尔滨的高校也都出现了类似的情况。那一个阶段里的哈尔滨高校，像着了疯魔一样，接连出现严重影响校园秩序的恶性案件。比如我们的邻居哈工大，当时就出现了一名学生在校园舞厅被社会上来的流氓严重伤害的事件。在众目睽睽之下，凶残的歹徒用匕首在一名可怜的学生脸上划了七刀，致使该学生严重毁容。由于此事件性质极为恶劣，激起了广大师生的强烈反应，导致后来义愤填膺的学生们走上大街进行抗议。在从道里区回南岗的公交车上，我恰巧目睹了那一次游行抗议的景象，学生们从南岗区步行至道里区的市政府门前，要求哈尔滨市政府严惩凶徒的呼声此起彼伏。深秋时分，原本寂寥的街道被这绵长的游行队伍鼓噪起来，街上闲逛的、商店里的、公交车上的人们好奇地打量着这群脸上挂着愤怒表情的人，议论纷纷。学生们走上街头游行抗议的举动立刻引起了有关方面的高度关注，于是这起案件得到了从严、从快的处理，最终四名凶手之中，有三人被判处极刑。对待影响政局稳定的不法之徒，我们的政府一向都会如秋风扫落叶一般无情和果敢。

另一个更出格的事情发生在哈尔滨某著名大学的一个男生宿舍里，该宿舍的同学居然金屋藏娇，收容两名妓女长达一个星期左右。这期间，两名妓女足不出户，由该宿舍的室友们轮流给她们打饭倒尿盆。由于这些学生过于贪恋美色，纵欲过度，以致不断缺课，最终引起辅导员的疑心，哥儿几个鬼鬼祟祟的行为让经验丰富的校方管理部门感觉到蹊跷，一定有什么不可告人的事情。于是，在一次突袭后，他们的丑行败露。这件荒唐可气的事情，也给校方出了一个难题，如何处理成了非常棘手的事情。另外，这件事也让社会对新时期大学生的期望大打折扣，一时成为全市人民茶余饭后的谈资。同时期，在另一所大学还出现过同宿舍的女生之间闹矛盾，于是一个女生邀请社会人士进入宿舍将对手强奸这种恶性的事件。

在我的学院里，还发生过一个像《教父》那样黑帮大片式的真实事件。事件的起因是田野等几个校霸闯入学生宿舍区殴打一名学生的时候，也不分青红皂白打伤了该宿舍里的一名外来访客。这名被打得满脸是血的中年人到水房清洗了一下血污之后，极为冷静地离开了。但是诡异的报复很快降临，想必那人在社会上有一定背景，第二天，有三高一矮、身形精干的四名身份不明并携带枪支的男子进入学校，开始寻找前一天打人的那几个校霸。他们闯入那个校霸们经常聚集的宿舍，关上门，开始拷打逼问几个知情的相关学生，严厉追问那几个直接参与暴力行动者的下落。更为神奇的是，四名神秘来客对那几个参与者的信息已经了如指掌，对他们的籍贯、爱好、专业、女友等信息早已全部掌握，并适时公布了之后对每一个凶手的惩罚标准。比如首犯田野，捉到后一定要打断其腿，让他无法再跳霹雳舞；而对事发当天一名在场的青年教师，他们则声称要掰断其手指，让他无法画图……

那一次江湖缉捕行动可谓惊心动魄，令校园里的霸凌者看到了沧海之浩大，江湖风云之飘忽。这几个神秘来客在学生宿舍拷问学生时的若干片段也非常精彩，场景和台词堪比犯罪大片。他们礼貌地敲开门，坐定之后，首先亮出了枪支，然后拿出一个绿塑料皮的证件在呆若木鸡的几个学生面前晃动，并说道："我们是警察，这次来处理学校地赖子伤人的事，你们几个给提供点线索吧。"一个不知趣的齐齐哈尔学生孙某伸头过去想看个究竟，换来的则是啪啪啪几记清脆的耳光，那一连串动作娴熟、迅疾，令人猝不及防；然后他们对其中一个湖北黄石籍的学生金某说："听说你霹雳舞跳得不错，来！表演一段云中漫步！"那个学生在刀枪的逼迫下，只好硬着头皮从上铺下到地面，鬼抽筋似的蹦跶了一段，停止的时候没有掌声，而是被其中一个留着分头的方脸汉子飞起一脚踢倒在地上，算是给这一精彩片段画上了句号。当天晚上很多男生宿舍都在谈论这个可怕又风趣的事件，这件事像一道黑色的闪电，惊动了校园里一个个不安分守己的青年学子，仿佛让他们从一艘远洋轮船的舷窗看到外面滔天的巨浪。后来听人说，这一票人是属于类似好莱坞西部故事片中赏金猎人那样的“职业人士”，专门负责处理民事纠纷。乱世间，在公职部门吞吞吐吐不敢作为的时候，社会上必然会兴起这股流氓假仗义的力量介入社会的真空地带。

狮子王和一群山羊

因为年龄相仿且无所事事，留校的我当时和各年级的学生们厮混得烂熟，学生们都管我叫“教授”。这个称呼让当时建筑系的一些老教师和领导颇为不解，他们觉得一个年纪轻轻、嘴上无毛的小助教有什么资格被叫作教授呢？据说这件事在特殊时期还引起了系里各党支部书记和辅导员们的警惕，他们担心我在从事一些和身份不符的价值观播撒工作。后来估计他们做了一些调查，发现我是当时建筑系正能量的源泉之后也就作罢。

其实这里边有一些误会，学生们叫我教授恐怕有两方面原因，首先是从我的言谈举止上看，似乎是文质彬彬道貌岸然，但是真正了解我的人知道，我还有另一副面孔，这和我小时候所遭遇的苦难和复杂的经历有关。罗马尼亚电影《巴布什卡历险记》里面有一个匪徒的外号就叫作“教授”，后来此教授在荒岛上被另两个匪徒“猎人”和“狗熊”洗劫并虐杀；还有一个原因，那就是历史上绿林群体或现代小说电影中的帮伙文化中总有这样的角色，《水浒》中的吴用、柴进，《隋唐演义》中瓦岗山的徐茂公，东北黄瘸子团伙中的军师等都是这样的角色。因此，“教授”的称呼在不同的背景下语义相去甚远，此“教授”非彼“教授”。

在建筑系所有的班级中，我和建筑 86 级的关系最为密切。首先是因为大家的年龄相差无几，本科阶段就是上下年级的关系，专业方面的交流很多；另一方面，因为特殊原因，自己当时在建筑系不愿融入教学主流，甘愿做一个边缘化人物。因此，我和学生们的关系反倒更加融洽了，也正是他们的陪伴让我度过了人生中最昏暗的一段时光。我们之间交往频繁，每天晚上我的宿舍就几乎变成了一个欢乐温暖的学生活动中心，各年级的学生们来这里打牌、下棋、喝酒、聊天，谈专业，更谈人生……由于在整个六层高的宿舍楼中，唯有一层教师宿舍晚上不断电，因此这里就成了学生宿舍楼深夜里的一盏明灯，引得黑暗中一派茫然的学生们如飞蛾一般纷至沓来。

当时建筑 86 级的这一拨男生们，靠一文一武两项活动被有效地聚集在了一起，其一是足球，其二则是扑克牌游戏。学院巴掌大的运动场上，几乎每天都被建筑 86 级的足球爱好者们占领着。80 年代到 90 年代初，无疑是中国足球氛围最好的时候，国家队虽然入围不了世界杯，但是始终还能在门口徘徊，只是每每在最后一个环节出现闪失，从而一而再，再而三地惜别世界杯晋级。意甲、德甲、英甲这些欧洲联赛的信息也时不时通过体育新闻和报纸为人们所知，几大联赛的战况、足球明星们的表现，甚至一个俱乐部内部的分歧和内讧都是师生们热议的话题。大学校园是一块足球热土，学生们如此关心天下足球大事，自然也会在校园选择合适的空间捉对比赛厮杀。足球是一项身体对抗性非常强的运动，年轻人在争夺中相互冲撞、掣肘、下绊子、使阴招，花样百出。在球场上的这种交流和竞争，使得他们之间的感情日益密切——因为球场上经常有彼此身体上的对抗和言语上的摩擦。每当和其他班级或专业组织的球队比赛时，这些男生马上就变成了一个整体，一致对外，每逢冲突的时候也会同仇敌忾。当年建筑系组织比赛，我们 84 级与 83 级的比赛以及 86 级与 87 级的比赛中都发生过冲突。球场上频繁的规模性冲突促进了大家快速、有效地组成一个具有一定战斗力的群体。

打扑克牌就更有意思，当时打扑克牌的带头人是青年教师张劳。张本身就是桥牌高手，曾获得过一些地区级比赛的优胜者称号。当时在东北地区，扑克主要有两种玩法。桥牌是可以登上大雅之堂的高级玩法，被主流所推崇；另外一种是源自山东胶东一带，风靡多地的扑克游戏——“打勾鸡”，这种游戏属于民俗，需要六个人用四副牌在一起玩，参与人数众多。此外“打勾鸡”还搞升级降级，完全是为了荣誉，一组一组，上上下下，很是热闹。这种打法场面上非常热烈，围观者指手画脚、摩拳擦掌，比赛者假戏真做、全神贯注。比拼时也是讲究组合讲究配合的，一个眼神，心领神会，一声怒吼，充分暗示。久而久之，他们靠这两种方式聚集磨合，渐渐成了一个强大的共同体。

再后来，又有一个大我们十几岁的进修生加入了群体，此人叫秦光辉，由于在家排行老二，大家都喜欢管他叫二哥。时年三十有二的二哥在黑龙江省规划设计院任职，此时为了在事业上继续进步，就到哈尔滨建筑工程学院建筑系进修。更为巧合的是，他的弟弟秦光荣此时在 86 一班当班长，兄弟相差十几岁，此时却变成了同班同学。秦老二社会经验很丰富，见面时的寒暄、交往中的礼数都是无可挑剔的。更有意思的是，他是一个玩儿心很重的人，经常把媳妇、孩子扔家里，和学生们打牌鏖战到深夜。不久我们就成了亲密无间的好朋友。但是我们都不知道二哥的另外一张底牌，他其实是当时赫赫有名的一个能打的“手”。二哥从小跟着姥姥姥爷生活在北京，算是三里河一带的大院子弟。早在70年代的北京，他就是一位在市局挂号的不安定分子，经常参与大规模的茬架。后来回到东北以后，依然在社会上惹是生非，找机会释放他的野性，展示他不凡的身手。直至1989年，以秦家兄弟二人为首的86级学生和校园内的几股恶势力连续发生冲突，他的真实面孔才浮出水面。

猛龙过江

以秦家兄弟为首的建筑86级学生和田野的冲突发生在1989年中秋节的前一天。中秋佳节本是讲求团圆和睦的传统节日，美酒、桂花、月饼、佳人逐一现身，引发许多美好的联想、浪漫的情怀。但对于独身在外的大学生来说，却常常引来形单影孤、愁苦愤懑之感。当时家在哈尔滨市的同学都准备回家和家人过节了，大伙儿刚喝完散伙酒。这里顺便提一下，80年代哈尔滨校园酒文化深受社会风气的影响，也是十分了得。那个年代，能在一次豪饮中喝掉整箱啤酒的大有人在，秦光荣就有这样的酒量。在当时的全球评比中，哈市人均啤酒饮用量位于慕尼黑、巴黎之后，居全球第三，但后来我一直怀疑这数据的可靠性，因为常去巴黎的我很少见巴黎人滥饮啤酒。反倒是哈尔滨人以能喝为荣，因此一到酒席上，人们就变得异常躁动，人人奋勇争先，想着法儿比拼酒量，直至有人烂醉如泥，醉卧沙场。当时有一首叫《我爱喝啤酒》的流行歌曲，生动地唱出了这种风俗。歌中唱道：

我要喝啤酒，啤酒最好喝，

酒桌上没有见过谁能比我喝得多。
上菜不要多，拉皮儿来一个，
上菜多了花钱就要多。
我今天开赴你呀，明天你开赴我，
小哥们儿轮流坐庄谁也没话说，
只要能快活，咱就尽情地喝，
要想喝酒别怕花钱多！

而且从1988年开始，哈尔滨搞起了国际啤酒节，其中有喝啤酒比赛。一般喝酒比赛会设置两个指标：第一是酒量，看谁喝得多，而且往往还附设一个规则，不允许挪地儿（防止上厕所）；另一个指标是喝酒的速度，以一瓶750毫升的啤酒为单位，比拼一仰脖儿喝光的时间。那种喝法体验到的快感必须靠比拼才能获得，因为这也是一种对自身呼吸系统极限的考验，酒腻子们在生死之间娱乐，放浪形骸。这种饮酒文化本身就是一种暴力美学，它往往是真正暴力上演的序曲，此时此刻手榴弹似的啤酒瓶立刻就转化为战斗的武器。

话说回来，当初冲突的起因就是一向飞扬跋扈的田野一行人在宿舍楼主楼梯二层出口扎堆议事，一般人路过时会绕道躲避一下，或礼貌性地说一声“借光，过一下”。但当时正处于热恋期的秦光荣，做什么事都风风火火，此时正准备去找新处的女朋友回家过节，兄弟二人急着赶路，就直接从这群拥堵在楼梯口的太岁们中间挤了过去。错身的时候互相碰撞了一下，这种碰撞本来就是在公共空间常有的事情，但是总是被一些骄横霸道的人当作是对自己的冒犯。接下来会发生什么呢？就是程式化的套路了。彼此简单地撂了几句话以后就动起手来。

“嘿！你他妈踩我脚了。”

“是吗？不好意思啊！”

“别走啊，就这么完了？”

“那还咋的啊！给你揉揉？”

“去你妈的！欠揍！”

“干他们！”

田野一方率先动了手。当时田野身边一共有四个人，而秦家兄弟只有两个人。一向在学校里对学生大打出手的田野早已习惯这种任意妄为、不设防的行为。但没想到这次碰到了克星，虽然他们占了先手，上来就给身高体壮的秦光荣一个封眼，然后蜂拥而上，拳打脚踢。但动手之后就发现他们四个人完全不是秦家兄弟的对手。尤其二哥，反应奇快，出手如电，且拳拳到肉，扎扎实实，基本上都是一个回合就立分高下。二哥先是飞起一脚，把一个对手直接踢到了楼下，然后挥拳击打冲到面前的田野。第一拳打在田野的手腕上，第二拳就把田野抡到了楼下。根据田野后来的描述，他当时感觉整条胳膊都麻木了，手腕上手表的表盘被击了个粉碎。而此时此刻在另一个角落里，两人在围殴秦光荣。秦光荣虽皮糙肉厚，抗击打能力强，但眼睛被对方封了，正在苦苦支撑。他知道眼睛不好使了，就搂住一个往死里整，秦光荣揪住其中一个猛地摔倒在地，然后骑在身上照着脑瓜子左右开弓。几个重拳之后，身下被打的人立刻丧失战斗力，瘫软下去。秦光荣毕竟是学生，有慈悲心肠，用一只手拎着对方脖领子，另一只毛茸茸的手拍了拍对方脸颊问道：“兄弟，你没事儿吧？”俗话说打仗亲兄弟，上阵父子兵，二哥击溃两人之后，转身驰援弟弟，在他急风暴雨般的重拳加持之下，其余一个人也很快丧失了战斗力。

第一轮交锋，秦家兄弟虽然占了上风，但也付出了惨重的代价。回到宿舍以后，在明亮的日光灯下，二哥看到弟弟的一只眼睛已经被打得血肉模糊，一时怒气陡升。昔日常在社会上征战的他完全没有想到校园里的暴力行为也这么凶狠。再说田野一方，他们在校园里从来没有吃过这种亏，觉得颜面尽失，若不及时挽回，恐怕会失去好不容易建立起来的威望。但与此同时，他们也感觉到这一次遇到了强劲的对手，于是退回大本营，迅速召集了二十多人。然后一行人操着棍棒，气势汹汹地去围堵秦家兄弟。这二十多人的队伍走在狭窄的走廊里显得很有气势，黑压压一长串，杂乱的脚步声仿佛大战前擂响的战鼓。田野走在前面，一边走一边激昂地做出宣传鼓动："房子要过火，石头要过刀！铲平他们！"

沧海横流，方见英雄本色。二哥毕竟是个久经沙场的老手，到了校园这种环境里基本就是职业选手参加业余比赛。看到弟弟的伤势之后，本来已经怒从心头起，恶向胆边生，再一看对手不依不饶寻上门来了，便决定放手一搏，施展过去在社会上的手段和那种勇猛的作风。他随手抄起了一个可以折叠的铁凳率先冲了出去，面对黑压压一片的对手毫无惧色，直奔领头的田野而去。久经沙场的老手都懂得敌众我寡时的战略就是擒贼先擒王，树倒猢狲散。他冲出宿舍，抡起铁凳左右开弓，瞬间就击倒了气焰嚣张的田野和另外一个人，如关云长温酒斩华雄一般迅疾勇猛。他身后建筑86级几个动手能力强的也纷纷跟进，冲将进去好一顿搏杀。这一轮属于大规模战斗，证明了乌合之众虽声势浩大，但不堪一击。经过这一阵风卷残云般的猛冲猛打之后，几分钟前还围堵在门口气焰嚣张的二十多人丢下了四个被打昏在地者，一哄而散。

这一轮的战果以86级大胜暂时告一段落，对方四个人被打昏在地，失去了战斗能力，还有两个人伤势严重，被送进医院。其中有一个姓雷的学生伤情最重，头部受伤，据说失血量达几千毫升（现在想想很可疑）。昔日的“王者”田野眉骨被打裂，眉毛中的一段连皮带肉不知去向，算是毁了容。个把小时之后，田野这一方惨败的消息像一阵春风一样迅速传遍整个校园，甚至在学院附近的帅自饭店、北京饭店、英兰小吃这样的场合里，这也成了人们下酒聊天的一道好菜。俗话说“看热闹不怕事儿大”，吃瓜群众总是幸灾乐祸。一些平常被压抑的学生暗自高兴，一名北京籍的林姓学生在一楼水房和同学兴高采烈地调侃田野一方受挫的情形时，不想田野的小爪牙小飞恰在现场，于是他厉声斥责道：“别嘚瑟啊，收拾不了他们，还收拾不了你！”另一些和双方关系密切的人则立场鲜明，要么担心冲突进一步扩大，要么期望来一次更为血腥的报复。

客观评论这次冲突的结果，我个人认为此番田野方面的失利首先在于轻敌，他们因前一段时间扫荡校内江湖时摧枯拉朽般的局面导致信心爆棚，以为已经一统天下；第二，引发冲突的地点是黑咕隆咚的楼梯拐弯处，建筑86级这伙人也没认出来对手是大名鼎鼎的田野，心理上没有丝毫畏惧，动手的时候思想上没有包袱，所以在战况最激烈的关键时刻，田野面对一个个生猛无比的对手竟在无奈之下报出自己的名号。不过这一招的确管点儿用，那一阵他的名声确实响亮，冲动中的86级这些人才猛然觉醒，知道动了太岁，也就虚晃一枪，鸣锣收兵。

化险为夷

双方的战斗结束之后，二哥马上来找我，他听说我和田野比较熟，就托我了解一下对方的情况，也希望双方能就此克制，以和为贵。而我当时尚不知战况如此激烈，听二哥说只是发生了冲突，于是就爽快地答应去帮他们讲和。但是我也告诉他，这是一个在学校里经常惹是生非的刺儿头，而且在社会上也有比较复杂的关系。

晚上九点半左右，当我来到田野团伙的聚点，三楼的一个宿舍以后，才发现这居然是整个宿舍楼里面积最大的一间：四组上下铺分左右贴两侧墙体排列，中间还空着好大一块空间。此时这里已经聚集了接近二十个人，乌烟瘴气的昏黄灯光下，其中一拨儿人围坐在一起打着麻将，另一些人散乱在各个铺位上东倒西歪。此外，屋角不但堆着酒瓶子，还有铁锹、镐把等凶器，满地烟头。此时的田野左眼上方眉骨已经扎上了绷带。他披着一件衣服，气急败坏地在房间里一边踱步子，一边骂骂咧咧。见了我以后愤愤不平地向我控诉秦家兄弟等人的暴行。

“教授，这帮小子下手太狠啦，我田野不整死他们誓不为人。”

“别冲动，事情不能再扩大了，要出人命的！”

“明天我就进行全校大搜捕，动手的这伙人，一个都跑不了！”

在靠门口下铺的床上，坐着那个被打伤的雷姓学生，此时他因失血过多而脸色惨白，头上绷着渗着血的纱布，畏缩在床角半死不活地呻吟着。还有一个头上扎着绷带，躺在上铺已经睡着了，大概是这场战斗消耗体力过多的缘故吧。

最戏剧性的场景是田野抻出一件血迹斑斑的外衣展现在我面前，

以此控诉秦家兄弟的暴行。那是一款当年流行的带里子的浅灰色夹克衫，好像当红歌星齐秦演出时曾经穿过同款，此时已经被鲜血浸透，成为一件“浓墨重彩”的艺术作品。田野把那件衣服在我面前里里外外抖搂开来，让我端详。这个场景非常像王式廓先生 1959 年创作完成的绘画作品《血衣》，田野指指点点的动作，也像极了画面中的那位农村妇女在控诉大会上拿出血衣来声讨恶霸地主的经典动作。

当时田野得知我劝和的来意后内心应该是有点满足的，但表面上表现得非常激动，口口声声要血战到底。我想他大概是平时骄横惯了，没受过这种委屈。同时，他也想给身边的人长长士气，为下一轮更大规模的博弈升级造势。其间他像一头困兽一样，不停地在房间里来回走动，并发出“要血债血偿”的狂妄叫嚣。他信誓旦旦声称要在社会上召集人马，第二天展开大规模的报复行动。后来我意识到，田野当时做出这种姿态来，其实也是想通过我把这种信息传递给对方，从而增加对方的压力，为后边的谈判做准备。所以说，东北的流氓其实比其他地方的流氓更有策略，打得过就打，不好打就谈，打不过就撤，而谈的过程往往非常复杂，会把很多社会因素纳入其中，包括敌对双方的官家背景和黑帮靠山。

回过头来我们再说秦家兄弟这一边，他们回到家以后也逐渐冷静了下来，因为毕竟这次有几个参与冲突的学生是从外地来哈尔滨求学的，他们还要继续上学，大都承受不了田野这一方没完没了的骚扰。当然他们也做了两手准备，一方面准备谈判和解，另一方面也做好了冲突继续升级的准备。古人云：“知己知彼，百战不殆”，这一条法则不仅仅限于战争，发生在社会丛林中的争斗也适用。当时，哈尔滨社会上的习惯做法就是发生民事冲突之后，要尽快通过各种特殊的社会关系甚至动用公安系统内部人员，将对方的所有社会线索摸查清楚，然后为进一步的冲突或者谈判进行准备。秦家兄弟这边也通过相关人士查到了田野的家庭住所和他的基本社会关系，同时也通过社会上的一些人调查了他的社会背景以及江湖靠山。他们甚至已经为百人以上规模的冲突做好了准备。当时社会上把这些战前动员和筹划称作“码人”。“码人”的数量即是社会动员能力的一种证明，但并不能和战斗力成正比关系。我当时也把这种情况和田野透露了一下，希望大家都保持克制，避免事态升级。没想到田野听到这个信息后暴跳如雷，他指着两个坐在下铺抽烟的身穿黑皮夹克、目光冷峻的社会人士说：“教授，你看这是我两个做生意的朋友，他们要在经济上给我大力支持，让我和他们血战到底！”我说：“再打下去两败俱伤，不上学啦？”他歇斯底里地嚷嚷着：“这帮狗卵子，让他们过来，来一万人也给他们灭掉！”我一看这个状况，就知道他已经彻底失去理智了。

接下来的谈判进行了好几轮，二哥在公安、检察院系统的一些朋友在不同阶段以私人身份介入过谈判。另一方面，双方也在互相试探对方的社会实力，都在寻找更强劲的靠山来“主持公道”。但由于田野一方的确找到了对手的软肋，他们在学院里爪牙众多，这些人没完没了地去宿舍和教室里骚扰参与打架事件的建筑系 86 级的学生，动辄以不让正常上学来要挟。秦家兄弟一方顾及这一点，因此也没敢轻举妄动；另一方面，田野一伙基本都是南岗区的，而秦家则是在道里。当年南岗和道里气质不同，双方都有出名的“大手”，但跨区作战总会失手。南岗的主权总体还是控制在南岗帮派的手中，

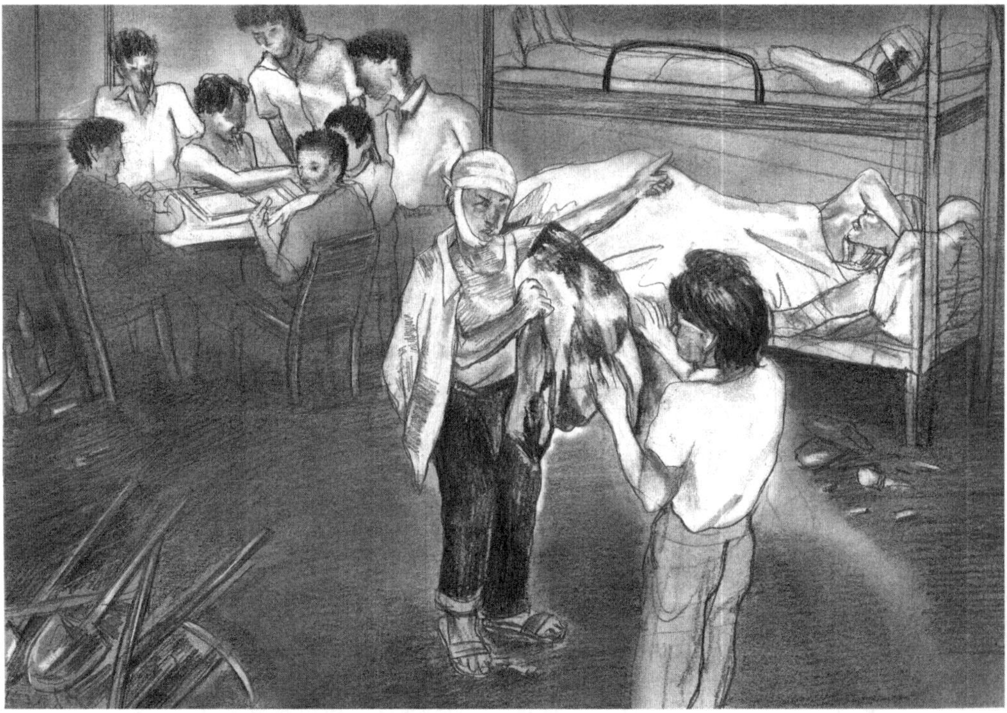

《血衣》

这是有关生态空间领域当仁不让的荣誉感。以至于当时声名显赫的乔四在袁新兰、霍灿荣等几位“大手”的护驾下从道里到南岗国旅舞厅跳舞的时候，还要承受南岗皮带大队小人物的嘲弄。南岗区是哈尔滨城市的制高点，大直街是龙脊，维护这片尊严的除了铁路局南岗分局等市政府部门之外，还有荣市、瓦街、王岗等处的团伙。

双方不断找中间人谈判，什么政府机构的保卫干部、派出所警员、检察院系统的公职人员等悉数出场，有时更有身着制服者堂而皇之现身在宿舍楼里。有几次剑拔弩张的谈判就在我的宿舍里进行。这个胶着的过程持续了一个多月，最终双方发现谁也不能完全掌控局势，消耗下去对大家都没有什么好处，终于在更高级别的江湖大佬现身说和之后，以经济补偿的方式做了了结。田野方索赔的医药费用由开始的3000元降至600元。不忍心让建筑系的学生们再出这份钱，我、二哥和另一位老师每人200元，分摊了这笔还算公平合理的费用。然后大家各退一步，暂时偃旗息鼓。

在对80年代的深情回忆中，不惜笔墨描写这些许多人和机构都不愿提及的往事，的确需要一点勇气。因为时过境迁，物是人非，一代逞强者已经老去，此时他们已多进入中老年阶段，或任单位之长，或在家尽享天伦之乐，自然是每日苦口婆心、思政说教。许多人不愿回首往事，追忆那些不堪的岁月、荒唐鲁莽的青春。母校更是如此，如今位列C9的母校只会提及两位院士、科技进步奖的获得者、航天工程的负责人，哪里会顾及校史里真实存在过的这许多活生生的个体和同样非凡的故事。但这些的的确确是我们生命历程中的一部分，也是社会历史具象的组成，是这所大学甚至这座城市的病历档案。一座城市不仅仅只有光荣的大事件，雄伟挺立的纪念碑和历经沧桑不褪色的百年建筑之外，肯定还有一些惨痛的记忆，数不胜数的荒诞故事，多如牛毛的小人物，从活雷锋到地赖子……对个体来说，这些细碎的往事更加重要，是绝大多数微不足道的人们能够拿出来证明自己曾经存在的证明。青春万岁！我心依旧……

黑土地上的白日梦

冬去春来又一生

尽管冬天漫长，但这里的人们似乎并不期盼春天。

四季之中，哈尔滨的春天几乎乏善可陈，虽说立春多在二月，但此时完全看不到回暖的希望。三月里，雪基本上停了，但春风骤起，三月和四月这两个月里几乎天天都有风。严冬气数已尽，当春风吹拂大地时，这风依然携带着一股杀气，这是垂死的严寒发出的最后一轮恐吓。在春风呼啸的号角下，严冬大规模的退却终于开始了。在这座不屈的城市里，曾被它的严酷所整肃过的一切又开始了蠢蠢欲动的反扑，荒郊野外，枯萎的杂草刺穿了日渐单薄的残雪，窒息已久的旷野开始恢复元气；街巷里的坚冰在消融，被它封存半年之久的灰尘、油垢复活了，它们随着融化流淌的雪水混合成污黑的泥泞，再通过人类的践踏，布满大街小巷的人行道上。而洁白却在一点一点地消逝着，从人类活动最集中的城市中心开始，再向市郊和荒野扩散。三月末四月初是松花江开江的时段，冰层下流淌的江水和日渐升高的气温，里应外合，最终挣破了冰封的面具。开江是春天和冬天的一场决战，是天与地之间角力后最终的失衡。被能量粉碎的面具碎片布满江面，向下游缓缓流去，如同大战过后的累累弃尸。

城市透明的特质也开始模糊，兆麟公园的冰灯展早已进入尾声，报纸上纷纷刊登劝说人们不要前往的公告，因为那些“水晶宫”在纷纷坍塌，它们总会在阳光充足的午后制造事端，冰块一个个碎裂，晶莹剔透的墙体轰然倒下，将一切冷酷的建造化为乌有。冬天的谎言和神话破灭了。双层窗外层玻璃上的窗花消失了，华丽的假象一夜之间逃遁得无影无踪，惨淡的真相终于浮现出来。从窗口望去，扭曲的黑色枝杈，臃肿的建筑，外墙上紧闭着的窗户，喷吐着白色烟雾的烟囱，弥漫四起的浮尘……

三月里，雪偶尔还在下，但雪花中掺和着雨丝，淅淅沥沥，磨磨唧唧，也不知是冬天恋恋不舍，还是春天推推托托。明显的是，寒冷受到了来自天空和地面两方面的夹击，它大势已去。地面的小草开始发芽，像大地悄悄伸出来的触须，战战兢兢试探着空气的态度。但此时的气温俨然是个混蛋，它反复无常，乍暖还寒，仿佛在向老天敲诈更多的暖流、更多的雨露和阳光。春天的拖沓和冗长不符合哈尔滨人的性格，它不够爽快，态度暧昧，如同一个长大后的弃儿，在无休无止地抱怨和索要。自打春联张贴之后，人们连春饼都吃了，它还在拖延，冬装褪去了，它还在犹豫，直到大胆泼辣的女孩子们迫不及待地薄衣上身，秀出迷人的身形。四月初，第一场真正的春雨才蓦然而至。那些落叶的缝隙间，乱草丛钻出的野花让人疼爱，鲜艳的色彩在大片大片枯黄的反衬下显得格外耀眼，像苍穹之中的星光，如刚出生置身于满是褶皱的衣物下的婴孩。春天的啼哭声来得虽晚，但是迅猛。春天和残冬的巷战一直会持续到四月下旬。直到五月，真正的春天才会到来。待到四月末白色的梨花开始成串地怒放，五月初，醉人的丁香、娇艳的黄玫瑰竞相开放，这下子春天真的来了。

1989 年的 4 月底，整个哈尔滨的视野里还是见不到一星半点的绿色，我接到一个设计任务，随同当时的一位“大人物”去北京出差。那是我第一次乘坐飞机出行，麦道–82 飞机起飞的过程中，自己心脏的感受至今令我记忆犹新，那是人类心脏古老的跳动习惯遭到挑战之后的生理反应，加速度、重力方向的调整，和偶尔的失重都引发了心脏的强烈抗议。我意识到，一个更高、更快、更强的新时代来临了……由于带队“大佬”的威望正如日中天，接人的汽车竟然直接开到了停机坪上。几位西装革履、满面春风的当地业主方领导笑容可掬地恭候在舷梯之下，那场景让我联想到小时候《新闻简报》中经常出现的亚非拉领导人访问的场景。稍作寒暄之后，三四辆轿车组成的车队沿着老机场路一路疾驶，半个多小时就到了北展宾馆。

那一次在北京的出差足足有半个月之久，我没有向系里请假就跑出来十多天，而当时的教学也处在一种特别的状态之中，学生们正群情激愤、指点江山、激扬文字，上课是断断续续的。参与莫斯科餐厅改造这个事由，让我领略了来自北京现代历史的问候。“老莫”曾经是一个特殊年代的政治地标，记录了中苏蜜月时期的美好时光，也承载了六七十年代大院子弟和顽主们的辉煌义举。它曾是光芒万丈的伟大首都之中的一个文化地标，混杂着意识形态、社会阶层、文明差异等多种因素。借着改造设计者的特殊身份，我尽享了空间礼遇和资料查阅方面的所有优待，得以从一个餐饮空间的形态中，窥视政治权力慵懒的仪容。“老莫”即将在一个新的时代告别自己的辉煌，倒不是因为它老了，而是因为西方文化已经开始登陆中国。1983 年 9 月 26 日，马克西姆餐厅在北京崇文门西大街开张，给中国人民展现了法餐的美味与排场。开业伊始，每日门庭喧闹，吸引着社会新贵，影响着全社会的风尚。但此时这个庄重的苏联帝国式建筑依然释放着奇幻的余晖，政权衰败时的尊荣的确更显迷人。京城昔日的权贵们依然留恋它，不依不舍；像我这样的流动人口对它更是怀有一种复杂的情感。能够步入这个场所，甚至在其最尊贵的包间内用餐，伴随着传说带来的虚荣等等感觉悉数涌上心头。因为那些空间里曾经发生过的故事余音尚存，还有那些共和国历史大人物们使用过的纯银餐具都是当下喋喋不休的话题。有一天早餐，我居然看到了正在独自安静用餐的袁世凯嫡孙，他当时已经八十四岁高龄，五官上依稀可辨祖辈当年的模样。

与这庄严肃穆的历史建筑一墙之隔的是北京动物园的猴山，青石和水泥潦草砌筑的猴山中，几处陡峭的孤峰突破了高垒的围墙限定，闯入另一个世界人们的眼帘中。这个人为的山头似乎并不甘于接受北京展览馆挺拔俊秀身姿的压制，而那里的“风景”更加有趣，每日里引得围观者里三层外三层，叫好声不断。拉帮结伙、争夺势力范围的群猴们整日为了食物和交配权追逐、撕咬，并发出各种情绪的嚎叫，政治和丛林就这样比邻，近在咫尺，二者互为表里，相互影射，相互反衬，勾勒出一段绝佳的进化简史。

翻阅旧有的工程图纸时，我看到签字栏中许多大人物的字迹，如时任建筑学会会长的戴念慈先生。1954 年，那也曾经是一个壮怀激烈的时代，新中国带给人们希望，社会主义国家在结盟，艺术形式在融合。国际政治的变幻留下了许多坚固的物证，风华正茂的才子们留下了他们虔诚工整的字迹。热闹嘈杂的集市中，板儿爷们在忙碌地穿梭往来；倒儿爷们在兜售、叫卖各色新潮服装；播放流行音乐的街头音响振聋发聩，林立的高楼间，窗口正对着窗口咆哮。环顾四周，到处都有塔吊悬臂的影子，一辆辆风尘仆仆的运载车疾驶而过；一座座高楼如雨后春笋破土而出；补药和减肥药的广告并驾齐驱；开启民智的“走向未来”丛书和充满奇闻逸事的低俗出版物摆在同一处书摊上。好一派摇滚时代生龙活虎的多元景象。自从听了崔健的歌曲之后，我觉得自己的激情被无意中点燃了，之后几天时间里，它一直萦绕在耳畔。摇滚乐在历史的空间中产生无休无止的混响，浸染这热火朝天的现实，我想入非非，我心旌摇曳，我想终结浑浑噩噩的状态，开始人生新的长征。

海外关系

改革开放十年过去了，可中国离世界依然遥远，这距离反映在世界观、常识的把握和生活方式上，委婉地透过电影、杂志、广告和流言蜚语传递过来。在华语世界里，台湾和香港是我们看世界的两个窗口。从那里，我们看到了世界的反光，还看到一种可能性，由此我们对自己的未来展开了将信将疑的想象。

在改革开放之前的三十年时间里，对于中国人而言，沾染海外关系是一件非常可怕的事情，它不仅会给你未来的政治生活笼罩上暗淡的阴霾，也会给个人和家庭的社会生活带来无穷无尽的困扰。电影《牧马人》中的主人公就是这样一个不幸的典型，早年出走美国创业打拼的许景由，在异国他乡业绩辉煌，而在世界的另一端，他的儿子却在为他承担着惩罚。改革开放之后，原本令人困扰的海外关系突然转变成生活中一件非常荣耀的事情，甚至于填个人信息表格的时候，海外关系那一栏如果空着的话会多少有点寒酸。与此同时，一部部电影和小说都开始陆陆续续为海外关系做起了正面的背书。首先，一部具有浓郁的民族意识的电影《第二次握手》上映，并大获成功，该电影描述定居海外且成就卓著的中国科学家心系祖国，历经磨难又矢志不渝回归报效祖国的故事。还有一部电影叫《海外赤子》，讲的也是同样的内容。

到了80年代后期，中国大陆地区的留学热达到了一个登峰造极的地步，几乎每一个大学生和科研机关的工作人员甚至中小学教师、青年工人，都或多或少做过此类的美梦。出国留学就是80年代到90年代的中国梦，然而想出国留学，就需要有在国外的经济担保人，这种受连累的角色一般是由自己的直系亲属来担当，于是很多有出国梦想的家庭会从千丝万缕的血缘关系中仔细搜寻流落海外的那一支血脉，然后以迅雷不及掩耳之势贴将上去。

我们家里倒有一些较为直接的海外关系，但却是海外关系中最敏感最复杂的那一个类型。台湾对于我们来说，曾是一个在情感上最复杂，在政治神经上最敏感的地区。20世纪80年代开始，如果有直系亲属在台湾的话，在档案的表格中需要填上台属这么一个政治标签。这个标签在不同的历史时期所受到的政治待遇，可谓冰火两重天。1949 年之后，台湾和大陆的敌对关系经过一代又一代文学、艺术方面的政治宣传的加工，台属似乎成了一个对国家安全而言高度危险的人群，是蒋帮特务向大陆渗透最习惯利用的一个人群媒介。对这种身份者的警惕非常像在防控传染病的时候，我人民群众对高危地区所来之人，自然而然地带上一份歧视和警觉。然而改革开放之后，随着中美关系缓和，大陆和台湾的关系也发生了巨大的转变，1987 年 3 月《政府工作报告》中明确提出“和平统一,一国两制”的方针。在这一方针的推动下，两岸敌对的态度软化了下来，磨刀霍霍的声音慢慢消失了，电影院中开始放映关于台湾的纪录片，歌手郑绪岚居然演唱了一首委婉情深的《兰花与蝴蝶》，歌颂台湾岛旖旎的风光以及对大陆人民的思念之情。那局势仿佛忽如一夜春风来，冰雪融化，梨花盛开。到了 80 年代的后期，台湾的校园歌曲更是水银泻地一般涌入了大陆。先是作曲家、歌手通过春晚和磁带进入中国大陆人民群众的日常生活中，再就是通过大型演唱会现场卖艺、走穴。这好像是一种先进文化的代表，我们从曲调或歌词之中，听到关于生活的叙事，听到了人性，听到了文化、传统，更听到了现代性的呼唤。因此在我们的想象之中，台湾是一个令我们感到异样、好奇、羡慕的华人世界，他们或许是当时我们开始实现四化、迈向小康的好榜样。

在 20 世纪 80 年代初，我就隐隐约约听说了我的外婆在台湾这件事情，后来父母不再谈这个话题。但是《外婆的澎湖湾》却响彻中国大陆地区的所有广场、街道、校园，歌曲中的外婆在呼唤外孙，而在现实的歌声中，我却在大陆呼唤在台湾的外婆。到了 80 年代末期，这又变成了家庭里面很重要的事情。一是因为，从小离开父母，寄人篱下的妈妈一直有这个情结，想和自己的生母团聚；二是因为，子女们向外发展需要海外关系作为线索和支撑，而我和哥哥当时都在高校工作，爸爸妈妈多多少少还是有一些想法，希望我们也随着这股汹涌澎湃的社会潮流漂洋过海出国留学。

在当时，海外关系一度会成为个人的一种特殊社会标识。在我第一次恋爱的过程中，当时的女友家里就好像有很多海外关系，以至于引发环境中一些庸俗的看法，认为我和她谈恋爱将来就可以出国。出国留学的春梦，如性瘾一样令人着迷，它会和志向的高低以及理想的实现紧密联系起来。那个时候，我也隐隐约约地感觉到女友的父母一直对她的未来有着明确规划，就是要她出国留学，到国外工作。建筑系里有很多教师也是如此，搜肠刮肚地寻找海外关系，去发达国家留学似乎变成了个人的人生目标和全部价值所在。虽然在今天看起来有点儿荒唐，但当时的社会氛围也的确是如此，一个家庭如果拥有海外关系的话，那么这个家族在闲言碎语的社区里，会变成非常特殊的形象，令人刮目相看。仿佛整个家族的荣誉以及子女们的社会升迁，都有了一条更为高效的捷径。海外关系不仅会影响到个体在社会中的位置，也会影响到家庭和社会的关系，还会影响到孩子们的择偶和婚姻——依稀记得与时俱进的说媒者会在牵线搭桥时打出这样的王牌。

1990 年初，母亲终于和外婆取得了联系，这时我才知道妈妈的生母住在台南，经过两代人的繁衍，此时已经形成了一个庞大的家族。从海岛寄来的一些照片，使我们了解到那里中产阶级的生活状况。

不久又传来消息，外婆制订了回大陆探亲的计划，全家人开始着手准备。在20世纪90年代初，对于民间来说，接纳一个从物质文明世界彼岸来的人类并非易事，需要调动很多社会资源，集中力量和财富，才能不显寒酸，因为对于大陆人民来说，丢自己的人可以，丢大陆的面子绝对不行。虽然都是华人，像张明敏《我的中国心》的歌词中所表达的那样，“无论何时，无论何地，心中一样亲”。但生活方式和物质基础之间的关系是紧密的，无法超越的。90年代初，中国大陆社会居住条件是个严重的问题，人均居住面积严重不足，无法正常安置现代生活，居住设施和环境也非常落后。这种人居环境方面的差距所导致的情感距离是难以想象的，在这种差距面前，所有的尊严、传统、血脉都会大打折扣。饮食、衣着方面尚好，因为改革开放十年之后，中国城市居民的温饱问题解决了，但居住、卫生方面仍和发达国家有天壤之别。每年春晚登台表演的绝大多数港台明星都没有内地大陆居民般深入的生活体验，我甚至坚信，若是他们走出宾馆，真正深入当时民间的生活环境，洗澡、如厕方面糟糕的状况足以令他们崩溃。

我一个同事其兄在80年代末曾和一名美国留学生谈跨国恋爱，当时该同事家住老北京城胡同大杂院里，卫生条件不堪入目。今天人们对胡同、院落的居住环境大加赞美时，大都忘了那令人尴尬的如厕和洗澡条件。这位同事介绍说他的兄嫂第一次看到中国居民的公厕后，直接观念崩塌，她无法直面如此之多的他人的排泄物，据说老外们都很少能看到除自己以外的人便便。在北京的公厕蹲坑旁，她惊呆了，然后大哭不止。同事的哥哥是个老北京胡同串子，当时解嘲道：“全胡同人的屎都在这儿呢！”后来据说其嫂子每次要如厕的时候，都需要其兄用自行车驮到附近的宾馆中完成。

所以当时大陆地区接待一个宝岛台湾回乡探亲的亲属，在思想上还是有一定压力的。因为当时作为亚洲四小龙的台湾地区，经济发达、教育先进，早已不是1949年时老蒋刚入岛时的状况。尽管外婆经历过战乱以及台湾最艰苦的时期，然而她的精明强干以及教子有方，使得步入耄耋之年的她一直过着体面的生活。而事实上，当时大陆亲属的居住条件实在太差，当年收养妈妈和舅舅的舅姥爷一家在几次运动的冲击之后早已一贫如洗，全家人一直蜗居在太原市五一路200号的一个大杂院内，沿街的数十个院子只有一个公厕，粪水几乎要淹没粪坑。虽然只有一步之遥，但如厕者只能踩着几块搁在水中的砖头才能到达污渍斑斑的坑口。这一点几乎没有任何回避的余地，它最大限度地考验着台湾同胞的勇气和诚意。所以面对大陆亲属们的执意挽留，外婆尽量不去住酒店，但隔一段日子又不得不去酒店做卫生及心理方面的调整。现在想起来，对于一位一直养尊处优的老太太而言，能做到这一点着实不容易。

外婆是1990年3月下旬经北京回到太原的，她在北京的时候还偷偷去过40年前曾经居住的胡同看过，那时候竹竿巷的老院子还在，只是早已眉目不清，沦落为一个拥挤的大杂院。口语表达上，她还是习惯把北京称作北平，但太原弟弟家的变故却远远出乎她的预料。弟弟于几年前溘然长逝，她的母亲也就是我的太姥早在20年前过世，这位一辈子含辛茹苦抚养子女、颠沛流离的山东老人被安葬在太原东山的黄土高原上。外婆选这个时节来晋，也是为了能在清明节里去坟上祭奠一次，为了不能尽孝的忏悔，为了寄托抚养的感恩。虽然离开大陆40余年，外婆的口音还是保持着山东平度特质，只是乡音无改鬓毛衰，江山巨变故人去。

对于突然出现的外婆，我的心里也是矛盾的，因为我早已适应了这个缺失，但又深知她的归来，对妈妈情感深处的缺失是个巨大的补偿。但也有一点很明确的，就是好奇心——我想知道他们那一代人逃难以及重新开始的经历和精神变化，我也想知道当下台湾人的生活状态。从外婆的口中，我知道一些台湾人的生活风貌和生活水准，比如当时风靡大陆的小虎队在台湾社会的奇闻逸事，还有就是浓郁的中国传统文化习俗反映在台湾生活的仪式上、礼数中；物质生活方面的反差也是巨大的，这种物质生活的差距令人心不甘，思变之心必定开始动念。

在社区里，外婆的到来还是引起了各方关注，许多父母的同事都来表示祝贺，他们为自幼孤苦伶仃的母亲和生母相聚表达祝福，也有许多人和我一样出于对另一个华人世界的好奇而问东问西，物质财富方面强烈的对比足以改变许多人的三观。外婆此番省亲的确在物质上做了充足的准备，为每一家亲属备了厚礼，每一个晚辈都有不菲的伴手礼品。

记得来之前第一次通话，是她从台南的家里打来的，这也很大程度出于对大陆电话费昂贵的考虑。好在此时因为父亲工作的原因，我们家已经安装了电话。外婆电话打入后，第一句问候竟然是："请问，是苏公馆吗？"这种电影台词式的问候当时令父母不知所措，因为他们无论如何也无法把自己居住的陋室和"公馆"之称谓联系起来。另一方面也说明台胞即使有所准备，也依然对大陆地区的贫困程度缺乏认识。她老人家只知道自己失散多年的女儿嫁给了一位大企业的总工程师，就想当然地把"公馆"安置在80年代厂矿粗犷的宿舍区套型上。认知上的误区必定会造成美学上的错位，于是幽默感顿生，“苏公馆”一说一时成为社区的笑谈。

在台湾亲人未来之前，“苏公馆”这个七十多平方米的简陋住宅的确是个社区里让人眼红心恨的住所。它堪称20世纪社区里的明星楼，共有两个卧室，一个储藏间，一个客厅，两个阳台，以及一个因为设计能力有限而形成的大卫生间。这几乎是我父亲那一辈人终极的居住理想。1986年分到这套房子的时候，他曾很兴奋地写信给我描述一番，据说还有未分到房的人把父母当时的居住条件作为分配不公的典型告到了省里。这套房子虽然在建筑设计专业出身的我眼中有许多败招，比如平面关系不紧凑、空间浪费等问题，但它在当时社会背景的反衬下，依然有一些“创新”之处可圈可点。该户型一个最大的亮点在于其有一个12平方米左右的客厅，这样就可以把进餐和看电视的功能从卧室中分化出来，形成最开放的空间，同时也使得卧室获得了更大可能的安静。这个微妙的变化是中国大陆地区生活空间美学的巨大跨越，是隐私意识的觉醒。那个6平方米的储藏间，布置紧凑的话完全可以作为一个小卧室使用。父母对未来家庭生活的规划，就是围绕着这个空间进行安置的。他们为老大留出了一间北向的卧室，以期他娶妻生子乐在其中，半间大小的储藏室是给我留的，让我在此过渡人生。

苏公馆的外部环境中，没有一棵树、一根草，楼与楼之间的空地上被私自搭建的鸡窝、狗窝、小库房占据瓜分；那种平顶的清水红砖房是一种最经济的建造，房屋的门窗质量很差，因此不仅保温隔热性能不佳，隔音效果更是要命，这一点还不如50年代苏联人帮助修建的房屋，所以一到周末或每日的夜间，私生活被各种喧闹包围的感觉就像在众目睽睽之下裸泳。到了20世纪90年代末，父母离开太原来北京的时候，这个“公馆”被以7.5万元人民币的价格卖给了社区里的另一户人家。

半个月后，当我从太原返回哈尔滨时，手上戴着一枚外婆赠送的金戒指，这是当时台湾同胞返乡赠予晚辈比较贵重的伴手礼，它像是一个物质差距的标志一样，代表着在特定历史时期两岸人的关系。在全社会积极响应发家致富的时代，我意识到，富裕拥有一种软绵绵的力量，它会温柔地拨弄人性，开启你无耻的欲望，让一个精力充沛的年轻人进入一个飞黄腾达的梦景。

黑土地上的白日梦

计划经济下的中国社会，人口的迁徙是一件非常确定的事情，而个人迁徙的愿望则是一件非常不确定的事情。一切尽在国家的宏观计划之中，国家政策、传统文化就是个人空间安置的坠石和尾舵，个人如时代洪流中的浮萍，从来没有过“任意东西”那般逍遥。个人意愿驱使下的工作调动、户口迁移，大多是堪比登天的事情。烦琐的行政手续往往要花费好几年甚至更多的时间，令人望而生畏。然而新时期的国策鼓励人们读书、学习、开拓、弄潮，于是考学确实是突然展现在眼前的一条捷径，考试、升学会带来最有效率的新的分配机会。由于我已经错过了一次本科毕业分配的机会，若想继续走这条捷径的话，就必须报考硕士研究生。以考学的方式解决户口迁移，是改革开放之后鼓励人们学习文化、发展科学技术的国策。这在繁复的行政系统中如虫洞，是普通人改变生活环境的一条捷径。当一个人拿到了盖着红色印章的录取通知书，就可以顺利避开烦琐的行政手续奔赴你向往的城市。

我在80年代的出国留学计划只是一场短暂的白日梦，一些浮皮潦草的轻举妄动只是为了安抚自己，好像只是担心被这个飞速发展的时代甩掉而做出的些许姿态。建筑系的许多青年教师都在上托福补习班，于是我也买来一本托福教材装模作样；一张美国地图被我贴在床铺靠墙的一侧，以使自己朝思暮想并与美梦同床共枕。地图上的色块和经纬度标识似乎比教材要生动一点。很好奇美国地图上分割地理和行政区域的方式，州与州之间的界限横平竖直的，如此理性。这是理念的痕迹，它们居然能如此坦然地压迫在天然的地理格局之上，这到底是一个什么样的国家呢？当时对美国文化知之甚少，不了解这个“年轻”国家建立的起始动念和它的成长经历。政治课程上对它的描述，还是着重黑奴、南北战争以及二战期间大发战争横财的指责。当时的美国电影《第一滴血》《野战排》正在上演，虽然这些电影在悄然扭转我们看待美国的立场，但是我对于这个国家的社会文化的总体认知是模糊的、抽象的，总还有小学教育中留下的经济危机时向河里倒牛奶等恶行而引发的不良印象。

美国留学的梦想只维持了不到半年时间，在建筑系青年教师们接二连三的托福考试受挫的“鼓舞”下，我借坡下驴，干脆放弃了这个原本就不属于自己的伟大梦想。我决定走考研这条路，而目标城市只有北京。首先是因为北京是中国的政治文化中心，同时离父母所在的城市也近了一千多公里的距离；另一方面，北京地处华北，在生活习俗上和自己曾经的生活习惯较为接近；最重要的一点是，那次春夏之交的北京之行，让我领略到首都在文化方面的包容度和活跃性已经具有了国际大都市的气魄。确定了这个目标之后，接下来的一步就是选择具有可能性的学校。根据我所学的专业，当时北京可选择的院校和研究机构大概有这样几个：第一个是清华大学建筑系，这个在专业上没有任何障碍，最为对口，与我接受过的训练方式几乎同出一辙；第二个是北京建筑工程学院建筑系；第三个是中国规划研究总院，报考方向是城市设计；第四种可能就是要跨越学科和专业方向报考中央工艺美术学院。

选择

这几所学校各有千秋也各有自己不适应的地方。比方说，清华大学建筑系，我个人认为自己的专业问题不大，但是担心自己的外语成绩。北京建筑工程学院建筑系当时属于正在崛起的状态，不断利用地缘优势大力招兵买马，扩充实力，那里的老师很多来自于清华大学建筑系，他们不断地大张旗鼓在全国网罗各个院校的精英，哈建工建筑系的一些青年教师也是他们猎取的目标。但是北京建筑工程学院存在的问题也是致命的，它是属于北京市教委的高校，只收北京市当地学生，户口不在北京的话是没法报考的。中国规划研究总院是一个生产和研究相结合的机构，当年，我与招收硕士的一位导师通过书信，并谦逊地表达了我求知若渴的决心。后来，那位导师在回信中跟我讲，他今年不招生。最终选择报考中央工艺美术学院是一个险招儿，因为我当时尚缺乏对这所学校比较全面的了解，对它的认识多来自《设计》杂志。当时，中央工艺美院的一些教师作品经常刊登于此，尤其是那一些画的工业设计草图，简直帅呆了。齐爱国老师的手绘汽车效果图算是那一时期的巅峰之作，寥寥数笔就勾勒出现代化交通工具简洁利落的造型。再有就是何镇强老师的旅欧淡彩速写，在崇尚表现阶段的建筑学不啻高山仰止，掀起了模仿的高潮。

另一个庸俗的经验就是在现代中国，但凡有“中央”抬头的机构都有一种权力意识在其中，也必定是个“吃皇粮的地界儿”。当年我的一个同班女同学曾因研究生调剂，被调换到了中央工艺美术学院的环境艺术设计研究所跟随何镇强先生学习。还有一个励志的例子是85级的师弟王明阳应届毕业的那一年考研，就考到了中央工艺美术学院的环境艺术设计研究所，跟随罗无逸先生从事建筑装饰和室内设计方面的学习。他们二人的成功为我树立了榜样，也让我对能够走进这个既神秘又陌生的学院增加了少许的信心。有一次正在读研的昔日同班同学米友仁来单身宿舍找我聊天，听我谈到自己此时面对的选择，没想到他信誓旦旦地鼓励我道：“你就考这里，适合你，一定能成功！”

中央工艺美术学院的学科属性是归于实用美术体系的，在造型方面关注社会生活的具体要求，在设计领域较为注重美学作用，或者说是在设计方法上倡导由形式美和文化之道相结合的教育体系。而当时与我从事的专业紧密相关的就是环境艺术设计专业，它属于一门新兴的学科，是80年代中期，中国的建筑设计和艺术创作在环境意识的作用下，不断交融所形成的一个新的学科。到了90年代初，恰逢该学科开始高歌猛进，理念的系统化、工作方法的规范化正逐步成型，为了应对社会发展所进行的学科扩张也蓄势待发。80年代末到90年代中期是这个学科最有活力的一个阶段，建筑界、艺术界一些思想活跃的学者都热衷于这个话题。“环境”是一个新的观念，就是从一种全新的视角来审视过去的建筑设计和建筑装饰。同时这样的设计活动，还填补了规划和建筑设计的盲区，为设计和艺术之间架起了一座新的桥梁，而且这样的学科对于帮助解决中国正在进行中的、轰轰烈烈的城市化和现代化具有不可替代的作用。因此这个专业的迅速崛起在当时引起了多方的关注。

但是，中央工艺美术学院的招生体系仍然属于艺术类，也就是大文科类，有其自身的规律和价值取向。而对于考中央工艺美术学院的硕士研究生，有一个对我来讲最大的信心上的支撑，就是艺术院校对于英语成绩的要求是比普通院校低很多的。俗话说扬长避短，我感觉自己在造型和表现方面有一定的优势，但我的英语水平一直是我的隐痛。选择新兴学科或许机会更大一些。在确立目标之后，我就赶赴北京去找在中央工艺美术学院读书的硕士研究生，校友王明阳，了解一些关于备考方面的具体要求。

由于建筑和艺术的历史渊源以及中国“八五美术思潮”在相关领域的大范围传播，80 年代中后期艺术界过剩的能量外溢终于和建筑界对文化的好奇与开放形成了情投意合的互动。二者密切的交融以及母校对美术教育的重视，还有美术教研室的几位老师在专业领域的卓越成就，导致我对美术院校一直有一种神秘兮兮的认同。很小的时候，我的其他功课一塌糊涂，却喜欢涂鸦，我画的汉奸、特务、鬼子、太君的形象，很多都张贴在一些大名鼎鼎的混混家里。家长曾经一度希望我去尝试发展绘画特长，有一次，妈妈带我去一个正在山西大学美术系学习的学生家里观摩，那是我第一次看到了专业院校学生的作业，那些挂在墙上的赞颂革命战争中的英雄事迹和劳动建设的宏大场景的绘制，令我这个完全基于个人爱好胡写乱画的顽童大吃一惊，更令我敬佩的是，那一张该学长所创作的悬挂在最高最正位置的油画，是一个井冈山上红军和赤卫队员肩并肩战斗的场景，画面中心是神采奕奕的毛委员。我从小虽是画人物肖像的一把好手，但毛主席是从不敢碰，怕画得不像被人说成反革命，因此我对敢画伟大领袖的人一向佩服得五体投地。应该说这次会晤效果奇差，妈妈本来想励志，我却心生绝望，从此望而却步。

而此时此刻自己破天荒地开始认真打量中央工艺美院，毕竟它是美术院校中一个非常具有代表性的高等学府，“文革”时期两张著名的绘画作品《毛主席去安源》《炮打司令部》就是出自这所院校校友的手中。高中时期，我模仿过吴冠中先生的速写，尤其他笔下早春二月生机勃勃的柳枝，让我着迷；而我在小学期间看过出自该学院教授张光宇笔下的动画片《大闹天宫》，初中时看过张仃先生的《哪吒闹海》；读大学本科以及留校任教期间，也听说过首都机场壁画的故事，由此知道了袁运甫、祝大年先生的大名。何镇强先生的建筑速写更是令我钦佩不已。此时的中国建筑教育停留在半生不熟的现代主义和欧洲传统美术学院中的建筑教育之间，虽然步伐在向前迈进，但情感还留在对岸。当中国美术界奋不顾身地拥抱当代艺术的时候，建筑学师生却处于对手绘及欧式建筑造型能力的极端狂热的追逐中。对于美术学院的想象总体上是不着边际的。的确，当时的中央工艺美院因为有设计专业，感觉要稍好一些，因此我的第一个任务就是需要在精神上接近这个学院，通过进一步了解让其祛魅。

踩点

当时中央工艺美院的校址位于东三环中路34号，在国贸的对面，或者说国贸在它的对面。记得1987年大三本科实习的时候，我们就住在水碓子附近，其实离中央工艺美院也就是两站路的距离，但是自己竟然未去拜访过这个对我来讲既神秘又神圣的院校。考研前登门拜访自己青睐的学府是一门必备的社会学功课，对于心理、情报、人情都有诸多益处。北京站下车之后乘9路公交车大约经过四站，就到了中央工艺美术学院。当时东三环的外侧基本上就是一个农田和工厂混杂的郊区，北汽、北客、电缆厂、3501内燃机厂、热电厂等都在这一带，到处都是大厂房和烟囱。但国际贸易中心已经傲然屹立在东三环内侧了，国贸主体建筑的造型很特别，有种雕塑感，它的交通方式设计更是特别，在东三环立交桥尚未修建前，它的内部交通已经采用了这种立交形式。原来的东三环是一条赏心悦目的道路，其路面结构是三块板，中间嵌着两条绿化带，其中的乔木都已到了壮年，夏季里，道路两侧的树冠舒展延伸几乎连成一片，只透出中间一条天河一般闪着天光的亮带，非常整洁，也非常舒畅。

位于东三环北路东侧的中央工艺美院的主楼，是一个不算起眼的、带有中西混合风格的，有几分装饰的四层红砖建筑。它安详地躲在林荫道东侧临街小花园的后面，窥视着门前的车水马龙，气定神闲的模样展现出中国传统建筑深厚的环境算计功底，一副老谋深算、坐怀不乱的样子。其建筑风格属于“新而中”，平屋顶的出挑深远，虽是现代主义的做派，但其檐口厚重并依稀贴挂着少许纹样；建筑主体使用的红砖兼具工业和平民化两种游移不定的气质，但凭借少许的装饰就直接上位于行政的行列。入口处雨檐依旧厚重不堪，但又是凭借一组响亮的红色而发出不怒自威的声张。那是一组漆成红色的木门，仿制中国传统建筑门扇的经典做法，并大胆套用了宫廷中的小木作纹样。正门旁边赫然立着白底黑字的校牌，校牌上的字虽为毛体，但并非昔日领袖成套的手书，而是学院创办时，领导机敏地在毛体“中央美术学院”的中间找来“工艺”二字糅合而成。顺着黑色灰色的台阶拾级而上，那组红门的正中央的两扇半虚半掩，像一个古典园林的入口，但是红门的背后是黑漆漆的过厅，显出几分神秘，中央工艺美术学院入口处的环境意象值得玩味，它透出一种行政、教育、园林混合的气质，也是中式建筑和现代主义建筑谨慎的联姻，既含蓄典雅又有几分威严。

面对这样的风貌和空间格局，外来者总会临时性地陷入一种脑供血不足的状态之中，于是行为中不免显现出迟疑、惶然和进退维谷。站在那寂静的台阶上，面对着这虚掩着的大门，似乎是面对着一道哲学性的问卷——“何去何从？”果然两个看门人很快就闪身出来，夏季里，他们依然戴着老式的解放帽，身着蓝色的中山装，他们的面部肤色因这森严的建筑和门前绿植的长年庇护而呈惨淡的白色。红色、绿色、蓝色构成了一个时代的奇妙色谱的主系，它们矛盾，但又能依据政治观念而调和、释然、开化。同时，这种色彩关系的运用也是工于心计的，它影射出了一种共和国和帝国相混合的气质。其实 1949 年之后，在中国凡是校名以“中央”二字开头的学校基本上就属于这种系统，它和共和国神圣的核心有着某种神秘的联系。事实上也是如此，这所由周恩来总理亲自部署，成立于 1956 年，以实用美术教育为主体的院校，其建校的初衷是为了塑造共和国的新形象。

两位和蔼的门卫倒是没有问我“你是谁？从哪里来？要去哪里？”这样的哲学性问题，待我和他们说明了进校事由和联系人的部门、宿舍门牌号码之后，才得以走进这个神秘的建筑群。原来入口之后就是一个穿堂的通道，水磨石的地面上拼凑着简单的图案，天花板上的花灯没精打采地亮着，这是一个女生宿舍和行政办公混杂的综合楼的门厅，穿过这个过渡性空间后就是一个豁然开朗的院落。那个出口处正对着的一个水刷石的圆形花坛里，姹紫嫣红，花儿们此时正开得一塌糊涂。由于正值暑假，整个校园难得看到个人影，一只老虎斑纹的野猫，大摇大摆地从我前方十几米处走过，拐了个弯就消失在右前方自行车车棚的凌乱之中了。人少了，知了们就更显放肆，它们的齐唱占据了这个空间，让夏季里的烦闷陡增了许多……

走入教学楼和宿舍楼后的感觉则大不一般，找人的时候我误打误撞，分别敲开了学生宿舍、教室、一个研究机构三种不同类型空间的房门，看到了三种景象和完全不同的人类状态。学生宿舍里，一个身形高挑、面色白皙，并戴副眼镜的青年掀开门帘露出半个身子，与他一同扑到我面前的还有一股强烈的松节油的味道，创作状态中的人总是显出少许的木讷。乱七八糟的专业教室里，几个女孩子在画那种大幅的丙烯超现实绘画，凝神静气地用极细的笔和喷枪死磕那些工业废墟里的破败细节、商业环境里的光怪陆离。另有一对情侣在一起腻歪着，他们不负青春，享受这大好年华；环艺所里则是一片热火朝天的繁忙景象，复印的、制图的、使用喷笔喷绘的、手拿支票等着开发票的，忙得不亦乐乎。校友王明阳指着其中一位微弓着腰、神情专注，左右手各执一支画笔的青年人对我说，此人可以左右开弓同时画两幅效果图……这时，我感觉想象中的学院突然有点像少林寺了。

我发现在假期里，这个校园其实在假装睡觉，许多空间里都有人在忙碌着，为了生产、为了生命的舒坦；而那些挂在走廊里的学生作业，也表现出多元而且矛盾的特征，虽然没有人体，但设计、陶艺、装饰绘画什么都有。传统的淡定、当代的焦虑，都自然而然地写在作品上，刻画在人物的面孔上……

死记的道路，硬背的人生

鲁迅说："其实地上本没有路，走的人多了，也便成了路。"这话没错，但这是描述世界、社会领域初始状态时的情形，它既是真理又不尽合理。而我们这些幸运的和不幸运的人则多是面对着一个既成的事实，那道路已然形成，或为独木桥，或为金光大道。记住这些道路成了人生中的训诫，少走弯路是绝大多数人的念想，因为人生如此短暂。虽然记住了道路避免了迷失，但道路上的关卡却越来越多。为什么如此呢？因为走路是人的权利，人人都要走在路上，因此道路上总是人满为患。于是道路上又出现了关卡，一道道的。关卡是一种人为的限制，通关需要口令，而口令多了就需要硬背，背诵能力超强者走得就快、就通顺。

恶狠狠地背诵

中国研究生考试最大的特色在于，两门令考生最为头疼的科目竟然和专业能力的测评无甚直接关联。但貌似它们或高瞻远瞩，为我们的人生指点迷津，或为我们搭建外接的桥梁，让天堑变通途。二者其一是政治，其二是英语。而且这两门课程都得通过死记硬背的方法来应对，必然会耗费大量的时间。这种刻板且具有强迫属性的方式，对于天生反叛的人来说，绝对是一种从精神到肉体的伤害。我们除了心疼生命中那些宝贵的时间以外，还需要祭出坚韧的毅力，与之展开一寸山河一寸血的搏杀。

在80年代，许多学科的最高学历都还只是硕士研究生，和当今庞大的博士数量相比，名额实在少得可怜。我本科毕业的时候，曾经有一次考研的经历，最终因为糟糕的英语成绩拖累而宣告失败。80年代末期，中国对外交流的频率远没有今天这样高，升学的各个环节严守英语的标准是政治家的见识，的确超越了那个时代。但是对我们这类小人物来说却是痛苦不堪的，对于学习外语究竟有何用，我一直处于疑惑和愤懑之中。而且当时像东北这样的地方，学日语、俄语还说得过去，英语学习缺少最基本的语言环境。然而我深知英语是自己通过学业深造以攀升进取的人生路途中一条难以逾越的壕沟，如果下定决心走考研这条道路去寻找自己的未来，无异于在华山登顶途中，在一条必经的独木桥上迎面遭遇自己的宿敌，必须要做的就是不计成本地解决英语应试问题。

而现实情况是，在留校的三年时间里，自己除了在有考托福冲动的短短几个月内看过几眼英语之外，几乎从未再次触碰这一个令自己伤心欲绝的领域。因此，面对此番迫在眉睫且志在必得的考研，我必须勇敢地直面自己在应试科目中的短板，争取在有限的时间内攻克这一难关。

首先要做的就是真实客观地评估自己时下的英语水准，和通过研究生英语水平考试之间的差距。于是在 1990 年的 8 月下旬，从中央工艺美院“踩点”返回哈尔滨之后，我抽出了整整一个下午的时间，把自己反锁在宿舍里，再小心翼翼地拿出 1988 年的考研试卷，掐着时钟，严格按照考试的时间做了一遍测试，之后煞有介事地对着标准答案给自己评分。结果是惨淡的，我万分失落，28 分就是我那次自测的成绩。但是我清楚，英语这个问题不解决，自己对未来的一切计划都将化为泡影。于是我抱定了向死而生的决心，开始制定苛刻又精确的时间表。我深知要想突围成功，也就意味着我必须通过刻苦的学习，在距离考试的四个月时间里，每个月提高 10 分左右。

据说实现这个目标是非常难的，因为根据以往的经验，对于复读中的考研学生来说，即使基础比较好的，英语成绩每一年提高 10 分都是一件非常不确定的事情。因此若是想在不到半年时间内一鼓作气提高 30 分到 40 分这样的一个幅度，对于我这样一个基础薄弱，且对英语考试有点像国足对垒韩国队一般有严重心理障碍的人来说，难度可想而知。所以周围有很多人根本不相信我会成功，当见面谈到这个问题时，他们多是出于客套而说着一些言不由衷的话。估计建筑系的领导当时也是这么想的，所以他们破天荒似的准许了我的考研请求。但这一次我知道，破釜沉舟的行动开始了……

回顾人生，这个英语考试攻坚的过程，至今仍然是我这一生中最为骄傲的事情之一。我就像《肖申克的救赎》中那个在囚室里偷偷挖地道的越狱者，也像一个手执小镐日夜不停地挖掘横亘在面前这座“大山”的新时代愚公。最终，我凭着自己坚定的毅力、缜密的计划和有条不紊的学习，一点一点地接近了那个曾经看起来遥不可及的目标。在那段难忘的岁月中，我对每日的时间进行了严格的规划，精确到以10分钟作为规划单位，几乎将除了吃饭、睡觉、上课、开会之余的所有时间都倾注到了背英语单词、做练习题上了。在重复中巩固记忆，在重复中延伸范围。依靠蛮力，自己的词汇量迅速大涨，我几乎把一本厚厚的专用于考研辅导的单词、词组汇编，从第一页到最后一页的内容全部背了下来，甚至包括有诸多词性和含义的多义词。与此同时，大概每过10天，在经过新一轮奋不顾身的背诵和学习之后，我就会掐着钟表，躲在小屋里按照考试的规则进行一轮自我测试。那分数的变化简直像是蜗牛爬山，在一点一点地攀升。所幸几乎每一次测试，都会比前一次测试提高3到5分。有趣的是，这种孤注一掷的模拟考试像极了东北的大秧歌，歪歪扭扭、步履蹒跚地前进三步后，再向后退却半步。但我并不气馁，而是横下一条心依然每天拿出5到6个小时来学习英语。经历了这样一个漫长又艰苦的拉锯战后，奇迹终于显现了，到考试前一个月，我的自测成绩基本上稳定在了60分左右，离考试最近的一次自测分数甚至达到了70分。这下自己心里就比较有底了，因为我知道当时中国各美术院校的英语及格线是40分，遇到特殊的情况还会再下浮5分。

除了闭关苦修似的一个人埋头死磕，我还上了本学院开办的英语补习班，辅导老师是学院英语教学的权威杨匡汉教授。本科学习阶段，杨教授教授A班，而我却在B班垫底处苦苦挣扎，从未听过A班教授的授课。杨教授广东一带人士，口音很重，但讲得很好，从容、淡定，还有一丝幽默，他深入浅出的讲授令我茅塞顿开。经历了这个过程，我才知道，学习了十几年英语的自己几乎是一个白痴，从语法到音标再到听力可谓千疮百孔。我经常想到鲁迅在《狂人日记》中的那句话："今天晚上，很好的月光。我不见他，已是三十多年；今天见了，精神分外爽快。才知道以前的三十多年，全是发昏。"好在此时我只能做困兽之斗，保持了极为谦逊的态度并极为用心地倾听。耐下心来之后，一切都在慢慢改变着，原本欠缺的储备方面都有了长足的进步，结构性的缺失部分也得到了补救。因此对于原本忧心忡忡的英语考试，我心里的底气俨然又增加了一份。

雪上加霜的事情是，从 1991 年开始，硕士研究生英语考试中加入了听力的内容。应当说，这个消息，对一直以来侧重俄语、日语学习的整个东北地区的考生来说，都是伤害，对我来说就更是如此了。大学本科阶段，教我们时间最长的英语老师是一位山东人，他发音时感觉要把嚼煎饼的力气都使出来了，那力量明显来自牙根，并在口腔中反复被上下齿碾磨着。语调的起伏也像极了山东快书中《武松打虎》那一段，抑扬顿挫，听起来生动幽默，但就是觉得不是英语。

从哈工大方面传来的经验对我帮助很大，他们在研究生英语教学中，要求学生们每日收听 BBC 新闻。这个阶段，听海外电台虽然不算偷听敌台的罪名了，但信号干扰依然存在。魔高一尺，道高一丈，精于此道的哈工大学生们最终找到了解决问题的办法，就是买一款当时最先进的、价格 56 元的半导体收音机，它细密的接收频率可以克服以上困难。但由于当年听力政策的出台引发考生们的惶恐，这款收音机竟然一时售罄。我们只好组织集体团购，最终这尺寸形状像块板儿砖一样沉甸甸的黑家伙从广东寄来，每天背着它，有一种全副武装的感觉，我决心要用这块板儿砖砸开英语考试的大门。

事实证明，这个方法颇为见效，经过几个月死乞白赖的听力练习，耳朵渐渐熟悉了这纯正的英语，彻底清洗掉了昔日“山东英语”在耳膜中留下的包浆。

和英语惊心动魄死磕的几个月里，我无法改变它，却在不断接近它。我把那厚厚的词典搁在我最贴身的地方、随身携带的拎包里、餐桌上、枕头边……神奇的是，它竟然悄无声息地改变着我。一如既往的背诵终于让我奴性的底色慢慢显露了出来，一度我几乎背诵成瘾、流连忘返了。

政治辅导

考研复习的过程和当时流行的一种电子游戏《超级玛丽》挺相似，路途坎坷，妖孽神出鬼没，而考生又必须展示出活蹦乱跳的乐观主义精神来，我们逢山开路，遇水搭桥。政治考试是拦在我考研长途面前另一条巨大的壕沟，其实不能说自己不关心政治，普天之下，唯有中国人民最关心政治。大多数人从小就是这样，每天被浸泡在广播里、电视里、报纸上乃至年画里……这各种层次的政治话语中。人们日常生活的闲扯、唠嗑中也多是关于国际、国内的大事件，我也不例外，小学起就整天看《参考消息》上的冷战分析。即使这样，我的政治成绩依然不好，这不能完全归咎于我。这一问题由来已久，从高中到大学一直如此，中国的政治考试是有标准答案，有采分点的，它并不要求你发挥什么想象力，提出自己的主见，而是要按照国家既定的方针政策，一字一句地背诵，再内化于心。

哈工大的考研政治辅导在哈尔滨乃至整个黑龙江省应该说是最

见功力也是成效最显著的。考研政治，也算是一种专业知识，对政治熟稔，便意味着对国家意识塑造的套路了然于心。哈工大考生们每一年不凡的表现很快使考研政治辅导班获得良好的口碑，令心急如焚的考生们趋之若鹜。为了攻克政治这道难关，我也报了当时哈工大的考研政治补习班。因为自己住在教化青年教师宿舍，距离补习的地点也就是隔了一条大直街，非常方便，记得那个政治补习班都是在晚上开课，阶梯教室里面每天坐得满满登登。当时阶梯教室里约莫有 300 人左右，每一次补习大家都提前半小时甚至更早进到教室，为的就是抢占有利的座位。授课老师都是一些有着不凡口碑的辅导名手，擅于围绕考试大纲进行重点讲授。考生们像追逐明星一般期待这些“大人物”粉墨登场，如盼救星一样等待他们的点拨。这些平时授课并不怎么招人待见的政治课教师，此时此刻终于找到了传道、授业、解惑的感觉，他们在黑板上激扬文字，在书本上指点迷津，好不神气。

90 年代初期是一个思想开放的历史阶段，禁区虽然存在，但已经开始变得可以触碰，比如百团大战引发的反思、土改的真相、私有化和改革的关系等；至于时政中的国际热点，莫过于当时美国出兵海湾地区战略意图的推测。每一次等候补习课程之前，或课堂间隙，教室里讲台上方吊挂的 24 寸彩电会给我们播放时政要闻。有一次恰逢美伊开战前伊拉克阅兵的场景，十万铁甲雄兵列队出征的场景很具煽动性，尤其播音员介绍说，伊方编辑的新闻素材中的插曲使用了《星球大战》主题曲之时，教室内爆发出雷鸣般的掌声。与此同时，一个角落里还传出了“萨达姆万岁！”的口号声，引发一阵哄堂大笑。

有时候课堂上也有讨论，其中最热烈的莫过于政治经济学，因为当时中国的市场经济已经从萌芽期走向更大程度的野蛮生长期，许多新生事物开始不断涌现，让人们深感迷惑。比如有一次给我们辅导的那位身形矮小的老师，带着浓重的川普口音模仿电影演员李默然在电视广告中代言三九胃泰的独白："干我们这行，生活没有规律，不少人患上了胃病，三九胃泰……"体制内的公众人物为商品代言牟利这种新生事物需要得到高手辩解，才能获得道义方面的合法性。对于计划经济观念根深蒂固的一代人来说，这次思想上的急转弯很不容易，这些新的经济模式到底是姓社会主义还是资本主义需要解释，因此辅导老师有时候就会抛出这样的问题，并给我们拿出一些典型事例进行例证说明，而这些事例很有可能出现在未来考试的考题中。

但是，考生们最关心的还是授课教师对考研题目范围的猜测和押宝，这对于提高成绩是有最直接的影响的。因此，临近辅导结束的时候，听众席上就开始鼓噪，要求老师进一步缩小范围。老师们先是推脱（估计是担心失手），但花了钱和时间的考生们怎肯作罢，不断哄闹，出动静。在最后时刻，老师会在学生们一片震耳欲聋的哄闹声之中无奈地道出这些秘诀。最终，学生们会为老师的义举报以热烈的掌声。因为大家心里都清楚，政治考试是迫不得已的，和个人能力毫无关系，大家参加辅导所有的理由和愿望，就是指望能够获得这些秘诀，以便在那些令人乏味的考试模式之下，兵不血刃般胜出。

《押题者》

苏教头夜雪烧麦馆

政治考试更是靠突击，决胜期往往就在最后的两个月到一个半月之间，因此政治考试的辅导多在临近考试的一个半月前开课。考生们紧张的神经已经达到了剑拔弩张的时分，而此时也是东北一年之中最冷的时节。风一轮一轮地刮个不休，雪一场接一场下个不停，硬得如沙砾一样的雪在怒吼的狂风的鼓舞下劈头盖脸而来，让我连哭的表情都做不出来。

记得每次在学校教学工作结束之后，我会顶着刺骨的寒风，步行到位于哈尔滨建筑工程学院和哈工大之间的一个菜馆去吃晚饭。这家不起眼的烧麦馆位于河沟街上，紧邻一座早已废弃的领事馆。虽然它的门口只挂着两个幌子，但这家的炒菜可口，价格低廉，是青年学生和教师们的最爱。虽然其内部装修简陋，但这里也曾是我们经常聚会的一个窝点。有一次接近二十人围坐在里屋的一个包间内，泛黄的灯光映照在那一张张兴奋无比的脸蛋上，那一次点了至少二十五道菜，吃光的盘子一层层叠摞在一起，赤裸裸地反射着贪婪、欲望和热情；喝了三箱啤酒，空酒瓶东倒西歪散落在四下里，比醉酒的人们先行倒伏下来。这种聚餐简直就像一场战争，可谓沟满壕平般畅快。

而这一段时间里，我只能孤身一人去那个挤满食客、烟熏火燎的小餐馆就餐。人间的烟火总是抵达高冷目标的一块块基石，一个个温暖的驿站。这一段大约五百米左右的步行路程在严酷的冬季里令人感觉非常漫长，寒风吹在脸上像刀割一样疼痛，寒冷又像一条鞭子，在不间断地催促自己加快步伐，以减少肉身在天凝地闭的寒冷中遭受摧残。撞入厚厚门帘的一刹那，裹挟着肉香的温暖扑面而来，两只镜片上立刻结上一层白色的霜露。笨拙地寻到一张小桌坐下，用衣角拭去镜片上的白雾，之后便在完全不用菜单的情况下吆喝老板点菜。为了抵御这颇具杀伤力的刺骨寒冷，清真菜馆里的羊杂汤和羊肉烧麦对我来讲是非常重要的，因此几乎每一次上补习课程之前，晚餐菜单都是固定的，主要是三样东西，一碗羊杂汤，一份爆炒羊脸，主食是四两羊肉烧麦。这样暖身的饭菜，在凶残恶毒的冬季非常给力，它们的美好是全方位的，从味觉到口感再到体感。吃得兴起的时候还会要一瓶哈尔滨啤酒，酒足饭饱之后，从小菜馆出来浑身上下暖暖的，身板挺得如同标枪一样笔直。感觉风也不再那么强劲，寒风的刀口像卷了刀一样变得钝了许多。站在飘动的幌子下，打了几个饱嗝，眺望了一眼远处灯火阑珊的校区，沉着而去。再曲折前行几段，共步行大约500米左右的路程，就会到达那个临近大直街的阶梯教室。

不知为什么，这一段经历对我来讲是如此刻骨铭心。我和这座城市令人生畏的冬天经过爱恨交加的七年相守，如今自己去意已定，即将告别哈尔滨的冬天，于是这里的寒冷原形毕露，加重对我身体的暴虐。

这个时候我意识到，寒冷在某种程度上是一种快节奏的事物，就像空气加速后会让人感到凉爽一样。我在寒冷这种快节奏的带动之下，疯狂记忆、阅读、抄写、只争朝夕，为的只是逃离寒冷。这种歇斯底里般的自虐和苦行，非常像摇滚乐之中的一位歌手或者千万歌迷所做出的癫狂举动。中国式的考研迁徙是一年一次无比壮观的社会性运动，成百万的年轻人在广袤的土地上做着同样的动作，

《夜雪烧麦馆》

大家麻木地背诵，疯狂地补习，还要不远千里地踏勘、踩点，在千丝万缕中寻找人脉……如此壮丽，如此雄阔，如此义无反顾，不可阻挡。人们的思想在国家社会筑就的藩篱间奋飞，希冀实现跨越，寻找未来的家园。滚滚肉身搭乘着绿皮火车、长途汽车，手扶拖拉机向中心城市进发，这千百万人的跋涉如非洲草原上角马蛮牛们定期的迁徙，每一个个体都奋不顾身紧随着时代的步伐。于是，脚下的大地在颤抖，身边的河水在疾流，好一派新长征路上的摇滚。

赴京赶考

经过接近半年时间的精心准备，终于到了临近考试的时间。为了适应考试环境，我提前一个星期来到了北京，住在了位于朝阳区南湖渠的北京建筑工程机械厂的宿舍里。那时候的南湖渠还是一片农田，只有这样一个中等规模的建筑机械厂算是工业和农耕短兵相接的过河卒子。附近地标性的建筑就是中建一局四公司的三栋高层塔楼，它们非常突兀地拔地而起，孤立在一片田野阡陌之中。夏天的时候，这里令人烦躁的蝉鸣和聒噪的蛙声此起彼伏，相互应和着，表达出对工业文明的轻蔑和嘲讽。工厂的杂草中到处是黑灰色的蛇，有时会漫不经心地窜出草丛到马路上游走，这些原住民对不久将至的灭顶之灾毫无防范。附近农民用板车拼成的一个集市和一个简朴的供销社，为这里的工人们提供绵薄的物资供给。这荒唐错乱的景观很难让人把此地和伟大的首都联系起来，但对于我来讲，这里是我进驻北京的滩头阵地。

从南湖渠到光华路需要换乘三次车，先是搭乘 404 公交车到东直门，再换乘 402，最后在呼家楼一带换乘 9 路公交车到光华路站。这个距离在今天看来只是庞大北京版图中一小段曲折的线段，但在当时却是从繁华的商务区到城乡接合部的巨大跨越。当时，东三环北路一带正处在北京城扩张的前沿，那里有北京最好的酒店和最时髦的人群，也是外国人最多的地方。高 208 米的京广中心建筑主体已经完成，其弧形的灰色玻璃幕墙，反射着三环附近工农交错复杂矛盾的城市景观，体现着现代化的勃勃雄心。相比之下，南湖渠则完完全全是一个眉目不清的城乡接合部，要从那里抵达考场，至少需要乘车一个半小时，视觉感受更像是跨越了十年、二十年甚至五十年文明的距离。更令人不安的是，特殊情况下，乘坐公交车可能发生一些意外，比如挤不上车，汽车抛锚，乘客之间发生肢体冲突影响车辆正常运行等。因此考研的那几天，为安全起见，我都选择了自己骑自行车，冒着严寒从南湖渠到光华路，骑行时间大概需要 1 个小时。

开考的那一天早上，南湖渠一带农家的鸡还没叫，我已精神抖擞麻利地起床，吃完早饭准备出发的时候，天还没有亮。借着路灯微弱的光芒，我骑出了那一条狭窄的乡间公路之后，灰蒙蒙的天空开始泛起鱼肚白。再从京顺路拐上三环之后，天已经完全放亮了，正在施工中的体量巨大的燕莎中心，几何形状明确的亮马桥大厦、包裹着亮晶晶的玻璃幕墙的长城饭店一个个从身边掠过。路过庄严伟岸的农展馆时，不知为什么，心情突然豁然开朗了起来。而此时的北京已经完全苏醒，宽阔的大街上，穿梭着往来的车辆，骑自行车上班的人也多了起来，混迹于这股主流之中，抒情无比的《北京颂歌》仿佛在耳畔响起。

考场上

研究生考试的考场设在教学楼一楼东侧，监考的主考官是一位谢顶又瘦高的长者，想必此人也是一位领导，身着四个兜的灰色中山装，腰杆笔直，气宇轩昂。他用一口秦皇岛口音抑扬顿挫地朗声宣读考场纪律之后，就开始指挥发试卷。第一门考试科目就是英语。英语考试在美术学院的考场中无异于一次集体性屠杀，几乎所有人都面色如土，惊恐地等待着长达三个小时的凌迟。对于我来说，这是自己演练了无数次的考试，但这还是自己最紧张的时刻，因为英语是自己学业中长久以来的顽疾，也是自己在漫长的复习过程中，付出最多、准备最努力的一门功课。当刺耳的铃声响起之后，因长时间的紧张和专注积聚的负能量爆发了，它来得如此猛烈，令我手足无措。只是觉得刹那间大脑一片空白，像是短路的计算器一样。以至于自己在考试开始后的前十分钟内根本无法进入读题的状态，于是自己连续做了十几个深呼吸来稳定情绪，就这样才缓慢地进入了考试状态。

实力还是决定一切的，很多考题在复习过程中都碰过，只是因为记忆力有限，不能将它们完全重复输出，但是看着熟悉就是自信的开始，有许多题的结果选择早已成为条件反射的一部分，一看开头就知道结尾了。于是一道题一道题地答，一个空一个空地填，一个选项一个选项地选择，终于熬到了最后的作文和听力。考试结束的铃声响起时，我居然还有 10 分的题没有做，这在我半年来的模拟考试中，是从未有过的事情。我想是由于过度紧张导致的状态失常吧。

当我进入专业考试后，明显就顺利了很多，复习考试的半年以来，我几乎没有在专业考试方面做什么准备，只是在临近考前的半个月中草草做了两次练习。这种自信要得益于哈尔滨建筑工程学院独特的训练方式。在母校的专业训练体系中，不知出于什么考量，一直保持着快速设计训练，就是要求学生们在6～8个小时之内完成一定规模的方案设计。这种训练对于学生在短时间内均衡构思和表现的能力，具有奇效。不知何故，我的学校愣是将这种训练纳入了考试类别，于是每年都会有学生因快速设计不及格而降级。升降级制度对于学生们的影响是很大的，于是一些能有利于加快速度的表现方式和设计方式就逐渐形成了。我得益于此，虽然自己厌恶它，但对于应对硕士考试，这样的快速设计方式和表达方式都具有非常直接的效用。

虽然自己在复习的过程中，并未在专业考试上消耗太多时间，但是，考试前的准备还是非常充分的。专业考试包括需要在一天的时间内完成一整套的图纸专业设计，半天时间的专业表现和专业理论。对于专业考试，首先要在绘图工具上做好准备，俗话说得好"工欲善其事，必先利其器"，而快速表现对于工具的要求尤其苛刻，由于总体时间相对紧张，因此不适合使用水彩水粉之类的主流表现方式，而应当尽量选择使用能够不间断进行重复工作的绘制方式，如水彩笔、彩铅、马克笔之类的。但这些方式在建筑院校的专业考试中是行不通的，因为那个时期建筑院校的训练对于表现和表达有着非常刻板的要求，图纸的表现往往规定得非常具体。当时绝大多数建筑院校在每一阶段的方案设计作业中对技法和材料的要求都是非常严格的，比如，要求学生若使用水粉表现，就必须彻头彻尾地使用水粉，局部使用水彩都不行；若使用水彩渲染，就不可以画铅笔淡彩。但是到了美术学院这里，只要求最终结果见效即可，而并未对使用的方法做过多苛求，其实这是非常合理的。

在北京中外合资设计企业中发公司做设计工作的杨永刚同学，顶着压力给我提供了他们合资公司最先进的绘图工具，其中最关键的是两套进口的马克笔，里面有各种各样的灰色，而如果使用水彩或水粉，灰色是最难调的，还需使用电吹风让图纸快干。使用这样工业化的工具，可以节约大量的时间。在那个鸦雀无声的考场上，当我把那一套堪称华丽的工具铺陈开以后，马上吸引了整个教室所有人羡慕嫉妒恨的目光。除了工具方面的精心准备外，我在对考试时间的合理分配方面则更胜一筹，这是多年以来对快速表现经验方面的总结所致，也就是要提前把整个时间分成不同的阶段：读题、构思、草图、起稿、着墨、上色、写说明，最后是整个图面的修饰和调整。我的计划几乎精确到了分钟，因此在整个考场上，我的绘图进度一直是一枝独秀，遥遥领先，不时引来无数嫉妒的眼光。坐在我身后的一位来自北京建筑工程学院的杨姓考生，眼看自己速度跟不上了，就豁出面子不停地找我借用这些工具，我虽然心里有点不乐意，但又觉得大家同是受煎熬之人，还就大方地让他拿去用了。

在最后进行的面试环节，我见到了参加这次考试的所有对手。大家拥挤在黑咕隆咚的二楼楼道里，等待着庄严的传令。那一年的环境艺术设计方向，只有一位导师和一个硕士名额。导师是当时鼎鼎大名的张绮曼教授，她的严厉和魄力令人钦佩又让人心生畏惧。而15位考生全部来自中国著名的建筑院校和美术院校，其中建筑院校“老八所”更是几乎全部到场，清华建筑系和中央工艺美院各有两位考生参加考试。那么在强手如林的比拼中，究竟鹿死谁手呢？这也不得而知，但看得出来，在面试的时候，这些来自名校的考生们个个趾高气扬，踌躇满志，似乎志在必得，他们相互调侃着，取笑着，放肆地讲述着自己的考试心得和设计方案的闪光之处。但此时低调的我已经有了某种预感，觉得自己将作为一匹黑马横空出世，在这场激烈的角逐中一骑绝尘，独占鳌头。

尘埃落定

悬念

回到哈尔滨后最令人揪心的时日，就是那段等待考试结果的日子。对胜利的渴望夹杂在疑虑和恐惧之间，一点一滴地消磨着早春二月的每一寸光阴，像燃烧着的高香，极缓慢地生成重重的疑云。我在一片烟雾缭绕的局势之中乞求着，等待着……估摸着快出结果的时候，几乎每天都要去几次教研室的信箱里翻看有没有北京方面的信息，隔几天就往北京打一次长途电话询问。一方面，自己委托了在中央工艺美院的校友向教务处打探情报，另一方面，胞兄也在北京市考试中心请人关注考研结果信息。由于考试背负了太多的社会责任、个人福祉等历史使命，它早已不再是对个体能力评价那么单纯的事情，结果出炉的那一刻，总是犹如千钧一发般紧张悬疑。那段惴惴不安的日子，的确令人心烦意乱，坐立不安。

春季里去丁香四溢的大街上散步是缓解焦虑的有效方式，学院附近有哈尔滨最迷人的几条街道，花园街依然保持了早期城市空间抒情的小尺度形态，几座优雅的俄罗斯风情的小房子被带有雕饰的砖墙围绕着，只露出那些红色的铁皮屋顶；中山路像一条华丽的桌旗越过南岗的脊梁向两边飘垂，它宽阔且有种不定的起伏，这样的道路最适合散步。那些熬过严冬的苍劲的树干此时正在恢复，那僵硬的身姿，开始显现出几分柔软，几场春雨滋润了干裂的树皮，枝条已泛出黄绿，并生出新芽，预示着一片生机。一日，我在宽阔的中山路上漫无目的地走动，路过跨越马家沟的路桥时，我看到有个身着皱皱巴巴的灰色中山装的卜卦者蹲守路边，身旁立一瓦楞纸板，上面用黑色毛笔写了“麻衣相面”四个潦草的大字。见此，被考研结果纠绞得心神不定的我突发奇想，凑上前去拍出五元钱要卜卦者为我预测一下未来。只见那位中年汉子平静地托起我的左手端详片刻，若有所思。那一刻，我竟然在这种故作神秘的姿态下迷失了自我，心怦怦直跳，十分担心这个看上去神色诡异的家伙说出什么令我绝望的话来。最终他的微微一笑打破了僵局，说道：“这位大哥你的命不错，前途一片光明，能混个科长！”

当然，令自己最为担心的，还是英语和政治，因在这两门科目上如此糟糕的历史，我实在没法在成绩上产生自信。相比较而言，通过研究生考试的补习，我对英语倒是有点开窍，觉得它还是有理性可循的。而政治课考试，我觉得它有相当大的不确定性，热情和思考往往带来相反的结果。另外，答题套路的过度僵化也是自己一直在情感上排斥的东西。而且在考试的过程中，我也感觉到有一些地方答非所问，发挥稍显过头，并没有完全按照套路出牌。另外，紧张、字迹不整，这些都是隐患，而对于考试来讲，所有的隐患都是真实存在的，必将对最终的成绩产生影响。

由于参加了一个漫长的从复习到考试的重大人生工程，也预感到自己在不久的将来真的要离开这座城市和这个学校，在1991年春季这个学期里，自己的教学工作反而比过去认真了许多，但是对于系里当时进行的各项和学科发展有关的长远计划，我基本不多参与，包括学科建设中各种各样的琐碎工作，还有为了应对教育部本科评估的档案建设整理工作。甚至对那些自己以往极热衷的国内、国际的设计竞赛，我都只作为一个旁观者。我比过去更像一个逍遥自在的人，只在意当下，无所谓未来，洋洋洒洒地游离于教学和科研的主流之外。

最为牵肠挂肚的还是北京方面的来信。那成排的灰色铁皮信箱就排布在一楼楼梯右侧的回廊里，每天我都会到信箱里去看有无来自北京的信件。可是这一阶段总是感觉，这些板着面孔的家伙变得更加沉闷，像是在吊我的胃口。90年代初，我们所有的来自不同地理空间的信息，主要是凭传统的书信、靠身着深绿色制服蹬着绿色自行车的邮差们鱼雁往返。打长途电话是一件非常奢侈的事情，但特殊情况下也得去秋林附近的邮政大楼打长途。在这座城市的历史上，1911年刚刚落成的中东铁路俱乐部里就配有电话和电报，而且那时可以通过电报和世界上许许多多的国家和城市进行联络。但之后的半个多世纪里，技术的进步和日常生活似乎切断了关联，先不说普通人家里安装电话了，就连打个长途电话都是生活中一件极为严肃的大事，是普通人生活中不能承受的负担。所以那时候，打个长途电话像是和外星人对话，过程冗长，手续复杂。告知服务人员呼叫的号码之后，要紧张焦急地坐在一排玻璃隔断对面等待广播中的通知。我们的焦虑和服务人员的冷漠形成强烈的反差，那些板着脸的女士们虽衣冠楚楚，却表情木讷，像机器一般行使着联络的职能。

距离公布考试结果的日子越来越近，我打长途电话的频率也就越来越高。二月、三月都在漫长的等待中度过了，其间通过各种途径去打探、猜测。而传来的消息喜忧参半，并且喜讯多是猜测，而忧虑多来自事实。三月底的时候，寒冷已经逃匿得无影无踪。一天，我又打电话到中央工艺美院环艺系黄钢老师家里，当时是他的太太郝燕兰接的电话，没等我寒暄完毕，她就冷静地告知我道："成绩出来了，总成绩你第一名！"这个喜讯来得太过突然，让我猝不及防，竟然手端着电话呆滞了好一会儿才定过神来，然后仓促地道了一声感谢后，撂下电话一阵旋风似的跑了出去。那一刻，我感到整个大直街上的人们都在为我注目。

这次考试我创造了自己的人生纪录，取得了从未有过的第一名的成绩，而且不仅仅是在我们这个专业里，是所有专业考生中总成绩的第一。最令我开心的是英语取得了61分！它让我觉得自己好像是抡着巨斧力劈华山的刘沉香，从此这世界上再也没有什么能压垮自己的困难了。

拿到录取通知书之后，我就开始在学院办理各种烦琐的手续，请逐级的领导签字。这其实是一个很难的事情，因为哈尔滨虽然是一座在国内排名前十的繁华大都市，但毕竟地处偏远的边疆。为了给这座英雄的城市留住人才，各级领导的确是拼了，他们深谋远虑，精心布设并煞费苦心。高级领导制定留疆政策，中级领导规划指标，小领导们为了达标不择手段。多少年来耳闻目见多少青年才俊试图野马脱缰，最终只能作罢，许多千里马都“死在”了伯乐手中。过去建筑系从未放手允许自己的青年教师报考别的学校的研究生，我算是开了先例。为此，我从心底里感激建筑系和领导们，三年前，建筑系在我走投无路的时候收容了我。正是在这三年时间里，我得以养精蓄锐重振精神去规划新的人生。而领导们的开恩更为关键，他们此时放下了沉甸甸的政策包袱，复归人性，并没有为难我，罕见地兑现了承诺。

再访土木楼

大直街上，土木楼巍然屹立，学府依旧在傲慢地逼视着社会深色的躯体，如一座大山，须仰视才见，这座围合得密不透风的教学区看起来依然像座堡垒，但事实上已经被市场经济的大潮重重围困，里应外合的勾当在大楼内的各个空间谋划着，准备着，上演着。教室里即将毕业的学生中，一些人在做着闯荡江湖的梦，双规制终于现身大学分配系统的案头，到南方去，到中心城市去，到待遇优厚的私营和合资企业去，这是新时代的豪言壮语，和曾经主动申请去边远地区的宣告如此不同，又如此相似。每一个时期，社会的群体都会有别样的风采和激情，而此时此刻我看到的是“金灿灿”的未来。科研处里，职员们忙于在科研成果和市场之间牵线搭桥，每个人脸上都洋溢着动人的微笑。设计院里的任务更加具体，回报如此直接，教授、建筑师、工程师兄弟们大碗吃酒，大秤分金银，生活的殷实比虚头巴脑的口号更拿人心，“共产主义设计院”的初心早已抛到九霄云外。

土木楼是我心中的挚爱，它是脑海中永远挥之不去的剪影。眼下金蝉脱壳的我即将远走高飞，就更加不舍这座巍峨雄健的大楼，这座鼻尖紧贴社会刀锋的大楼，对我来说是母体，似留我浸淫其中的子宫，三年前的毕业季未能唤醒我这个装睡的个体。我也一直等待着自己雄心的爆发，如今它来了，并鼓励我出走。土木楼是我灵魂的一处居所，是我肉身滚蛋而过的驿站。紧邻大直街的深灰色楼体在盛夏的时节里，看上去更显沉静。每年的这个时候，都是毕业的学子们和它告别的季节。没有学位服装的合影，略显杂乱，但几乎同样的表情写在每一个人的脸上，留恋、迷惘、失落……这是从未改变过的毕业季集体性症候，每年都会像阴云一般四起，聚集，沉重地悬浮在毕业生的心头。学生们试图用畅想未来、开怀畅饮来驱散这乌云，却经常适得其反，让它化作了淋漓的大雨，突然而至，让人猝不及防直至放弃抵抗，任泪水奔流。大楼门口那位凶巴巴的门卫大爷还在，只是英雄迟暮，终将老矣，如今这老灯已是老眼昏花，无心恋战。从本科时期到留校期间没少和这位满脸横肉、身材魁梧的大爷产生冲突，现在却觉得俄侨们的身影消失之后，这等莽汉倒是也配得上这座庄严如城堡一样的建筑。

每一届的毕业季都是对教学楼和教室的一次“洗劫”。学生拣拾着最珍贵的记忆物品，跃跃欲试的保洁员在等待“惊喜”。几对恋人在废墟一般的角落里接吻，他们旁若无人，大胆示爱，这是一个求爱的黄金时刻，许多学生都会在分别的最后时分吐露真情，进行表白。然而这种感情的流露更像是补偿而非索求，因为人生分配的大局已定，没有几只蛾子真会赴汤蹈火。

1991 年，大学已经开始实施双向选择，也就是学生可以自己去联系用人单位，一切谈妥后到学校办理相关手续。这是高等教育仁政的施行，对嗷嗷待哺的人性给予了及时的关照，难能可贵。所以楼道里以往的喧闹和怨恨少了许多，绝大多数毕业生情绪平稳，在正常地办理各项离校手续。当然也有特例，即将告别学生生涯的另一些人也是定时炸弹，此时他们一个个甩开了思想包袱，无拘无束，逐个爆发。认为自己在毕业成绩上遭到不公待遇的开始寻衅滋事，于是师生之间的告别宴会变成了借酒撒泼、发泄不满的档口，常弄得不欢而散；过去校园黑色事件的遗留问题偶尔也会在这最后时刻引爆，一名山西籍的学生抄着大棒满楼追着一名曾经不可一世的本地校霸，讨要昔日的尊严。但此时这种积怨的释放在我看来倒像是白日里的焰火，在没有黑暗的环境中魅力惨淡，无人喝彩。

教学楼的后半部分是历史最为久远的老楼。新艺术运动天生就是个多情的种，它一厢情愿地用形式主义向汹涌澎湃的现代主义示爱，倒也在世界各地遗落下不少爱的果实。如今，它成了包容接纳眼下无数情种的母体，在那些生动造作的造型跃动所形成的间隙中，它成了庇护、培育私情的巢穴。它屋顶的铁皮被漆成了红色，墙身刷着浅黄色的涂料，由于墙体过厚，锋利的阳光穿越狭窄的窗洞之后早已锐气全无。楼的外墙粉饰剥落，色彩消退，楼内昏暗，腐朽不堪的地板经历了太多过客的践踏，早已不支，但它们的呻吟恰到好处，令人爱意萌生。老楼的格调是哀婉的，这是一切浪漫主义建筑的归宿。老楼的空间设计因浪漫而造成浪费，它不经意的抒情之下留有许多隐秘的角落，充满了对人性的诱惑和佑护感。这里是校园中另一种情感表达的场所，而这里发生的情感故事大多有一点伦理方面的瑕疵，但往往来得更加凶猛、更加毒辣。不仅恋人们贪恋这里幽暗和陈腐的气息，学校保卫处的同志们也格外关照这个地方，他们经常拿着加长的手电筒在这里巡视、晃悠，往往是学生们的表现令他们惊艳，他们的突然现身带给学生们惊恐和败兴。

城市的龙脊上

夏日里的大直街上车马骈阗，枝叶扶苏。这条如同城市脊梁的干道两侧，书写着最华丽的建筑篇章，是城市发展史叙事主旋律所在的段落。位于西大直街路北的哈尔滨铁路局办公楼风采依旧，它曾是这座城市权力的起点和中心。这座1910年建成的历史建筑文艺范儿十足，尽管在这座因铁路而建的城市中享受着至尊地位，但它却选择了用艺术语言谦逊地表达自己。灰绿色的石材，拼接精致的墙身，和庭院广场种植的松柏、老槐相映成趣。新艺术运动典型的对建筑立面细节的处理手法，让行政感和权力意识悄然隐退，成为支撑艺术表象的结构，这是它诗性的根本，令人心生敬意。但后期塑造的伟人雕塑神一般的存在是变奏的开始，据说从材料的选择到基座的尺寸都充满了与共产主义理想社会的对应，预示了一个粗放与坦荡的历史阶段的开篇。

向东300米左右路南，是这一篇章歇斯底里的高潮之处。如今，红太阳展览馆北立面上高悬的领袖画像已经悄然撤去，只有坚固的建筑形式还在喋喋不休地叙述着个人崇拜的旧事。事实上，为了维持这个昂贵的姿态，它早就不得已降低了身段，半推半就地开放了其中所有的空间，迎候时代的新贵。在市场经济时代里，不管黑猫白猫，抓住老鼠才是好猫；谁致富，谁光荣；谁受穷，谁狗熊。在鼓励一部分人先富起来的时候，商品交易才是正道。红太阳只是一个想象，就像皇帝的新装。工商文明开启的时代里，商品的交易、洽谈、展览、展示是最光明磊落的事务。1990年，在1000公里外的北京，法国服装设计师皮尔·卡丹就已经用有力的节奏和露骨的欲望“篡改”了故宫太庙的隆重肃穆。他在1979年的长城首秀中，更是使用文明的粉彩覆盖了烽烟的底色。如今，在红太阳展览馆行政感十足的空间里，商品交易会如火如荼地开展，天南海北的土特产、轻工产品摆满了货架，参与展销和订货的客商，不仅有来自五湖四海的朋友，也有来自正在衰退中的昔日老大哥苏联的人民。

哈交会是当下政府倾力打造的中国和苏联贸易的平台，曾被这里的人们寄予厚望。然而几轮下来之后，怀旧的哈尔滨人民终于看到了一个不愿意看到的事实，才猛然意识到回忆是一种带有浓厚主观情绪的意识活动，而事实是不为所动的。老毛子非常青睐中国的轻工业产品和纺织工业品，他们疯狂地采购服装、家电等产品，然后采用以货易货的方式，将木材、水泥、钢材等工业产品和貂皮、鹿茸等原生态产品通过黑河、绥芬河两个口岸源源不断地运入中国。官方机构纷纷成立贸易公司，抢占中俄贸易的先机，一时间，学习俄语成了一股新颖的风尚，很多哈尔滨人介入了中苏贸易的热潮之中。

哈尔滨是一座有“音乐之都”美称的大城市，道出了其都市生活和音乐的密切关系。在昔日俄侨的生活中，音乐是必不可少的元素，于是欧洲古典的、现代的音乐都被这些离不开诗歌和音乐的侨民带入，成为这座城市一个重要的特质。坐落于这座城市的音乐学校最多的时候曾达到了三所，同时远东第一个交响乐团也诞生在这座城市，历史上一茬一茬的音乐家、歌手、舞者、演奏家层出不穷，令人叹为观止。手风琴造型的国际旅行社就是一个关于这座浪漫城市音乐性的阐释符号，作为凝固音乐的建筑也不甘寂寞，它处在大直街和中山路交汇的路口，弧形的立面起伏和有机的形体组合方式巧妙地化解了空间上的复杂性和紧张感，产生了富有韵律感的视觉效果。它的装饰细节的处理颇见功力，带状的横向分割和竖向的装饰物件排布生动地表现了音乐的流动性、跳跃性和建筑永恒、凝固之间的对立统一关系。

80 年代是哈尔滨音乐人才开花结果的时期，这得益于这座城市发展黄金时代播下的种子。国旅的斜对面是 80 年代中期建造的北方剧场，它出自本土建筑师之手，是一个新时代的产物。这个现代主义风格的建筑看上去像个体育场一样，有宽大的台阶和毫不节制的通透的玻璃墙面。我只在那里听过一次演唱会，印象深刻的是苏芮的那首《跟着感觉走》：

跟着感觉走，紧抓住梦的手，
脚步越来越轻越来越快活，
尽情挥洒自己的笑容，爱情会在任何地方留我……

听到这首歌的时候，一种自嘲涌上心头。当初跟着感觉走留在此地，但没有遭遇挽留自己的爱情。于是跟着感觉继续走——离去。

20 世纪 90 年代初，哈尔滨可以被称为中国的时尚之都，这里的人们着装泼辣大胆，引领着中国的时尚。大直街的夏日，是一个乱穿衣的季节，中山装已不再是主流，猎装和布拉吉更是早已不见踪影。女性的着装朝着性感诱惑的方向大胆演进，那种紧裹着肌肤、清晰勾勒出美臀和腿部形态的氨纶裤，透着一种赤裸裸的诱惑，色诱占领了街头，这美腿的丛林也是欲望的街景中最生动鲜活的景观。相比之下，男人的装束却有点找不着北，西服、中山装、夹克衫、蝙蝠衫，五花八门，气急败坏地来回折返，这倒也十分贴切地反映着男性身影在当下的焦虑。

在市场化的社会蛋糕第一轮切分的前夕，强者围坐在里圈，他们挥舞着刀叉虎视眈眈。行政化、市场化、自由化拥挤在同一个空间里，对当下、对未来各抒己见，争执不下。经营着南北风味、挂着两个或四个幌子的餐厅，门口放着震耳欲聋的流行音乐的服装店，立着麻花一样旋转不休招牌的美发厅，既组成了城市沿街立面的生动形象，又反映着整个社会的内在冲动。这座复活的城市正在改头换面、涂脂抹粉，做好了迎接一个新时代的准备。市面上，商业占据了绝对的主宰地位，所有人都在施展自己的才华去创造财富，歌星们在此走穴，黑帮们在分赃，在缤缝；创造“水变油”神话的公交车司机王洪成更是靠自己三寸不烂之舌和变戏法式的调包，引发中国科技界的瞩目，并掀起讨论、质疑、起底的怒潮。一座座象牙塔沦陷，教授们摇身一变成了老板，而越来越多的开发商、个体户、行政官员进入学府深造。尤其令我伤心欲绝的是道里区昔日庄重典雅的欧式美术馆已被展销热卖的挂历占据，到处都挂满了影星、歌星们灿烂的笑脸。

系主任、教研室领导、黄老师

系领导的嘱托是诚恳的，时任系主任的智益春老师执掌着系人事管理的事务权，参加考试的报名过程中，是他爽快地放行签字才使我重获规划人生的机会。离校手续的关键环节，依然是请他给我签字。智益春老师是一位仁慈的长者，他留着中分发式，衬衣领口总是严格地紧扣着。他是朝鲜族人，汉语发音鼻音重，措辞咬字方面难以摆脱车轮滚滚一般的朝鲜语发音习惯，有那么一点含混，这让人听起来反而容易消除紧张感。不知为何，当时对字正腔圆的发音有一种恐惧感，因为在那种总是作为正义之声发声的腔调和字节的对比下，我们总是被矮化着、鄙视着。1988 年夏天留校时，也是智老师给我办理的滞留手续。当时智老师承诺，留校三年后即可流动。所以这一次，他签完字后，微笑地对我说："怎么样，我说话算数吧！"回想起这句话来总令我感动不已，因为这是人话，是人性的自然流露，是朴实的表达。在东北工作生活的孤独岁月里，尽管我是建筑系里一个边缘性的小人物，但内心中，我一直渴望在行政系统里看到人性的微光。中国社会那庞大、机械且冷酷的政治性正快速向履机乘变的市场经济转型，但这一过程依然那么匆忙，完全顾不上拾掇人性。强权和铁腕更是北方领导们奉行的行动宝典，与这个人性逐渐复苏的时代，不断引发争议和对峙。几年以来，我听到的这方面的奇闻逸事实在不少。所以从本科毕业留校到即将离去的三年时间里，我其实对于系统领导能否兑现那没有纸面的契约一直心存顾虑，担心他们变卦，害怕他们义正词严地耍流氓。年轻人在领导们眼中总是鞭笞的对象。这一次，我终于在这位领导的眼中看到了包容，在他的话语中体会到了温情。

接下来，民用二教研室的领导们也约我去谈话，邓林翰、刘志和、李桂文这三位老师是我的直接领导，看得出来，他们对我的离去有几分失落。这主要是因为我打破了以往的惯例，使他们在今后的工作中可能面临更加复杂的局面。同时我也感觉到，他们也有如释重负的放松情绪，因为在留校三年的时间里，对于工作方面的安排，我一直怀有一种抵触情绪，令他们颇费心神。既有直接抗拒的，也有冷嘲热讽的。那是我参加工作之后最放浪形骸的一个阶段，对系里的决定大多时候都采取拒绝、怀疑、批评的态度。除了教学工作之外，自己也很少参与学科建设方面的规划和讨论。所以，教研室，这个自己直接面对的管理层级，对于我这样的边缘性人物肯定是有看法的。

好在我马上要走了，作为部门负责人，系党委书记刘志和老师以及教研室主任邓林翰教授把我约到了三楼的一个小会议室里，他们先是对我这几年在建筑系和教研室的工作进行了总结，委婉地提出一些批评和教育，同时也恳切地希望我到新环境之后振作精神，重新“做人”。邓老师操着湖南腔的普通话慢条斯理地说道：“苏丹同志啊，这几年你的工作状态虽然不怎么积极，但教学效果倒还是马马虎虎的。在教学方法上也算有些自己的东西，但这不够啊！北京的竞争可是要更加激烈的，希望你……”我表面上很谦逊地应和着，但内心却在反驳：“我要是表现出色，你们会这么轻易放过我？”这番语重心长的交流进入尾声的时候，刘书记悄悄拉了一下我的袖子问道：“哎，你上回说的那段‘山也多水也多，分不清东西；人也多嘴也多，讲不清道理’的歌曲叫啥来着？”

《师者》

告别中最珍贵的记忆，是和本科时的美术老师黄佳先生的那次匆匆道别。黄老师退休之后，似乎深居简出，在学院里很少能看到他的身影。和黄佳老师见面虽然是偶然的，实际上是自己一直默默期待的。离开哈尔滨前最后几天中的一个傍晚，我居然在教化宿舍的门厅里遇到了行色匆匆的黄老师。此时黄老师已经退休两年多，我们已许久没见面了。当我告知他自己即将去中央工艺美术学院学习的消息后，老爷子严肃的脸上顿时绽开了少许笑容，但很快又恢复了以往的凝重。接着他开始絮絮叨叨和我谈艺术的规律和理想，这个时候我看到他眼中重现出七年前的光芒。这种光芒曾是点燃我们灵魂深处潜能的火种，让我们这些莽撞掉入艺术黑洞边缘的个体执迷。

我一直以为，黄佳老师是我职业的榜样，他是那么平凡又那么伟大，因为他有爱，有职业的操守，职业的操守让他把自己所有的心血倾注在了美育的历程中，从而使我们这些懵懵懂懂的青年在精心呵护下接受启蒙。这种爱则更加伟大，深藏不露却又持之以恒，能让他善待每一个求知的个体，无论我们基础多么薄弱，领悟力如何愚痴。而这些高贵的品质就是通过教学中点点滴滴的细节表现出来的，比如说摆在画室里的那些亲力而为的范画，比如外出写生时亲手为学生起的小稿，见缝插针、一如既往的絮絮叨叨。我觉得自己在价值观上深受他的影响，以至于在 1988 年到 1991 年这三年最放荡不羁的教学生涯里，保持了基本的职业操守。

其实在黄佳老师退休前的几年时间里，大家发现他已经变得非常絮叨，路遇寒暄时一旦让他把话匣子打开，就很难从他的话题中挣扎出来。而这一次我陪着老人家站在昏暗的走廊里，极耐心地听他教诲，配合着他的倾诉，我频频点头，以表认同，足足有一个小时。从他认真的态度和诚恳的言语中，我感受到那一颗不忍放弃的雄心。

再看大江东去

英国作家格雷厄姆·格林说过，对城里的每个人而言，所谓城市，不过是几条巷道、几间房子和几个人的组合。没有了这些，一座城市形同陨落，只剩下悲凉的记忆。

对我来说，形成这座城市性格的还包括一条江。眼下，我要向松花江告别，这条大江是这座城市的母亲，是它的起点……

一百二十多年前的 1898 年 6 月 9 日，一艘名为“布拉戈维申斯克号”的轮船经乌苏里江、黑龙江抵达松花江畔一个晾晒渔网的滩涂，船上是中东铁路副总工程师希特洛夫及其下属人员。从船上放眼望去，岸边茂盛的芦苇和野草蔓延而上，远处是一道隆起的坡地脊梁。于是考察队在此登陆，从这儿开启了该城市近百年历史的发端，之后城市建设所用的石材、木材、机械设备都是经由这条大江船运而来。随着日俄战争、九一八事变等重大历史事件的发生，地缘政治格局颠覆、政局的动荡助推了一轮又一轮的城市建设，终于使一个渔村变成了一个规模庞大的城市。

松花江是我对这个城市认知的开始。七年前的一个夜晚，刚入学的我和几个同学不顾旅途劳顿，在哈尔滨本地同学蓝志坚的带领下搭乘电车来到这条江边。夜幕下的江水闪着粼粼的波光，雄浑放荡向东流去，如衔枚疾走的大军。九月里的大江杀气十足，它雄心勃勃，鼓动而起的波浪有力地击打着坚固的河床，发出令人胆寒的节律。远处阴沉的江面上，一座骨感的铁桥飞架南北，一列火车穿笼而过，像开足马力追赶时光的机器，留下汽笛亢奋的回音划破夜空……一个披着军大衣留着寸头的中年人看到我们这些外地来的青年夜探松花江，吓唬我们说道："学生，千万别下水啊！这条江上每年因游泳丧命者，一个连以上……"

时隔一个月后的一个周末，我又来江边。此时正值国庆假期，松花江江沿挤满了举家野餐的人们，江中扑腾着体魄雄健的汉子和顽皮的孩童。在江畔，人们铺开的一块块桌布、床单、塑料布上面摆满了列巴、红肠、酸黄瓜、格瓦斯、啤酒。一些年轻人的怀里抱着六弦琴，绊绊磕磕地拨弄着，更多的是在身边搁着三洋 M9500-2K 录音机，气势汹汹地播放着流行音乐……美酒、红肠、三洋、泳装，这种都市风俗和景观是我从未见过的，当是昔日俄侨遗风转变而成的新的时尚。

十月里松花江边的风景绝美，秋水长天，枫霜槐黄；那些色彩明艳的木船，倒映在层层的波浪中被一遍一遍地折解，化成一片缤纷的晖晕；江面上轮波往来，汽笛悠扬……这里是这座城市的情感神经中枢，是源源不断生产故事的流水线，永不间歇。在 50 年代的《徐秋影案件》中，它曾是黑色的，满是阴郁和悬念。70 年代的《黑三角》中，它变成了蓝灰色，透出些许轻柔，即使女特务水鸭子就在江畔不停地叫卖冰棍，穿着灰色中山装的特务猫头鹰在左顾右盼……80 年代，这条江才开始和浪漫的生活挂上了钩，人们在这里大声赞美，放肆地畅想，勇敢地示爱。此时，那首熟悉的歌曲《浪花里飞出欢乐的歌》在耳畔响起："松花江水波连波，浪花里飞出欢

《滨水之城》

乐的歌……”

1991 年，中国从南到北共有 18 个省在发大水，各地暴雨如注，江河暴涨，水库决堤，桥梁垮塌，交通毁坏，到处都是一片汪洋。华东地区的水灾尤为严重，以致共和国历史上第一次向国际求援。南方各地洪水的势头非常猛烈，长江、黄河、淮河，水高浪急，洞庭、鄱阳、太湖的水位连创历史纪录。北部的松花江也不消停，1991 年 8 月初，松花江的水位已达到有记录历史以来的第二位。这个美丽的滨水城市一时间处于高度紧张的防洪防汛氛围之中。此时，我看到江堤上已经垒起了层层的沙袋，预防洪水漫堤。大江南北间的轮渡也暂停了，仿佛在为江水肆虐的表演清场。

七年以来，我从未看到松花江有如此之大的水势，汹涌的波

涛不断拍打着坚硬厚实的江堤发出噼噼啪啪的声音，钢甲的轮渡紧扯着粗实的缆绳在漩涡和急流的裹挟下，发出深沉的吼声。此番，我欲乘风归去，几分留恋，几分不舍。江水滔滔向东，永远那样决绝。防洪纪念塔巍然屹立，坚挺的塔身和舒展的环廊形成的对比，凝固了时空，昔日的荣耀被建筑师和雕塑家物化成为江河的镇物，它亦成为一个滨水城市威严的精神守护。斯大林公园的林荫道上，树荫婆娑，跳舞的人们依然从容淡定，尽情享受着恬静的生活赐予人们的滋养。“夏天夏天悄悄过去，留下小秘密……”李玲玉的这首富有节奏感的流行歌曲《粉红色的回忆》取代了旧式的《山楂树》《小苹果》《喀秋莎》等抒情的苏联歌曲，它歌词俏皮，旋律曼妙，但它已成为当下北方人的最爱，这座城市的性格在悄然改变着。蜉蝣生尽一日乐，文人骚客，思虑万千。历史和人生，时代和境遇，相映相衬，谁也不曾逃脱。人生几何，逝者如斯，永恒和瞬间并至眼前。

江畔那个高耸的尖顶木房子，是20世纪30年代由日本建筑师大谷周造设计，据说建筑的造型和装饰中隐含了对自己俄国太太的赞美。它曾经是我们水彩写生和留影时的首选。它携带着异域的奇异，掀起浪漫的神情，像一枚别致的胸针，精巧又考究，一如既往的诗情画意、光彩夺目。中午时分，餐厅里依然人头攒动，人们频频推杯换盏、喋喋不休、相互致意。一个粗壮的汉子撸胳膊挽袖子敞着领口站在面向着松花江的栏杆前，诗朗诵一般大声宣泄自己的情感，抒发着自己的豪迈。他满怀激情粗糙地赞美着这充满能量的江河和温暖的人间情谊。我突然意识到，在哈尔滨的七年时间里，我自己竟然从未介入到当地人的生活之中，从未感受到他们说亲道热的那股温暖，也从未认真地打量过这优美动人的江景以及人间美好的生活。

席间话别

好在我还有一些邻居，这明确证明了自己曾如此真实地生活过，和邻居们的告别进行了好几轮。人类社会永远有日常生活，空间局促的时代还会促进人们之间的交往和结社，单身宿舍尤其如此。教化广场宿舍这块屁大点地方，倒也人杰地灵，聚集了许多素质优秀且个性鲜明的中青年教师。其中不乏我这类喜欢幻想、向往自由的不靠谱人士。所以这座破败的单身宿舍楼，倒也可以称之为铁打的营盘，流水的兵。告别当是定期发生的一种景象，楼在告别在。人们在筒子楼中的关联是最为亲密的，大家共享着那条夹在家庭门户和私密之间的通道，面孔、气息、锅碗瓢盆的声音在筒子楼里交替出现并相互混合回荡，像射击之枪管中弥漫的硝烟，混浊又强烈。日常生活在锅碗瓢盆的碰撞、夫妻之间的争吵、室友之间的关照以及年轻夫妇做爱时激昂的叫床声中得到了充分的表现。除了三楼左侧一端有一位学院领导一家以外，这个楼里居住的都是在现实中挣扎上进的血气方刚的年轻人，流动性也比较大，出国留学、学习深造、工作调配都会让一些老脸不断消失，一些新面孔不断出现。

隔壁王大手的夫人听说我考入了艺术院校，就向我打听中央工艺美院设计专业方面的信息，工科院校里的文青对艺术院校总是情有独钟；几位围棋挚友抓住最后的日子找我切磋，尤其是那位屡战屡败的宋小虎，更是死缠烂打，妄图改写无一胜绩的历史；更多的人则是希望通过一顿大酒话别，在这座城市里，没有酒席就好像没有正式的告别仪式，没有酒精的作用，一切深情或肉麻的表达就失去了制造精神的动力。我的斜对门是一对在总务处工作的年轻夫妇，张哥和刘姐。男主人和我当时的女友的哥哥是好友，所以那一段时间对我生活上关照比较多，经常喊我去他们不足 10 平方米的家里吃饭唠嗑。为了答谢他们，我在楼下的华滨酒家摆了一桌酒席，点了满满一桌硬菜，并准备了成箱的啤酒。夫妇俩都是热情好客者，女主人更是一位名声响亮的快言快语之人。席间话题从个人事业发展、都市时尚、城市环境、江湖仗义一直聊到海湾战争。每每说到兴奋点或者情感痛处，必定会有一轮举杯痛饮作为一个话题的阶段性歇息。在东北人的酒席间，没有什么话题是一杯酒搞不定的。和酒相比，席间其他一切都是下酒的菜。就这样，桌子上的盘子逐渐摞了起来，空酒瓶子数量也迅速增加。酒高话多且胆大，那天晚上酒席间的豪言壮语应该说了不少，直到底气散尽，身子如一摊烂泥，倒伏在一字排开的椅子上呼呼大睡。如此模样的告别接二连三，我也进行了数次夜夜笙歌、烂醉如泥的生活，日复一日的麻木暂时去除了惆怅与失落，冷静之后一些伤感才得闲袭涌上心。我偶尔会认真思考这一段人生在我生命中可能的位置，这是自己唯一一段时间不算太长的东北社区生活经历，虽经承受着彻骨的严寒，但有人性、人情的温暖伴我一路走来，可惜我去意已决。

最后一轮道别是向那些在这三年时间里和我一直厮混在一起的小哥儿们道别。这些人中，有作为青年教师的同事，也有年龄相仿的学生，但共同特点是避开大路，在非主流中折腾、撒欢。这是真正属于我的群体，在我孤独地于一个寒冷的北方城市里静候时机、耐心等待的日子里，是他们给了我温暖。这种道别由于人数众多分了好几轮进行，每次道别必定是结伙、哄闹、相互吹捧，一顿大酒、一顿豪饮和一通豪言壮语。类似“苟富贵，无相忘”的话不知说了多少遍，大家面对“乱世”，一个个都在摩拳擦掌，跃跃欲试。这一轮流水席几乎吃遍了附近有点名气的饭店，最后一顿饭达到了高潮，就餐地点就在教化宿舍楼下的凤凰餐厅，那也是我几年时间里长久关注而从未敢进入的神秘之地。在那里，我看到了自己在哈尔滨生活的七年间，价格最令人瞠目结舌的一份菜单。

松鼠

1989年6月北京出差期间，我去戒台寺游览。戒台寺位于北京西郊山内，这座古寺始建于唐代，此后历代均有高僧隐迹修行，传法讲经，加之建造于山巅，布局巧妙，四海扬名。离京之前，接待方安排我们游览该寺，以惠识人文，调养心境。东北人大多对于传统文化不太上心，同行者走马观花，热衷于合影留念。由于此时我已经起了离开哈尔滨的动念，自然在寺里虔诚恭敬，烧香拜佛许愿，甚至抽签测字，偷窥命运的排布。待一切打理停当，坦然走出寺庙，却看到入口处广场旁的山崖上遍植松柏，郁郁葱葱。尤其是那些松树，大都树龄过百，昂首挺拔，身姿绰约。树间坡地上有很多松鼠蹿腾跳跃，引得游客不断投食喂养。我发现此地松鼠形象特别，毛色深且身形壮硕，背影看上去如同小兔子一般。一个小贩正拎着一只用细绳拴着的松鼠向游客们兜售，为了显示这活物的活力，他不时用绳子将其拽离地面再放下，可怜的小家伙就在空中张牙舞爪地挣扎着，鼓鼓的眼中透着惊恐和无奈。出于一种莫名的冲动，我买下了那只松鼠，并历尽周折将其带回了哈尔滨。

在教化筒子楼的宿舍里，所有的行李打包托运之后，只有一个铁笼留在屋角，里边囚禁着那只从北京带到东北的松鼠。两年多过去了，它看上去瘦削了一点，后背上像鬼剃头一样出现一块秃斑，估计这是思虑过多而引发的症状。当初从千里之外费尽周折带它来哈有一个委婉的意图，就是希望它和我的肉身进行置换。如今大功告成，也到了它重获自由之日。

《松鼠之眼》

在一个寂静的清晨，我拎着这只铁笼，来到与学生一宿舍区相邻的那个大院门口，那是一个绿树成荫的神秘院落，铁制的大门终年上着锁，几年以来，我们只能看到那片飘浮在这个院落上空的树冠，这里俨然是闹市里的一个黑洞，也是我为这只松鼠早已物色好的安家之所。趁着秋天来到之前，我小心翼翼地打开了笼子的小门，那家伙被这突如其来的自由拥抱得有点缺氧。它蹲在门口迟疑片刻，像是在确认，又像是在选择和决定。东西大直街开阔挺拔的景观映照在它两侧黑乎乎的眼珠中，像埃舍尔的魔镜嵌在它毛茸茸的脑袋上，显然大都市的景观对它来说太陌生，太过突然。少顷，它身子一弓，然后一跃出笼，向着那个夏树苍翠之处奔去，头也不回。

而我的离去却是在不断回眸中完成的，大直街、土木楼、教化广场、松花江……此时的回眸如同在铜板上的镌刻。不断的打量是在勾勒它的轮廓，长久的注视是在为其铺陈调性。一直有人把哈尔滨称作“一座火车拉来的城市”，如今我要乘着火车离去。几年之间，由俄国人设计的那座精巧的哈尔滨车站已被拆除，替代它的是一座粗犷但规模宏大的车站，这种气质的确更符合乱糟糟、拼速度的时代精神。18 次特快列车的绿皮看起来要比一般普快列车深一些，它是黑土地上蹑影追风的绿色精灵，总是承载着数不尽的飞黄腾达之梦想。它把现实不断地甩在身后，成为掠影。火车开动后，送站的友人们不舍的面容和挥手姿势很快就简化成一个个模糊的影子，然后出现了这座城市巨大边缘的肌理，列车贴着这个庞大机体的边缘并逐渐提速，它们相互挤压的摩擦声振聋发聩，这是一座活生生的城市被速度压缩的过程，无数鲜活的、具体的、正在进行的絮叨，混合成一种巨大的轰鸣。渐渐地，城市轮廓化成一道黑土地上的剪影，那种复杂含混的声音也消逝了。

对于生命短暂的现代人而言，城市成了他们精神气质的母体，生命中居留过的每一座城市对于我们都有不言而喻的意义。哈尔滨这座城市，是我的第二故乡，是我独立生长之地。七年以来，自己在此自由地吸纳，贪婪地吞吐，都成为铸造精神的一次次敲击和熔炼。飞驰的火车渐渐地把城市的背影甩出了视野。列车在东北广袤无垠的黑土地上疾驶，似乎又把我这个异乡客带回了原点，七年在此的暂居如一场黑白大梦。

图书在版编目（CIP）数据

黑白之城 / 苏丹著 . -- 上海：文汇出版社，
2023.1
ISBN 978-7-5496-3921-2

Ⅰ . ①黑… Ⅱ . ①苏… Ⅲ . ①散文集 – 中国 – 当代
Ⅳ . ① I267

中国版本图书馆 CIP 数据核字 (2022) 第 215434 号

黑白之城

作　　者 / 苏　丹
责任编辑 / 苏　菲
特邀编辑 / 李　馨　刘　早
装帧设计 / 尚燕平
插图绘制 / 王　宁
内文制作 / 张　典
出　　版 / 文汇出版社
上海市威海路 755 号
（邮政编码 200041）
发　　行 / 新经典发行有限公司
电　　话 / 010-68423599　邮　　箱 / editor@readinglife.com
印刷装订 / 北京盛通印刷股份有限公司
版　　次 / 2023 年 1 月第 1 版
印　　次 / 2023 年 1 月第 1 次印刷
开　　本 / 640×980 1/32
字　　数 / 260 千
印　　张 / 11.75

ISBN 978-7-5496-3921-2
定　　价 / 69.00 元